Emmy Buckley

Of Thunder and Rain

EMMY
BUCKLEY

# of thunder & rain

Roman

Forever

Forever by Ullstein
forever.ullstein.de

Content Notes: Tod, Verlust, Trauer, Flucht, Rassismus(erfahrungen), Depressionen

Der Verlag bedankt sich sehr herzlich bei Sherin Nagib für ihr Sensitivity Reading.

Originalausgabe bei Forever
Forever ist ein Verlag der Ullstein Buchverlage GmbH Berlin
1. Auflage Juli 2023

Gesetzt aus der Quadraat Pro powered by *pepyrus*
Druck und Bindearbeiten: CPI books GmbH, Leck
ISBN: 978-3-95818-713-9

Lina

Die Flut kommt und kitzelt meine nackten Zehen mit dem eisigen Wasser des Nordatlantiks. Aus Impuls will ich sie wegziehen, doch ich wehre mich entschieden dagegen, lasse zu, dass das Prickeln der Kälte sich erst in Schmerz und dann in Taubheit verwandelt. Wie eine Schlange kriecht sie mein Bein empor, legt sich um mich und hüllt mich ein, während ich meine Füße tiefer im schwarzen Sand vergrabe.

Links und rechts von mir strecken sich zwei Berge wie die Arme eines Riesen dem Meer entgegen. Dahinter liegt nichts als der endlose Horizont. So ist es meistens um diese Jahreszeit: Die Welt scheint nur aus vier Farben zu bestehen. Dem Grau der Wolken und des Ozeans, dem schwarzen Sand, der weißen Gischt und dem Goldbraun der grasbewachsenen Hügel um mich herum. In ein, zwei Monaten wird dieser Ort, der Strand Út á Lónna, von saftigem Grün umgeben sein, nur jetzt, Ende März, wirkt alles seltsam trostlos. Wahrscheinlich einer der Gründe, wieso sich kein Tourist auf unsere Inseln wagt. Na ja, fast keiner.

Aber so karg die Landschaft auch ist, spüre ich doch, wie der Anblick mich langsam zur Ruhe kommen lässt. Mit jeder Sekunde werden meine Gedanken klarer, meine Sinne schärfer, und die Wut, die eben noch meinen Verstand benebelt hat, beginnt zu verpuffen.

Ich kann nicht glauben, dass es schon wieder passiert ist. Dass sich nichts geändert hat, selbst nachdem wir ein halbes Jahr lang keine Gäste hatten.

Ruhig bleiben, Lina, ermahne ich mich in Gedanken, weil ich spüren kann, wie allein die Erinnerung an das Gespräch mit meinem Vater meinen Blutdruck in die Höhe schießen lässt. Ich weiß, es bringt nichts, an meiner Wut festzuhalten, und doch kommt sie zurück. Jedes Mal, wenn er mit diesem glasigen, leeren Blick durch mich hindurchstarrt und die eine Frage stellt, mit der er mich selbst in meinen Träumen heimsucht: »Bist du dir sicher, dass das, was du tust, okay für deine Mutter wäre?«

In seinem Ton liegen weder Vorwurf noch Ärger oder Belehrung, aber genau das ist es, was mich so fertigmacht. Die Tatsache, dass er mich eben nicht anschreit, sondern stattdessen nur müde eine Frage stellt. Als wäre ihm die Antwort egal. So, wie ihm inzwischen auch alles andere egal geworden ist.

Nein, Pápi, ich bin mir nicht sicher. Aber weißt du was? Irgendwie muss ich mich ja bei Laune halten, während ich hier am Arsch der Welt versauere und mein Leben an mir vorbeizieht.

Die Worte verhallen unausgesprochen in meinem Kopf. Ein leeres Echo meiner tiefsten Wünsche, die ich ihm gegenüber nie aussprechen würde. Auch wenn mich sein emotionaler Zustand mehr frustriert, als ich nach außen hin zugebe, kann und will ich ihm eigentlich keinen Vorwurf machen. Es ist nicht seine Schuld, dass die Dinge so sind, wie sie nun einmal sind.

Seufzend schüttele ich den Kopf, weil ich merke, wie meine Gedanken Karussell fahren. Wieder und wieder im Kreis, ohne jemals anzuhalten. Ein Teufelskreis.

Ich muss damit aufhören.

Gegen meinen Willen spannt sich mein Kiefer an. Meine Augen brennen. Ich schmecke Salz, ob von der Gischt oder den Tränen, kann ich nicht sagen. Eine Welle der Wut erfüllt mich, bis der Druck auf meiner Brust beinahe unerträglich wird. Dann endlich erlange ich die Kontrolle zurück.

Weil es nichts bringt, mich darüber aufzuregen.

Weil manche Dinge sich nicht einfach so ändern lassen.

Ich blinzele die Tränen weg, bevor ich mir meine Schuhe schnappe und mich endlich aufrichte. Die Brandung reicht mir inzwischen bis an die Knöchel, hat den Saum meiner Hose längst durchnässt. Dazu lässt mich eine plötzlich aufkommende Böe frösteln. Über mir hat sich die dichte graue Wolkendecke verdunkelt, weshalb es mir so vorkommt, als würde die Nacht hereinbrechen. Dabei ist es nicht einmal ein Uhr mittags. Der Regen lässt die Tage dunkler werden –

oder vielleicht liegt es auch an meiner Stimmung. Was immer es ist, es erinnert mich daran, dass ich aufhören muss, in Selbstmitleid zu versinken. Die Arbeit steht an. In ein paar Stunden landet der neue Gast am Flughafen, und bis dahin muss ich das B&B noch auf Vordermann bringen. Etwas, was ich schon vor einer gefühlten Ewigkeit hätte tun sollen. Scheiße.

Barfuß schlüpfe ich in meine Stiefel und verziehe die Lippen bei dem schmatzenden Geräusch, das meine Füße darin hinterlassen. Daran bin ich selbst schuld. Ich sitze schon viel zu lange hier und sollte es besser wissen, als mich so von der Flut überraschen zu lassen.

Die Strecke bis zum Dorf ist kaum weiter als anderthalb Kilometer, doch der nasse, schlammartige Sand bremst mich aus. Bei Ebbe brauche ich keine zehn Minuten, aber unter diesen Verhältnissen dauert es fast doppelt so lang, bis ich die schwarze Bucht durchquert habe. Als ich endlich auf den schmalen, wilden Pfad trete, der vom Ufer hinauf zur Kirche führt, bricht der Regen über mich herein. Binnen Sekunden legt sich ein gespenstischer Nebel über unser Tal, während feine Tropfen wie Nadelstiche auf mein erhitztes Gesicht treffen.

Obwohl die Sichtweite schwindet, finde ich den Weg nach Hause problemlos. Vorbei an der Kirche, über die Straße, die uns mit dem Rest der Insel verbindet, direkt hinauf in die Hügel. Ich passiere das Museum und folge dem asphaltierten Pfad bis zum Gartenzaun. Das Rauschen des Wasserfalls hinter dem Haus begrüßt mich bei der Ankunft, zusammen mit einem wärmenden Sonnenstrahl, der unerwartet mein Gesicht trifft und mich daran erinnert, wie unberechenbar das Wetter in meiner Heimat ist. Gerade will ich durch das Tor schlüpfen, als eine wohlbekannte Stimme mich innehalten lässt.

»Lina!«

Unter dem Klang meines Namens zucke ich zusammen, ringe mir jedoch ein Lächeln ab, während ich mich unserem Nachbarn zuwende. Ottar ist ein hagerer Mann, der trotz seiner Mitte sechzig noch jeden Tag im Morgengrauen zum Fischen aufs Meer hinausfährt. Die Hälfte seines wettergegerbten Gesichts versteckt sich unter einem Vollbart, wobei man – so wie jetzt – hin und wieder die Ahnung eines Grinsens darunter erkennen kann.

»Hey!«, begrüße ich ihn freundlich und streiche eine Strähne zur Seite, die sich beim Rennen aus meinem Zopf gelöst hat. »Fährst du noch mal raus?«

Ich deute auf den Kühlbehälter, den er mit sich herumschleppt, woraufhin er nur den Kopf schüttelt. »Nein. Hatte Glück heute Morgen, hab genug für die halbe Insel gefischt. War eben bei den Hansens.«

Natürlich. Unnötige Frage von mir. Obwohl Ottar mit der Fischerei schon lange nicht mehr seinen Unterhalt verdient, treibt es ihn immer wieder hinaus auf die See. Seinen Fang teilt er anschließend mit dem ganzen Dorf.

»Bei deinem Vater war ich vorhin schon.«

In seinen Worten liegt ein Unterton, der mich erneut zusammenfahren lässt. »Warst du bis eben draußen?«

Ich nicke.

»Du musst besser aufpassen, Kind. Ein paar Minuten später, und das hätte böse enden können.«

»Ich weiß.« Unser Dorf liegt an einer kleinen Bucht, die durch eine schmale Meerenge vom Rest des Ozeans getrennt ist. Bei Ebbe kann man durch sie hindurch bis an den Strand hinausspazieren, doch wenn man den Rückweg zu lange hinauszögert, läuft man Gefahr, eingekesselt zu werden.

»Aber keine Sorge, ich bin nicht umsonst ...«

» ... die schnellste Stürmerin, die die Insel je gesehen hat.« Er zwinkert mir zu. Wie ich kann er diese Konversation vermutlich schon im Schlaf durchspielen. Und wie ich weiß er, dass sie nur zur Ablenkung dient, um seine eigentliche Frage weiter hinauszuzögern.

»Was ist los, Lina?«

Leugnen zwecklos. Ich muss aussehen, als hätte man mich eine Klippe hinuntergeschubst. Durchnässt, vollgeschwitzt, mit rot geränderten Augen, die Knie zitternd. Wie nach einer Hetzjagd.

»Das Übliche«, erwidere ich knapp. »Wir bekommen heute einen neuen Gast. Mein Vater ist nicht glücklich darüber.«

Ottar seufzt. »Hat er das so gesagt?«

Beinahe hätte ich aufgelacht. Als ob mein Vater mir irgendwas darüber sagen würde, was in ihm vorgeht. Ich kann nur spekulieren, was sein leerer Blick mir mitteilen will, während ich das tue, was ich für richtig halte. Weil Ottar aber eine Antwort erwartet, zucke ich mit den Schultern und ernte dafür ein weiteres Seufzen.

»Ich kann mit ihm reden, wenn du …«

»Schon gut«, schneide ich ihm das Wort ab. »Er weiß selbst, dass wir uns nicht nur von Luft und Seetang ernähren können. Also muss er sich damit abfinden, dass ich ab und an ein paar Touristen das Geld aus der Tasche ziehe.«

»Ganz die Geschäftsfrau, was?«

Ottars Lächeln ist ansteckend und verdrängt für den Moment die düsteren Gedanken an meinen Vater. »Natürlich. Für die nächste Saison sind wir komplett ausgebucht. Und selbst heute kommt jemand, der fast drei Wochen bei uns verbringen will.«

»Um diese Jahreszeit?«, fragt Ottar stirnrunzelnd. »Hier gibt's doch gar nichts zu tun im Moment.«

»Keine Ahnung. Irgendein Kerl aus Kopenhagen, der kurzfristig nach einer Unterkunft gesucht hat«, erkläre ich augenverdrehend. »Wahrscheinlich einer dieser Reiseblogger auf der Suche nach einem ›Geheimtipp‹ für seinen Instagram-Account. Der wird sich wundern. Aber wenigstens hat er im Voraus bezahlt – soll mir also recht sein.«

»Komische Leute.« Missbilligend schnalzt Ottar mit der Zunge. »Bist du sicher, dass du klarkommst?«

»Absolut.« Die Schwere in meiner Brust straft mich Lügen.

»Alles klar. Dann viel Erfolg mit dem neuen Gast. Schick ihn gern zu mir, wenn ihm langweilig ist. Ich kann immer eine helfende Hand gebrauchen.«

»Mache ich.«

Damit wendet er sich ab und begibt sich auf den Weg nach Hause. Sein Haus steht höher gelegen, direkt neben dem großen Wasserfall, der in die Bucht mündet. Dort, vollkommen abseits vom Dorf, lebt Ottar allein mit seinem Hund, vier Schafen und seiner Leidenschaft fürs Fischen. Ab und zu frage ich mich, ob er nicht einsam ist, doch jedes Mal, wenn ich ihn danach frage, erklärt er mir nur, dass er sich kein schöneres Leben vorstellen könne. Eine Eigenschaft, die er mit den meisten Bewohnern unserer Insel gemeinsam hat. Die Liebe zur Heimat scheint uns Färingern geradezu im Blut zu liegen, als würde ein Fluch uns an dieses Land ketten.

Alle bis auf mich.

Ich schlucke hart und lasse meinen Blick über die Bucht schweifen. Binnen Minuten hat sich der Regen verzogen. Jetzt brechen mehr Sonnenstrahlen durch die Wolkendecke und bringen die Meeresoberfläche zum Funkeln. Ottars Schritte verhallen, bis mich nichts umgibt außer dem Klang der Natur. Das Rauschen der Wasserfälle, das Heulen des Windes und das Tosen der Brandung auf den Felsen in der Bucht. An Tagen wie diesem macht mich die Schönheit meiner Heimat traurig, weil sie mich daran erinnert, dass ich nicht wie alle anderen bin. Dass ich nicht dankbar sein kann für das, was ich habe.

Dass ich mir nichts sehnlicher wünsche, als endlich von hier zu verschwinden.

Louay

Der Mann im grauen Dufflecoat hat keine Ahnung, dass er beobachtet wird. Immer wieder huschen seine Augen zur Tafel über dem Gate, während er sich an seinen Pass klammert, als ginge es um Leben und Tod. Wie die Handvoll anderer Passagiere hat er sich in der Schlange vor dem Schalter eingereiht, seit ein einsamer Flugbegleiter von *British Airways* dort aufgetaucht ist – und das, obwohl noch lange nicht zum Boarding aufgerufen wurde.

Von einem überteuerten Café aus beobachte ich den Fremden in dem Versuch, aus seinem Auftreten herauszulesen, was ihm wohl durch den Kopf geht. Ob er wie die anderen, die bereits nervös in der Schlange stehen, fürchtet, er könnte den Flug verpassen, obwohl sich noch nichts getan hat? Oder denkt er ernsthaft, er käme früher unten an, wenn er zuerst im Flieger sitzt?

Ein Grinsen huscht mir übers Gesicht. Der Typ dürfte keine zehn Jahre älter sein als ich. Gepflegter Dreitagebart, blondes Haar, blaue Augen, dazu Markenklamotten und eine Haltung, die mir verrät, dass er weiß, was er im Leben will. Was ihn wohl nach London verschlägt?

Während ich immer wieder zu ihm hinüberschiele, kratzt mein Füller über die aufgeschlagene Seite meines Notizbuchs. Das Schreiben gibt mir das Gefühl, produktiv zu sein, was meine angeschlagenen Nerven beruhigt. Akribisch notiere ich mir alle Details zu dem Mann, von seiner Designerbrille bis hin zu der Art, wie er mit den Fingern nervös über den blauen Umschlag seines Passes streicht. Niemand weiß, welche dieser Informationen später nützlich sein werden oder wie viele es am Ende ins Manuskript schaffen, aber ich bin gern vorbereitet.

In meinem *Paperblank* mit dem schlichten schwarzen Einband wimmelt es von solchen Notizen. Menschen, denen ich zufällig begegnet bin, ohne je ein Wort mit ihnen gewechselt zu haben, dazu Plätze, ja, selbst Gefühle oder vage Stimmungen. Die Materialsammlung, aus der ich später im Patchwork-Style eine neue Geschichte webe.

Als plötzlich eine Durchsage ertönt, lichtet sich die Anspannung auf dem Gesicht des Mannes. Die Fluggesellschaft ruft zum Boarding auf, und es dauert kaum eine Minute, da ist er hinter der Schranke am Gate verschwunden. Die Wahrscheinlichkeit, ihn wiederzusehen, geht gegen null. Jetzt ist er nur noch ein Schatten in meinem Gedächtnis und eine Seite in einem Notizbuch. Ein Seufzen huscht über meine Lippen.

Wie immer bin ich vier Stunden vor Abflug am Flughafen angekommen, weshalb ich nun über meinem dritten Kaffee sitze und das Kommen und Gehen um mich herum beobachte, in der Hoffnung, dass irgendjemand oder etwas einen Funken in mir auslöst. Die zündende Idee für meinen großen Roman. Doch bis auf ein paar wahllose Anhaltspunkte lässt die Muse auf sich warten – so wie schon die letzten acht Monate, seit meine Mutter mich gefragt hat, ob ich denn nicht mal »etwas Eigenes« schreiben möchte.

Der Gedanke daran tut weh, dabei ist die Antwort ebenso offensichtlich wie plump: Ja, natürlich will ich *etwas Eigenes* schreiben. Ein Buch, auf dem in dicken Lettern der Name Louay Saeed prangt statt eines Pseudonyms, das ich wie einen Schutzschild vor mich halte.

Allein die Erinnerung an das Gespräch mit meinen Eltern frustet mich so sehr, dass ich kaum still sitzen kann, während meine Gedanken in unendlich viele Richtungen gleichzeitig davonrauschen. Mein Verleger sagt immer »Diamanten entstehen unter Druck«, nur ist genau dieser Druck Gift für meine Kreativität.

Sobald ich den Platz im Café verlasse, werde ich beinahe von einer Horde Schüler überrannt, die aufgeregt über die bevorstehende Klassenfahrt tuscheln. Erfahrungsgemäß habe ich fast immer das Glück, in derselben Maschine zu sitzen – und manchmal leistet mir auch ein schreiendes Kleinkind oder ein alter Kerl, der seine Knie nicht bei sich lassen kann, Gesellschaft. Doch heute muss ich mir um die Schulklasse vermutlich keine Sorgen machen. Dem Geplapper nach zu urteilen, geht die Reise für sie nach Rom – also so ziemlich in die entgegengesetzte Richtung.

Weil mir trotz Kaffeepause noch viel zu viel Zeit bis zum Boarding bleibt, schlendere ich vorbei an Designergeschäften und Feinkostständen, bis ich schließlich einen Buchladen entdecke. Mir ist klar, dass es Selbstfolter gleichkäme, mich genau jetzt dort hineinzubegeben, aber mein innerer Bücherwurm jubelt vor Freude und übernimmt die Kontrolle über meinen Körper, ehe der gesunde Menschenverstand ihn niederzwingen kann.

Der Geruch von Papier begrüßt mich beim Eintreten wie ein alter Freund, und sofort nimmt mein Gehirn die Arbeit auf. Es zeigt mir größenwahnsinnige Bilder von meinen Werken auf dem Empfehlungstisch mit den Bestsellern, vielleicht einen Pappaufsteller von mir mit Sprechblase und Zitat. Oder einen anderen Firlefanz, den sich die Marketingabteilung ausdenkt – ich bin nicht wählerisch.

Gedankenverloren schreite ich durch die Regale, wobei ich mich frage, wo mein Werk wohl landen wird.

Vielleicht bei den Thrillern? Bei den Krimis? Eine Mordserie, die auf einer abgeschiedenen Insel spielt? Bei den historischen Werken? Oder lieber Science-Fiction? Vielleicht auch etwas Ausgefallenes wie Fantasy? Ob ich es mal mit einem Jugendbuch probieren sollte? Die Möglichkeiten sind endlos – wie die Ideen in meinem Kopf – und dennoch ungreifbar. Vage Ahnungen eines Manuskripts, das ich verwerfe, kaum ist der erste Ansatz erdacht. Ich stecke in einer Art literarischer Existenzkrise, wenn man so will.

Als ich bei den Liebesromanen ankomme, die gefühlt

ein Drittel des Ladens einnehmen, gerate ich ins Stocken. Eigentlich lese ich selbst gern Romanzen, doch was ich hier entdecke, lässt mich erschaudern. Ich strecke eine zitternde Hand nach dem verträumten Cover aus, das ein schlossartiges, altes Gebäude an einem Strand zeigt. Sofort habe ich das Gefühl, die frische Meeresluft einzuatmen, während ich mit den Fingerkuppen über die geprägte Schrift fahre.

Die Schicksalsklinik. Daneben ein Sticker mit der Aufschrift: *Alle Folgen jetzt im hochwertigen Sammelband.*

Mir wird schlecht. Meine Agentin meinte einmal zu mir, dass Schreibende es geschafft haben, wenn der eigene Name größer auf dem Cover ist als der Titel. Und genau das ist hier der Fall: ALMA JENSEN.

Beim Lesen kommt es mir vor, als würde eine schrille Stimme mir den Namen silbenweise ins Ohr schreien. AL-MA JEN-SEN.

»Hätte dich beim Reinkommen gar nicht so eingeschätzt.« Diese Worte stammen nicht aus meinem Kopf, sondern von einer Verkäuferin, die neben mir aufgetaucht ist. Vor Schreck zucke ich zusammen – auch, weil ich es nicht gewohnt bin, in einer Flughafenbuchhandlung beraten zu werden.

Die Blondine mit den schwarz geschminkten Augen und Lippenpiercings grinst mich an. »Das Buch, meine ich«, führt sie weiter aus. »Wird manchmal echt langweilig hier, also mach ich mir einen Spaß draus, mir zu überlegen, was die Leute, die hier reinkommen, so lesen. Dich hätte ich, ehrlich gesagt, anders eingeschätzt.«

Mit der Aussage weckt sie mein Interesse, und obwohl

sich alles in mir dagegen sträubt, ein Gespräch mit dieser Fremden anzufangen, bewegt sich mein Mund wie von allein. »Ach so? Wie hättest du mich denn eingeschätzt?«

Daraufhin verengt sie die Augen, um mich genauer zu mustern. Ihr eines Lippenpiercing wackelt hin und her, was mich immerhin so weit ablenkt, dass ich mich unter ihrem Röntgenblick nicht völlig nackt fühle. Dann zuckt die Frau mit den Schultern. »Keine Ahnung, um ehrlich zu sein.«

Irgendwie bin ich enttäuscht. Natürlich wäre es übertrieben, meine Karriere von der Einschätzung einer Verkäuferin abhängig zu machen, aber sie hätte mir vielleicht einen Schubs in die richtige Richtung geben können.

»Jedenfalls nicht wie jemand, der so was da liest. Weiß Gott, wieso sich der Scheiß so gut verkauft.«

Mit »so was da« und »der Scheiß« meint sie das Werk, mit dem ich meinen Lebensunterhalt verdiene. Fairerweise ahnt die Verkäuferin davon nichts, denn das Geheimnis um mein Pseudonym ist in etwa so gut gehütet wie die Archive des Vatikans. Wobei *Geheimnis* in diesem Fall auch nur ein Synonym für die Lüge ist, hinter der ich mich bereits so lange verstecke, dass ich keine Ahnung mehr habe, wer ich überhaupt bin.

Neben Verleger und Agentin weiß nur meine Familie davon, und das auch nur, weil alle mir schriftlich versichert haben, ihren Stolz über meinen Erfolg nicht in die WhatsApp-Gruppe des Schulelternbeirats zu posten. Und überraschenderweise halten sie schon seit fast vier Jahren dicht.

»Hast du es denn gelesen?«, frage ich die Verkäuferin neugierig.

Zur Antwort erhalte ich ein abwertendes Zungenschnalzen, ehe sie mir das Buch aus der Hand nimmt und beginnt, die Rückseite vorzulesen. »*Die Erfolgsserie von Bestseller-Autorin Alma Jensen – jetzt auch im hochwertigen Paperback-Sammelband. Begleiten Sie die junge Krankenschwester Anneliese in die Seeklinik St. Johanna und lassen Sie sich von den charmanten Ärzten vor Ort verzaubern. …* Was denkst du?«

Eigentlich gar nichts. Ich kenne den Aufhänger nur zu gut, und obwohl die Frau vor mir nicht mal den Hauch einer Ahnung hat, wer vor ihr steht, will ich vor Scham am liebsten im Erdboden versinken. In Wirklichkeit sind die Bücher im Inneren nicht ganz so seicht, wie der Klappentext es vermuten lässt. Zumindest rede ich mir das ein. Ich gebe mir immer Mühe, die Handlung weniger melodramatisch und vorhersehbar verlaufen zu lassen, als es von meiner Zielgruppe erwartet wird, aber der Redaktion, die die Kurztexte schreibt, ist das herzlich egal – und die Leserinnen stehen anscheinend drauf.

»Klingt doch spannend …«, äußere ich wenig glaubhaft und ernte prompt ein Lachen.

»Um deine Frage zu beantworten: Ich hab es gelesen. Ich bin die einzige Frau, die hier fest angestellt ist, und deshalb für den Romance-Bereich verantwortlich. Da sag noch mal einer, Sexismus am Arbeitsplatz gäbe es nicht. Aber gut. Fangen wir nicht damit an. Das Buch war nicht meins. Wenn dir langweilig ist, geh mal auf Amazon. Die Ein-Sterne-Rezension mit den 803 Däumchen? Das ist meine.«

Ich meine sogar, mich vage daran erinnern zu können.

Immer mal wieder scrolle ich durch das Feedback, um einen Überblick zu bekommen, bei wem mein Buch wie ankommt. Kritiken von Leuten, die normalerweise keine romantischen Heftromane mit Klinik-Setting lesen, überfliege ich meistens nur, doch irgendwas von den Worten »würde nicht mal meine Oma anrühren« ist wohl in meinem Gedächtnis hängen geblieben.

»Wo geht's denn hin?«

»Hm?« Sie hat so plötzlich das Thema gewechselt, dass ich ein paar Sekunden auf dem Schlauch stehe, ehe ich realisiere, wo ich mich befinde. »Oh, natürlich. Ich fliege für ein paar Wochen auf die Färöer.«

»Um diese Jahreszeit?«, fragt sie stirnrunzelnd. »Hast du Familie da?«

»Nein. Ist geschäftlich.«

»Ach so. Bist du Fotograf? Die laufen hier ständig rum.«

»So was in der Art.« Ich lächele entschuldigend, während ich mein Handy aus der Tasche ziehe, um die Uhrzeit zu checken. »Hey, hast du etwas, das du mir empfehlen würdest? Ein Buch, das *dir* gefallen hat?«

Sie mustert mich skeptisch. Mir ist klar, dass meine Frage dem unbeholfenen Flirtversuch eines Büchernerds gleichkommt, doch das ist mir gerade herzlich egal. All das Gerede über Alma Jensen hat den Wunsch in mir, auf dem Buchmarkt – und im Privatleben – endlich ich selbst zu sein, nur verstärkt. Und wieso sich nicht verzweifelt an jede Option klammern? Wer weiß, vielleicht liefert ihre Empfehlung ja den zündenden Funken für eine Buchidee. Oder auch, was nicht liefe. Wäre ja schon mal ein Anfang.

Als wir endlich zur Landung ansetzen, bekomme ich zum ersten Mal in meinem Leben ein Gefühl dafür, was es bedeutet, dankbar zu sein, dass man noch atmet. Die Färöer begrüßen uns mit hurrikanartigen Böen, was dem »Buschflieger« ordentlich zu schaffen macht. Während wir uns im Sinkflug befinden, spüre ich sämtliche Erschütterungen bis in meine Knochen, wobei mir jede davon neue Schweißperlen auf die Stirn treibt. Das Kleinkind, das zwei Reihen hinter mir bisher friedlich geschlafen hat, beginnt zu schreien. Irgendwo höre ich ein lautes metallisches Klappern, als wir die Wolkendecke durchbrechen. Unter mir sehe ich zunächst nichts als den Ozean, dessen Oberfläche wir so nah sind, dass ich einzelne Gischtkronen entdecke. Aus dem Cockpit ertönt eine Durchsage, aber die Stimme des Piloten klingt verzerrt, weshalb ich nicht einschätzen kann, ob er uns beruhigend zuspricht oder zum Beten auffordert. Dann taucht unter mir auf einmal Land auf. Baumlose Berggipfel, die mit goldfarbenem Gras bewachsen sind. Dazu felsige Hänge, Wasserfälle. Eine Straße. Ein Dorf. Ein heftiger Windstoß, der das Flugzeug zur Seite neigt, woraufhin ich für eine Sekunde nur den Ozean sehe.

Oh, bitte, mach, dass es vorbei ist!

Wir überqueren die Ortschaft, fliegen eine leichte Rechtskurve, und ich spüre deutlich, wie wir an Höhe verlieren. Einen Augenblick bin ich schwerelos, nur um im nächsten mit dem Doppelten meines Körpergewichts in den Sitz gedrückt zu werden. Ich lege den Kopf in den Nacken, blicke nach oben, weil ich entgegen jeder Vernunft erwarte – oder hoffe –, dass mir gleich eine Sauerstoffmaske entgegenfällt. Doch stattdessen ertönt ein lautes Rauschen, gefolgt von einem Bremsschub. Erneut beginnt die Maschine zu schwanken. Dann endlich die erlösende Landung.

Scheiße.

Der Pilot bremst so stark ab, dass ich trotz Gurt das Gefühl habe, vom Sitz zu rutschen. Hinter mir lässt das Kind ein wütendes Brüllen los. Dann ist es geschafft. Mit Erleichterung bemerke ich, wie wir langsamer werden und endlich festen Boden unter dem Fahrwerk haben. Beinahe hätte ich applaudiert, hätte ich mich nicht im letzten Moment daran erinnert, dass ich nur einer von acht Passagieren auf diesem Flug bin.

Als wir das Terminal erreichen und zum Stehen kommen, zittern meine Beine noch immer. Ich kann es gar nicht erwarten, aus dieser Maschine raus zu sein, obwohl es mir insgeheim schon vor dem Rückflug graut. Bis dahin sind es fast drei Wochen. Nicht annähernd genug Zeit, um mich irgendwie von diesem Höllenflug zu erholen.

Wenn ich keinen Anschluss zu erwischen habe, bleibe ich normalerweise bis zuletzt in der Maschine sitzen, um anderen den Vortritt zu lassen. Doch heute kann ich mich gar nicht genug beeilen, mir mein Handgepäck zu schnappen, mich knapp beim Personal zu bedanken und die Gangway hinunterzustolpern, weil sich meine Knochen anfühlen, als wären sie aus Pudding.

Ob es übertrieben wäre, den Boden zu küssen?

Ich bleibe einen Augenblick lang stehen, bis sich mein wild schlagendes Herz beruhigt. Zuerst fällt mir der Geruch auf – nach Regen, frischem Gras, Wind und Kälte –, dann die Schafe.

Was zur Hölle?

Der Flughafen liegt idyllisch in grasbewachsene Hügel eingebettet und ist so klein, dass er gerade genug Platz für fünf Passagiermaschinen bietet. Die Stelle, an der wir geparkt haben, ist nur einen Steinwurf von einem mit Stacheldraht versehenen Zaun entfernt, an dem ein paar Schafe grasen, als gäbe es kein gemütlicheres Plätzchen als das hier, unmittelbar neben den Turbinen eines Flugzeugs. Hinter mir verlassen die Eltern mit dem nun nicht mehr schreienden Kind die Maschine, wobei sie sich aufgeregt in der Landessprache unterhalten. Obwohl die Färöer zu Dänemark gehören, haben die Laute keinerlei Ähnlichkeit mit dem, was ich gewohnt bin. Ein bisschen erinnert es mich an meine Reise nach Island, aber eben nicht ganz.

Während die restlichen Passagiere an mir vorbei ins Flughafengebäude marschieren, lässt das Zittern in meinen Beinen langsam nach. Normalerweise habe ich nur wenig Angst vorm Fliegen, doch ich bin mir sicher, dass dieses Erlebnis eine Art Trauma in mir ausgelöst hat. Allein der Blick in den wolkenverhangenen Himmel beschert mir ein flaues Gefühl im Magen. Dann reißt mich ein lautes Blöken aus meinen Gedanken.

Eines der Schafe hat den Kopf gehoben und scheint aus runden schwarzen Knopfaugen direkt in meine Seele zu starren. Als würde es alle meine Geheimnisse kennen, meine Schwächen – als hätte es sämtliche Bände der *Schicksalsklinik* gelesen und würde mich dafür verurteilen.

Bullshit. Das Adrenalin macht mich ganz durcheinander. Entschlossen schüttele ich den Kopf, ehe ich endlich den ersten offiziellen Schritt in diesem fremden Land mache. Wie Bilbo Beutlin oder Phileas Fogg bin ich bereit für ein Abenteuer.

Der Flughafen gleicht in seiner Größe einem Schuhkarton. Es gibt einen abgetrennten Bereich für die Ankünfte, wo ich innerhalb von fünf Minuten mein Gepäck zurückbekomme. Danach kann ich das gesicherte Areal auch schon verlassen. Ungewollt beschleunigt sich mein Herzschlag, sobald ich durch die Schleuse in den Eingangsbereich des Gebäudes trete, wo meine Mitpassagiere bereits von ihren Familien und Freunden in Empfang genommen werden, während ich noch nach meiner Gastgeberin Ausschau halte. Ich erwarte, wie im Film ein Schild mit meinem Namen darauf zu sehen, doch nichts dergleichen ist der Fall. Bald bezweifle ich, dass sie überhaupt schon da ist, denn nach nur wenigen Minuten bin ich allein an der Schleuse zur Gepäckannahme.

Ich schaue auf mein Handy. Unsere Landung war so pünktlich, wie sie nur hätte sein können, und ein Blick auf meine E-Mails bestätigt, dass wir uns genau hier verabredet haben.

Ich hole dich dann direkt am Tor zum Bereich für die Ankunft ab. 15.32 Uhr und keine Sekunde später!
Bis dann, guten Flug!!! Lina

Bei der Überschwänglichkeit ihrer Nachrichten und der Menge an Ausrufezeichen, die sie verwendet, schätze ich sie auf eine Frau um die fünfzig. Vermutlich sind ihre Kinder inzwischen ausgezogen, weshalb sie das frei gewordene Zimmer als B&B vermietet. Oder sie ist noch älter und sehnt sich nach Gesellschaft, nachdem ihr Mann sie verlassen hat. Ungewollt entsteht ein Bild in meinem Kopf, der ihr ein konkretes Äußeres andichtet und eine Hintergrundgeschichte zu ihr webt. Wenn mein Verstand nur immer so inspiriert wäre wie durch einen Namen …

Lina Gásdal.

»Loay Saeed?« Ertappt zucke ich zusammen. Meinen vollen Namen falsch ausgesprochen zu hören, erinnert mich an meine Schulzeit, und alte Gewohnheiten lassen sich nur schwer ablegen.

»Ja?« Reflexartig presse ich die Hand gegen meinen Brustkorb, unter dem mein armes Herz heute gar nicht mehr zur Ruhe kommt, bis ich meinen Blick endlich auf die Frau richte, die sich mir unbemerkt genähert hat.

Meine Vorstellung von ihr wird mit sofortiger Wirkung gelöscht und überschrieben, denn Lina Gásdal ist so ziemlich das Gegenteil von dem, was ich mir ausgemalt habe. Sie ist jünger als ich – wahrscheinlich kaum älter als zwanzig – und nur ein, zwei Zentimeter kleiner. Sie hat blasse, sommersprossige Haut, wobei ihre Wangen rot glühen, als wäre sie gerade einen Marathon gelaufen. Insgesamt wirkt sie außer Atem, das glatte pechschwarze Haar zerzaust, ein gehetzter Ausdruck in ihren blauen Augen. Sie ist doch nicht etwa den ganzen Weg hierher gerannt?

»Es tut mir leid«, keucht sie. »Ich hab nicht auf die Uhr … schon drei und … hätte nicht gedacht, dass du … Du bist Loay Saeed, oder?«

»*Louay*«, verbessere ich sie reflexartig, während ich noch immer damit beschäftigt bin, die neuen Informationen zu verarbeiten. Dass sie keine ältere Dame ist, die die Zimmer ihrer ausgezogenen Kinder vermietet, ist die eine Sache. Aber mit einer jungen Frau habe ich nicht gerechnet. Wie kommt sie dazu, hier am Ende der Welt ein B&B zu leiten?

»Oh Gott, sorry, sorry, sorry. Lu-Ai – ist das richtig?«

»Genau.«

»Kwssuhavurtutehr.«

Ich blinzele verwirrt. »Bitte?«

»Hvussu hevur tú tað«, wiederholt sie etwas klarer, ehe sie endlich einen tiefen Atemzug nimmt. »Das heißt: Wie geht's? Hattest du einen guten Flug?«

Sie spricht Dänisch mit mir, vollkommen akzentfrei. Bei meiner Recherche über die Färöer habe ich herausgefunden, dass die meisten Inselbewohner zwei- bis dreisprachig aufwachsen und auch Englisch kein Problem für sie ist. Dennoch breche ich mir förmlich die Zunge, als ich versuche, ihre Worte zu wiederholen. »Danke, gut. Wossuha … dir?«

Da stellt sich einem doch die Frage, warum ich Single bin – ich alter Herzensbrecher. Immerhin scheint Lina meinen kläglichen Versuch, ihre Landessprache zu imitieren, mit Humor zu nehmen. Ein Grinsen macht sich auf ihrem Gesicht breit, sodass sich Grübchen auf ihren Wangen bilden. »Eg havi tað gott – ganz gut. Aber sorry, du wolltest sicher keinen Sprachkurs, kaum dass du gelandet bist.«

Na ja, eigentlich …

Zögernd zucke ich mit den Schultern und bemerke plötzlich, dass sie mich ebenso genau unter die Lupe nimmt wie ich sie. Ob sie sich wohl fragt, ob es sicher ist, mich als Gast aufzunehmen? Ich könnte ein Serienmörder sein, der es auf attraktive B&B-Besitzerinnen abgesehen hat … oder ein Perverser. Wäre das nicht Stoff für einen Thriller?

Mit einem Räuspern holt Lina mich aus den Gedanken. »Bist du so weit fertig für die Fahrt? Bis nach Hause dauert es knapp eine Stunde. Wenn du noch was essen willst oder so …«

Beinahe wäre ein »Ja!« aus mir herausgebrochen. Als wollte mein Unterbewusstsein sie unbedingt zum Essen einladen und alles über sie und ihre Heimat erfahren. Aber für den Moment behält die Vernunft die Oberhand. Das Letzte, was diese Situation braucht, ist, von mir noch peinlicher gemacht zu werden, als sie ohnehin schon ist.

»Danke, aber ich hab schon gegessen. An Bord gab es sogar Smørrebrød, das ausnahmsweise mal nicht staubtrocken war.«

Was zur Hölle rede ich da?

Mit einem Kopfnicken bedeutet sie mir, ihr zu folgen. »Fliegst du öfter?«

»Immer mal wieder. Wobei das hier das erste Mal seit Jahren ist, dass ich auch mal in Urlaub fliege.« So halbwegs zumindest. »Die meiste Zeit bin ich beruflich unterwegs.«

»Und was machst du?«

Ich bewundere, dass sie keinerlei Scheu hat, mir all diese Fragen zu stellen, doch wahrscheinlich gehört das bei ihr zum Beruf. Immerhin hat so wenigstens einer von uns die Fähigkeit, die Fahrt ins B&B mithilfe von Small Talk nicht ganz so ungemütlich werden zu lassen.

Die Frage ist nur: Bleibe ich bei der Wahrheit?

»Ich ... schreibe.«

Vage genug.

»Dann bist du sicher ein Reiseblogger!«

»So in etwa.«

Mir ist nicht wohl bei dem Gedanken, ihr so ins Gesicht zu lügen, aber ich kann ihr kaum gleich meine geheime Identität auf die Nase binden, nachdem wir uns gerade einmal ein paar Minuten kennen. Während ich ihr zum Ausgang folge, lasse ich meinen Blick durch das Terminal schweifen. Es gibt nur eine Handvoll Schalter, und die Menge an Menschen ist so überschaubar, dass ich mich unwillkürlich frage, ob es sich überhaupt lohnt, diesen Flughafen zu betreiben.

»Da hast du aber ein seltsames Timing«, bemerkt Lina, als sie die ausladende Kabine einer Drehtür betritt. Mit überraschend viel Energie drückt sie gegen das Glas, obwohl ein Schild deutlich darauf hinweist, ebendies nicht zu tun. »Ich meine, die meisten kommen erst ab Mitte Mai hierher.«

»Ach ja? Wieso denn das?«

»Zu kühl. Zu wechselhaft ... also noch mehr als sonst.«

Ein eiskalter Windstoß treibt mir die Tränen in die Augen, als ich unter das Vordach des Terminals trete. Wo mich an anderen Flughäfen ewige Autoschlangen erwarten, gibt es hier nur einen Bus und zwei geparkte Pkw. Dahinter liegt ein Grünstreifen, gefolgt von einem separaten Parkplatz, bevor auch schon wieder die Natur beginnt. Ich wusste, dass die Färöer mit ihren fünfzigtausend Einwohnern klein sind, dennoch werde ich nach dem Trubel der Hauptstadt beinahe erschlagen von all dem ... Nichts.

»Vorhin, als ich losgefahren bin, hat es geschneit.« Linas Stimme reißt mich aus den Gedanken.

»Wirklich?«

»Mhm. Ich hoffe, du bist für alle Verhältnisse gerüstet, wenn du wandern gehen willst. Wir haben hier echt jede Art von Wetter.«

»Auch Sandstürme?«, frage ich im lahmen Versuch eines Witzes.

»Auch Sandstürme«, bestätigt sie augenzwinkernd, ehe sie den ziemlich überflüssigen Zebrastreifen überquert. Bereitwillig folge ich ihr zum Auto, einem mitgenommenen schwarzen Jeep, obwohl ich nach wie vor nicht realisiere, wo ich mich befinde.

Nicht ganz der Arsch der Welt – es gibt zumindest Straßen –, aber ich glaube, ich kann ihn von hier aus sehr gut sehen.

Lina

Louay. Lu-Ai.

Ein Mann. Ein Koffer. Ein Rätsel.

Wenn er sich einbildet, ich würde ihm die Reiseblogger-Nummer abkaufen, dann hat er sich getäuscht. Das B&B ist zwar erst seit letztem Jahr eröffnet, doch in der einen Saison habe ich genug von der Sorte getroffen, um zu wissen, dass Louay keiner von ihnen ist. Nichts an ihm schreit: »Hallo, ich bin hier, um Abenteuer zu erleben, um dann drei Jahre nicht aufzuhören, davon zu erzählen – egal, ob ich gefragt werde oder nicht.« Ich weiß, ich sollte ihn nicht beurteilen, bevor ich ihn kenne, aber es passt einfach nicht. Er trägt schlichte Schnürschuhe, Jeans und einen Wollmantel, der sich beim nächsten Nieselregen mit Wasser vollsaugen wird. Ihm fehlt der abgetragene Rucksack oder zumindest ein zerkratzter Hartschalenkoffer, auf dem sich Sticker aus aller Welt tummeln. Louays scheint neu und deutlich hochwertiger zu sein, als hätte er ihn eigens für diese Reise gekauft.

Nur wenn er kein Blogger oder Fotograf ist, was will er sonst um diese Jahreszeit hier?

Obwohl ich bemüht bin, eine lockere Konversation aufrechtzuerhalten, um ganz die gute Gastgeberin zu sein, kenne ich meine Grenzen. Hier auf den Inseln gibt es kaum eine Frage, die jemand mit »Das geht dich nichts an« beantworten würde, aber ich weiß, dass der Rest der Welt das anders sieht.

Allerdings hält mich das nicht davon ab, Louay während der Fahrt genauer unter die Lupe zu nehmen, vor allem, weil er viel zu beschäftigt damit ist, jeden Quadratmeter der Landschaft in sich aufzunehmen. Als hätte er noch nie Schafe gesehen. Oder Hügel. Oder Gras. Meinte er nicht, er sei aus Kopenhagen? Die werden dort ja wohl Gras haben.

Louay ist ein paar Jahre älter als ich, aber vermutlich keine dreißig. Seine braune Haut bildet einen sanften Kontrast zum Beige seines Schals. Zusammen mit den beinahe schwarzen Haaren verleiht sie ihm ein Aussehen, das fast das Gegenteil zu dem ist, was hier im Norden als »typisch« gilt.

Während der Fahrt stockt unsere Konversation, doch das Schweigen ist nicht unangenehm. Dazu ist Louay zu sehr mit der Umgebung beschäftigt – selbst als wir nur durch den Tunnel fahren, der die Inseln Vágar und Streymoy miteinander verbindet. Komischer Typ. Aber irgendetwas hat er, das mich immer wieder dazu bringt, zu ihm hinüberzuschielen. Vielleicht die Art, wie er auf seiner Unterlippe kaut, als stellte ihn die Landschaft vor ein unlösbares Rätsel. Vielleicht auch sein Geruch. Ein teuer riechendes Aftershave, das eher nach »reicher Investor« schreit statt nach Reiseblog.

Ach, was weiß ich schon. Ich sollte mir nicht so viele Gedanken darüber machen. Sobald ich ihn abgesetzt habe, sehe ich ihn nur ein paar Male, bevor er in nicht einmal drei Wochen wieder verschwindet. Was zur Hölle will er eigentlich so lange tun? *Ich* weiß ja schon kaum, wie ich die Zeit totschlagen soll.

Als wir die Ortschaft Hvalvík erreichen und ich endlich auf die Straße nach Saksun einbiege, verschlechtert sich meine Laune. Vor uns liegen noch fünfzehn Minuten Fahrt durch nichts als Einöde, doch das ist nicht der Grund für meinen Stimmungswechsel. Mit der letzten Etappe unserer Reise kehren die Gedanken an meinen Vater zurück. Und an die Tatsache, dass ich mich jetzt nicht mehr in die Ferienwohnung verziehen kann, um ihm aus dem Weg zu gehen.

»Alles okay?« Erst als Louay mich anspricht, fällt mir auf, dass ich ein paarmal geseufzt habe. Der Klang seiner Stimme erinnert mich an Hörbücher oder Dokumentationen im Fernsehen. Sie klingt fast ein bisschen zu alt für ihn, sanft und … kontrolliert, ohne dabei emotionslos zu wirken.

Mit einem Kopfschütteln versuche ich, meine Gedanken loszuwerden, und klappe die Sonnenblende nach unten, um so zu tun, als wäre mein einziges Problem der mittlerweile strahlend blaue Himmel.

»Da drüben spiele ich Fußball«, übergehe ich seine Frage gnadenlos und deute mit einer Kopfbewegung nach rechts. Dort, auf der anderen Seite des Flusses, befindet sich ein kleiner Sportkomplex. »Training ist zweimal die Woche dienstags und donnerstags. Samstags habe ich meistens ein Spiel.«

Louay nickt, als wäre diese Information genauso relevant wie die kleinen Details über die Insel, die ich während der Fahrt hin und wieder erwähnt habe.

»Du hast sicher auf der Webseite gelesen, dass Saksun keine Geschäfte hat.«

»Und nur zwölf Einwohner.«

Sein Einwurf lässt mich grinsen. »Fotografisches Gedächtnis?«

»Nein. Nur gut mit Wörtern und nutzlosen Infos.«

Also doch etwas mit Schreiben?

»Auf jeden Fall«, fahre ich fort, »was ich damit sagen will: Du kannst gern bei uns mitessen, wenn du keine Lust hast zu kochen. Und wenn du etwas vom Supermarkt brauchst, kannst du mir Bescheid geben, und ich bringe es dir. Oder du kommst einfach zum Einkaufen mit nach Oyrarbakki – was dir lieber ist.«

»Das Angebot mit dem Abendessen werde ich sicher hin und wieder in Anspruch nehmen, danke.«

»Klasse. Ich hab dich für heute auch eingeplant. Normalerweise sind die Gäste nach dem Flug immer müde, da will ich niemanden mit zum Einkaufen schleppen.«

Er nickt zustimmend und lehnt den Kopf gegen die Scheibe.

»Morgen kann ich dich mitnehmen.«

»Das wäre nett.« Plötzlich scheint ihm etwas einzufallen. »Gibt es hier denn überhaupt ... alles?«

Ich runzele die Stirn und löse kurz meinen Blick von der einspurigen Straße, um ihn anzusehen. »Was meinst du mit ›alles‹?«

»Na ja«, entgegnet er schulterzuckend. »Lebensmittel. Zahnpasta. Bohrmaschinen. Dinge des täglichen Bedarfs – ihr seid doch relativ abgeschnitten.«

Bohrmaschinen ... ja. Sicher. Ich grunze amüsiert. »Ach, so meinst du das. Ja, wir leben ausschließlich von dem, was wir selbst produzieren. Ich hoffe also, du stehst auf Fisch. Und Seegras. Jede Menge Seegras.«

An seinem Blick kann ich schwer erkennen, ob er mir die Nummer abkauft oder nicht, doch für den Moment denke ich nicht einmal daran, die Situation aufzulösen. Er wird die Wahrheit morgen ohnehin erfahren.

»Von Hvalvík aus – das ist der Ort, in dem wir gerade abgebogen sind – fährt auch ein Bus direkt runter in die Hauptstadt. Um diese Jahreszeit sind viele Wanderwege und Attraktionen geschlossen, aber dort findet man eigentlich immer was zu tun.«

»Fährt kein Bus nach Saksun?«

»Was denkst du?« Mit einer ausschweifenden Geste deute ich auf die Windschutzscheibe. Hinter ihr liegt nichts als grasbewachsene Hügel, so weit das Auge reicht.

»Oh.«

Wieder kann ich nur die Stirn runzeln. Was hat ihn bloß hierher verschlagen? Um diese Jahreszeit. Ohne Mietwagen.

Und scheinbar ohne Plan. Unser B&B ist unter Touristen beliebt, die ein paar ruhige Tage abseits der Stadt verbringen wollen. Im Sommer waren wir komplett ausgebucht, und die meisten hatten entweder ein Auto oder waren nur für kurze Zeit zu Besuch. Aber Louay ... Es passt einfach nicht, und ich nehme mir vor, bei Gelegenheit herauszufinden, womit er sich beschäftigt hält.

Nach weiteren zehn Minuten passieren wir das »Zentrum« meines kläglichen Heimatorts, bevor wir kurz vor der Bucht rechts abbiegen.

»Das hier«, ich deute auf die alten Gebäude, zwischen denen sich die Straße hindurchschlängelt, »ist eine Farm, die teilweise bis aufs neunzehnte Jahrhundert zurückgeht. Im Sommer ist sie auch ein Freiluftmuseum. Wenn du dich aber für so was interessierst, können die Nachbarn sicher eine Ausnahme machen und dich rumführen.«

Louay nickt. Gern würde ich ihn jetzt fragen, ob alles in Ordnung ist, doch in dem Moment, als der Jeep den Anstieg zum Haus erklimmt, schnürt sich mir die Kehle zu. Unwillkürlich presse ich die Lippen zusammen, während ich die letzten Meter überwinde. Das Tor steht weit offen, wie ich es zurückgelassen habe, und ich kann den Blick meines Vaters förmlich durchs Fenster spüren, obwohl ich nicht wage hinzusehen.

Nachdem ich den Motor abgeschaltet habe, lasse ich die Schultern kreisen, ehe ich zu einem heiteren »Wir sind da!« ansetze.

Louay lächelt zurückhaltend. »Entschuldige«, murmelt er erschöpft. »Ich würde meine Freude gern mehr zur Schau tragen, aber ich war viel zu früh wach und viel zu früh am Flughafen.«

Seine Freude zur Schau tragen ... So kann man es auch formulieren.

»Keine Sorge. Nichts, was ich nicht gewohnt bin. Ich zeig dir gleich alles, dann kannst du dich bis zum Abendessen ausruhen.«

»Das klingt ausgezeichnet.«

»Dann komm mal mit!«

Wir steigen aus, und ich nehme Louays Koffer vom Rücksitz, ohne ihm eine Chance zu geben, es selbst zu tun.

»Das ist das Haupthaus. Hier wohne ich. Wenn du etwas brauchst, kannst du klopfen. Aber besser wär's, wenn du mir einfach eine Nachricht schreibst oder mich anrufst. Am Handy bin ich in der Regel leichter zu erreichen. Ich geb dir meine Nummer.«

»Warte. Leitest du das B&B allein?«

Die Frage bin ich gewohnt, und trotz meines Unwohlseins kann ich nicht verhindern, dass ich stolz das Kinn recke. »Ich lebe mit meinem Vater hier, aber das B&B ist ganz allein mein Projekt.«

»Wie alt bist du noch mal?«

Diese Frage wiederum ist neu. Einen Moment schaue ich Louay an. Er steht direkt neben mir, die Hand halb erhoben, weil er mir vermutlich den Koffer abnehmen will. Die Farbe seiner Augen erinnert mich an das Gras auf den Hügeln kurz vor dem Sommer. Eine Mischung aus Braun und Grün.

»Einundzwanzig«, antworte ich. »Du?«

»Vier Jahre älter.«

Und dann verbringst du deinen Urlaub hier?

Ich lasse den Gedanken unausgesprochen und fahre mit meiner Tour fort, ohne den Koffer aus der Hand zu geben. Mit einem mulmigen Gefühl führe ich Louay um das Haus herum, wobei es mir so vorkommt, als wäre jedes einzelne dunkle Brett der Fassade mit Überwachungskameras versehen. Links führt ein schmaler Kiesweg daran vorbei, der unter unseren Schritten knirscht. An seinem Ende befindet sich ein zweites kleineres Gebäude, das von außen mehr an einen Geräteschuppen oder eine Mini-Scheune erinnert. Aber wie so oft zählen hier vor allem die inneren Werte.

Feierlich schließe ich die Tür auf und überreiche Louay die Schlüssel, bevor wir eintreten.

Obwohl es auf den ersten Blick mehr eine Hütte ist, hat das Häuschen, das wir als B&B vermieten, überraschend viel zu bieten. Durch die Tür betreten wir den Hauptraum, in dem sich eine winzige Kochecke, ein Sofa, ein Fernseher sowie ein kleiner Ofen und ein Schreibtisch befinden. Eine weitere Tür führt ins angrenzende Badezimmer, über dem sich ein Loft mit Doppelbett befindet. Mit dem Holzofen und der gemütlichen, rustikalen Einrichtung ist die Unterkunft vor allem bei Pärchen beliebt.

»Es ist größer, als es auf den Fotos aussah.«

Ich lache. »Es gibt, wie du siehst, Strom und auch fließend warmes Wasser. Der Herd braucht manchmal einen freundlichen Tritt, aber ansonsten funktioniert er ohne Probleme. Im Kühlschrank findest du Cola und Limonade für heute – alles andere können wir morgen besorgen. Die

Fernsehkanäle sind dieselben wie auf dem Festland, und das WLAN-Passwort steht hinten auf dem Router. Brauchst du sonst noch etwas?«

Selbst Louay scheint überrascht darüber, wie schnell die Worte über meine Lippen fliegen. Aber ich kann nichts dafür. Ich will unter keinen Umständen ins Haus zurück, nur halte ich es ebenso nicht länger hier drin aus. Mir unnötige Fragen zu dem neuen Gast zu stellen, hilft meinen Nerven genauso wenig, wie mich mit dem Unvermeidlichen auseinanderzusetzen. Und je früher ich Letzteres hinter mich bringe, desto eher kann ich mich in mein Zimmer verziehen oder noch einmal raus.

Einen Moment lang starrt Louay mich an. Der erste, richtige Blickkontakt, ohne dass sofort jemand zur Seite schaut. In seinen Augen lese ich unausgesprochene Worte, Verwirrung, Unsicherheit. Doch schließlich lächelt er. »Wolltest du mir nicht noch deine Nummer geben?«

Etwas an der Art, wie er die Frage ausspricht, jagt mir einen Schauer über den Rücken. Ich gebe allen Gästen meine Handynummer, weil ich auf keinen Fall möchte, dass sie an der Haustür klopfen. Aber aus unerfindlichen Gründen werde ich dieses Mal nervös, und mein Herz macht einen Satz. Als wäre das hier nicht ein Mittel zum Zweck, sondern eine aufrichtige Bitte. Ein attraktiver Kerl, der meine Nummer will.

Mal ganz was Neues.

»Natürlich. Hast du was zum Notieren?«

Fast schon oldschool zieht er ein winziges Notizbuch aus der Innentasche seines Mantels hervor. Einen Füller hat er ebenfalls. Besitzt er denn kein Handy? ... Überflüssige Frage.

Möglichst unauffällig beobachte ich ihn dabei, wie er hastig nach einer leeren Seite blättert. Vage erkenne ich Wörter, Sätze, Stichpunkte, stellenweise sogar Kritzeleien, als würde er es dazu nutzen, jeden einzelnen Gedanken aufzuschreiben. Schließlich wird Louay fündig und löst die Kappe des Füllers, um meine Nummer zu notieren. Die Marke sagt mir nichts, aber selbst ein Laie wie ich erkennt, dass die kunstvoll verzierte, goldene Feder kostbar ist.

Haben alle Reiseblogger so teure Füller?, will ich ihn fragen, teile ihm aber stattdessen nur meine Handynummer mit. Es geht mich nichts an. Er geht mich nichts an. Und doch ...

»Ich glaube, ich bin fürs Erste rundum glücklich.« Seine Worte reißen mich so gewaltsam aus meinem inneren Monolog, dass ich zunächst nur verwirrt blinzele. Dann bahnt sich das Lächeln von ganz allein seinen Weg auf meine Lippen, wo es sich falsch anfühlt.

»Perfekt. Wie gesagt, du kannst mir gern schreiben oder mich anrufen, wenn du etwas brauchst. Ansonsten sehe ich dich später zum Abendessen.«

»Klingt super.«

»Also dann. Fühl dich ganz wie zu Hause.«

Sobald die Tür hinter mir ins Schloss fällt, bin ich wie zerrissen. Ein Teil von mir will wieder zum Strand oder hinauf in die Hügel – egal wohin, bloß weg –, doch der andere weiß viel zu gut, dass ich nicht ewig davonrennen kann. Daher nehme ich die Schultern zurück, streiche mir das Haar aus der Stirn und bewege mich auf die Hintertür unseres Hauses zu, die sich knarzend öffnet, als ich mich dagegenstemme.

Im Inneren schlägt mir sofort stickige, warme Luft entgegen. Obwohl der Winter vorbei ist und die Temperaturen im ganzen Jahr ohnehin mild bleiben, lässt mein Vater es sich nicht nehmen, den Holzofen im Untergeschoss dauerhaft zu befeuern. Hier gibt es neben seinem Schlafzimmer und dem Badezimmer nur einen einzigen Raum, der gleichzeitig Flur, Wohnzimmer und Küche bildet. So habe ich selbst von der Hintertür aus alles im Blick und entdecke meinen Vater am Fenster in Richtung Ferienwohnung, wobei mir das missbilligende Funkeln in seinen Augen nicht entgeht.

»Bin wieder zu Hause!«, rufe ich provokativ.

»Ist dein Gast schon da?«, fragt er, obwohl er die Antwort kennt.

Ich stöhne genervt und wende mich zum Kühlschrank um. Weil ich so wenig Zeit wie möglich hier unten verbringen will, habe ich das Frühstück ausfallen lassen, aber mein knurrender Magen lässt sich nicht länger ignorieren. Ich schnappe mir ein paar Trauben und husche damit in die Richtung meines Zimmers. Dabei schaffe ich es allerdings nur bis auf die erste knarzende Treppenstufe, bevor ein betont lautes Seufzen aus Richtung des Fensters mich innehalten lässt.

»Gibt es ein Problem?«, frage ich mit hochgezogenen Augenbrauen.

»Nein.« Da ist sie. Die gleiche Antwort wie immer. »Aber ...«

Jedes verdammte Mal. *Nein, aber …*

»Aber was?« Meine Stimme nimmt einen schneidenden Tonfall an, doch ich gebe mir inzwischen keine Mühe mehr, ihn zu unterdrücken.

»Nichts.«

Ich verdrehe die Augen. So widersinnig es klingt, aber in solchen Momenten wünsche ich mir, er würde mehr Emotionen zeigen. Sagen, was Sache ist. Mich anschreien und mir verdammt noch mal erklären, was in ihm vorgeht. Damit könnte ich umgehen. Womit ich nicht umgehen kann, ist diese Leblosigkeit. Der traurige Zug um seine Mundwinkel, der dort seit Mamas Beerdigung festgemeißelt zu sein scheint. Jahre ist das inzwischen her, und nichts hat sich geändert. Als wollte mein Vater verzweifelt an der bittersüßen Gefühllosigkeit des Schocks festhalten, der uns die ersten Wochen nach ihrem Tod durch den Tag gebracht hat.

Zumindest vermute ich das. Er spricht ja nicht mit mir.

»War das alles?«, bringe ich über meine Lippen, weil ich trotzdem nicht die Hoffnung aufgegeben habe, irgendetwas Hilfreiches von ihm zu hören.

Eine ernsthaft interessierte Frage, einen banalen Kommentar über das Wetter oder auch nur meinen Namen, den er schon ewig nicht mehr ausgesprochen hat, als hätte er ihn zusammen mit meiner Existenz aus seinem Leben ausgesperrt.

»Nein.«

Natürlich.

Ich schlucke die Wut hinunter und verbeiße mir einen Kommentar. Denn egal, was ich tue, es läuft am Ende immer auf dasselbe hinaus: Leere in den kalten blauen Augen meines Vaters.

Endlich schaffe ich es, die schmalen, steilen Treppenstufen ins Dachgeschoss zu erklimmen, wo es Gott sei Dank nicht ganz so stickig ist wie unten. Mein Zimmer ist klein und überschaubar. Über die Jahre habe ich viel Zeug angesammelt, von dem ich mich einfach nicht trennen kann. Von Fußballpokalen über Souvenirs und Kuscheltiere, sogar ein paar Kleidungsstücke meiner Mutter – alles, was irgendwie einen emotionalen Wert für mich besitzt, landet hier oben. Mein Zufluchtsort auf der stürmischen See, die sich mein Leben nennt.

Mit einem tiefen Atemzug stelle ich meinen Snack auf den Schreibtisch, werfe mich aufs Bett und starre auf die hölzernen Dachschrägen, deren sanftes Knarzen mir so vertraut ist. Ich versinke in der weichen Matratze, bis meine Muskeln erleichtert aufzuseufzen scheinen. Der Tag hat mit zu wenig Schlaf und zu früh begonnen. Obwohl es gerade einmal Nachmittag ist, bin ich vollkommen erschöpft, dabei habe ich so gut wie nichts geschafft. Aufstehen. Sport. Die Ferienwohnung vorbereiten. Später muss ich noch Essen kochen. Seit Wochen die längste To-do-Liste, die dennoch lächerlich kurz ist.

Aber welche Optionen bleiben mir? Außer vielleicht Fußball zu spielen oder Ottar auszuhelfen? Welche Möglichkeiten hat eine Frau meines Alters in einem Dorf mit zwölf Seelen auf einer Inselgruppe, die gerade so viele Einwohner besitzt wie zwei Kleinstädte?

Louay

Wie schwer kann es schon sein, ein Buch zu schreiben?

Die Antwort in meinem Fall lautet: unmöglich. Zumindest dem noch immer leeren Dokument auf meinem Laptop nach zu urteilen. Dabei ist alles perfekt. Die kleine Hütte mit der winzigen Feuerstelle, der gemütlichen Holzeinrichtung und dem Geruch von frischem Leinen und Orangen. Draußen herrscht totale Finsternis, ein Sturm rüttelt am Dach, während der Regen in feinen Tropfen gegen das Fenster prasselt. Kein Stadtlärm. Keine Musik aus der Nachbarwohnung wie zu Hause in Kopenhagen. Kein Facebook. Keine Ablenkung.

Ich bilde mir ein, dass die großen Schriftsteller unter ähnlichen Bedingungen geschrieben haben, und doch bleibt der erwartete Geistesblitz aus. Warum bin ich noch mal Autor geworden? Warum wird irgendjemand überhaupt

Autor? Abgabetermine, ständiger Ideendruck, Lektorate, Interviews, nervige Pseudonyme – nichts davon ist erstrebenswert.

Gut, das ist natürlich gelogen. Trotzdem fühlt es sich in Momenten wie diesem so sehr danach an, dass ich bereue, es nicht doch mit Lehramt versucht zu haben …

Am liebsten würde ich den Kopf auf die Tastatur meines MacBooks schlagen, weil ich schon wieder auf YouTube hängen geblieben bin. Die Ablenkung ist eines meiner größten Laster, und sobald ich mir einmal ein Facebook-Verbot auferlege, findet mein Verstand garantiert eine andere Möglichkeit, das Schreiben in den Hintergrund zu schieben. Wenn ich das WLAN abschalte, werde ich am Ende wahrscheinlich Tic-Tac-Toe auf einem Blatt Papier spielen. Ich kenne mich mittlerweile zu gut.

Es ist ein lautes Klopfen an der Tür, das mich schlagartig nicht nur aus meinen Gedanken reißt, sondern auch ein Stück weit in die Realität zurückholt.

»Ja?« Schuldbewusst schließe ich das Browserfenster und wechsele rasch zurück auf mein Schreibprogramm, um zumindest den Anschein zu wahren, dass das, was ich tue, tatsächlich produktiv ist. Wie unsinnig das ist, fällt mir erst ein, als Lina bereits zur Tür hereintritt. Ich bin im Urlaub – ich muss nicht produktiv sein.

Sie hat sich umgezogen, seit wir vorhin angekommen sind. Statt Jeans und T-Shirt trägt sie jetzt ein Tanktop und Shorts, die in völligem Widerspruch zu dem Unwetter stehen, das draußen tobt. Mein Blick bleibt eine Sekunde zu lang an ihren unbedeckten Beinen hängen, ehe ich das Tablett in ihren Händen entdecke. Abendessen.

»Ich hab dich gar nicht nach Allergien oder so was gefragt«, begrüßt sie mich mit leicht gestresstem Unterton. »Es gibt Fisch, Kartoffeln und Gemüse.«

»Klingt perfekt.«

Das Lächeln, das sich auf ihr Gesicht stiehlt, sprüht vor Erleichterung, während sie energisch mit dem Fuß die Tür hinter sich zutritt.

»Gibt es etwas, das du nicht isst?«, fragt sie mich weiter. »Nur, dass ich für den Fall Bescheid weiß.«

Eilig mache ich mich daran, auf dem schmalen Tisch Platz zu schaffen, sodass sie das Tablett vor mir abstellen kann. »Schweinefleisch«, antworte ich. »Und ich trinke keinen Alkohol.«

Sie nickt. »Da wirst du keine Probleme haben. Zumindest mit dem Schweinefleisch. Wir versuchen, so weit wie möglich von dem zu leben, was wir auch produzieren. Fisch und Lamm – das ganze Jahr über.«

»Klingt ziemlich einseitig.«

Ein Schulterzucken. »Wir machen das Beste draus. Hier auf der Insel gibt es sogar ein Sternerestaurant. Der Bruder meiner Freundin kocht dort und ... Entschuldige. Das interessiert dich sicher nicht.«

Nervös streicht sie sich eine lange schwarze Strähne hinters Ohr. Eine Geste, die mich kurzzeitig aus dem Konzept bringt, sodass ich ihr beinahe widersprochen hätte.

Aber Lina räuspert sich und nickt in Richtung Laptop. »Arbeitest du?«

Erwischt. Ich schiele auf das Display, auf dem noch immer das unbeschriebene Word-Dokument zu sehen ist. Damit fällt die Ausrede, ich würde nur meine E-Mails checken, flach, aber Gott sei Dank bin ich Autor. Und wenn ich schon kein Buch schreiben kann, so kann ich wenigstens eine Lüge glaubhaft gestalten.

»Ich will nur meine ersten Eindrücke festhalten. Jetzt, wo noch alles frisch ist.«

Die Skepsis in Linas Blick lässt sich kaum übersehen. Wahrscheinlich kauft sie mir die Nummer mit dem Bloggen nicht ab. Andererseits geht sie die Wahrheit auch nichts an – also kein Grund, ein schlechtes Gewissen zu bekommen, bloß weil ich lieber anonym bleiben will.

»Ach so«, erwidert sie. »Dann hoffe ich nur, dass du zuerst mit mir sprichst, falls dich etwas stört, und es nicht auf *Airbnb* postest, nachdem du mir versichert hast, es sei alles in Ordnung.«

»Sprichst du da aus Erfahrung?«

»Zum Glück war es nur eine, aber ja. Ich hab mir echt Mühe gegeben, ihm alles recht zu machen, und am Ende bekomme ich einen Stern, weil ›die Gastgeberin so aufdringlich ist‹. Pff. Es dauert ewig, so eine Wertung wieder auszugleichen. Oder findest du mich etwa aufdringlich?«

Ganz im Gegenteil. Verdammt. Am liebsten würde ich mein Gehirn irgendwo festbinden, damit es mir nicht ständig irgendwelche Worte in den Mund legen will wie eine mysteriöse Stimme aus dem Off.

»Auf keinen Fall.« Gerade so die Kurve bekommen. »Ich bin heilfroh, dass ich mir heute keinen Kopf ums Abendessen machen muss, und wenn ich doch etwas brauche, gebe ich dir Bescheid.«

Lina seufzt erleichtert. »Gut. Dann will ich dich nicht weiter stören, auch wenn ich, ehrlich gesagt, froh bin, mal mit jemandem in meinem Alter reden zu können.«

Das Lächeln bahnt sich wie von allein auf meine Lippen, weil ihre Offenheit entwaffnend ist. »Ich nehme an, es gibt hier keine Clubs oder so?«

»Unten in der Hauptstadt, zumindest so was in der Art. Aber hier? Nur die Kneipe im Nachbarort, fünfzehn Kilometer die Straße runter. Und auch nur, wenn man drauf steht, sich alte Fischerlegenden anzuhören oder den Fang des Tages zu besprechen.«

»Okay, das klingt echt …« Ich will »langweilig« sagen, doch mein Gehirn bleibt automatisch an dem Wort »Legenden« hängen. Ob das eine Idee wäre? Ein Roman basierend auf lokaler Folklore?

»Ich weiß. Ich kann dich trotzdem mal mit dorthin nehmen, wenn du Lust hast. Obwohl … Wenn du nicht trinkst, wird das vielleicht ein bisschen unangenehm, zwischen betrunkenen alten Leuten zu sitzen.«

»Nein, ich bin neugierig, und es wäre mir ein Vergnügen. Also … falls du Lust hast.«

»Na klar.«

Wird das gerade eine Verabredung?

»Vielleicht nur nicht heute«, füge ich kleinlaut hinzu, woraufhin ich ein herzhaftes Lachen ernte.

»Keine Sorge. Ich will ja, dass du ausgeschlafen bist, wenn ich dich mit auf die Partymeile nehme.«

Ich grinse, finde jedoch keine Antwort. Ihre Augen im warmen Licht glühen zu sehen, hat etwas beinahe Hypnotisches. Lina ist attraktiv. Nicht nur ihr Äußeres, sondern auch ihre Ausstrahlung, die Art, wie sie lächelt, die Energie, mit der sie ein Gespräch am Laufen hält. Doch da ist noch etwas anderes, mehr, als man auf den ersten Blick sieht.

Oder ich interpretiere zu viel in die Sache hinein. Eine Frau, die ich erst seit ein paar Stunden kenne – dazu meine Gastgeberin –, und ich zerbreche mir den Kopf darüber, was in ihr vorgeht. Was sie mir verschweigt.

Ein Räuspern reißt mich aus meinen Gedanken. Wieder dieses Lächeln. Eines von der Sorte, hinter der eine Million unausgesprochene Dinge stecken.

»Entschuldige«, murmele ich, »war ein langer Tag.«

»Ich weiß. Keine Sorge. Brauchst du noch etwas?«

Dankend schüttele ich den Kopf. »Ich bin rundum zufrieden.«

»Alles klar. Dann einen guten Appetit und eine gute Nacht.«

»Danke ... dir auch.«

Sie verschwindet so schnell, dass meine Worte im Schließen der Tür untergehen. Als hätte sie es plötzlich furchtbar eilig. Wie vorhin schon. Kopfschüttelnd wende ich mich ab. Die Müdigkeit legt sich mit jeder Sekunde schwerer auf mich, weshalb ich mich schnell daranmache, das schlichte, aber köstliche Abendessen zu verdrücken. Meinen Laptop schließe ich kapitulierend, und schon bald darauf gehe ich ins Loft nach oben, um mich hinzulegen. Allerdings lasse ich es mir nicht nehmen, mein Notizbuch mitzunehmen. Denn in einer Hinsicht habe ich vorhin nicht gelogen: Ich will sehr wohl meine ersten Eindrücke festhalten.

Und genau das tue ich vor dem Schlafengehen, nicht nur in der Hoffnung auf einen Geistesblitz, sondern auch darauf, dass Lina Gásdal wieder aus meinem Kopf verschwindet …

Lina

»Und? Was für ein Typ Mensch ist es dieses Mal?« Týras Stimme erreicht mich mit einem leisen Rauschen durch den Lautsprecher. Ich habe das Handy auf dem Nachttisch liegen, während ich ein paar Yoga-Übungen mache, weshalb ich beim Antworten etwas lauter sprechen muss.

»Wie wär's zuerst mal mit einem ›Hey, wie geht's?‹«

Sie lacht. »Hallo, Lina, wie nett, dass du anrufst. Wie geht's dir? Hattest du einen schönen Tag, mein Schatz?«

»Perfekt. Und das ab jetzt bitte jeden Abend so!«

»Mhm ...« Obwohl ich sie nicht sehen kann, weiß ich, dass sie die Augen verdreht. Vom anderen Ende der Leitung dringt außerdem das Rascheln von Papier an mein Ohr, weil Týra vermutlich wie immer ein Buch auf ihrem Schoß liegen hat. »Also. Zurück zum Thema. Neuer Gast.«

So läuft es ständig, wenn jemand bei uns eincheckt. Týra

ruft mich an und beginnt damit, mich über den Neuankömmling auszuquetschen. Jedes noch so kleine Detail saugt sie in sich auf, bevor sie Spekulationen anstellt. Als hätten die Anekdoten aus meinem B&B so viel mehr zu bieten als ihr Alltag in Kopenhagen.

»Geschlecht?«

»Männlich.«

»Alt oder jung?«

»Fünfundzwanzig.«

»Oh?« Ich kann hören, wie sie das Buch beiseitelegt. Offenbar hat das Alter meines ominösen Gastes gereicht, um ihr Interesse noch mehr zu wecken. Aber da bin ich selbst schuld – Týra bemerkt oft jedes kleinste Detail, und die Tatsache, dass ich ihr eine genaue Zahl nennen kann statt nur eine Schätzung, wirft natürlich Fragen auf.

»Woher?« Da kommt auch schon die nächste.

Langsam wechsele ich die Stellung, lasse mir dafür sogar extra viel Zeit, weil ich weiß, worauf dieses Gespräch hinausläuft. »Kopenhagen.«

»Oooh«, macht meine Freundin verzückt. »Dann geht er vielleicht mit mir zur Uni!«

»Eher nicht. Er bleibt drei Wochen – das heißt, er wäre gar nicht bis zum Semesterstart zurück. Oder?«

»Eher nicht ... Weißt du, was er macht?«

Ich seufze. »Er schreibt. Ist vermutlich Reiseblogger oder so. Er schien nicht darüber reden zu wollen.«

»Uff. Wieder einer von der Sorte?«

Darüber muss ich kurz nachdenken. Mit »der Sorte« meint Týra die Art von Reisenden, die ich im letzten Jahr ständig begrüßen durfte. Junge Leute zwischen zwanzig und fünfunddreißig, die sich für eine ganze Weile einquartieren und dabei jeden Tag so mit Aktivitäten vollstopfen, dass ich mich manchmal frage, ob sie überhaupt dazu kommen, ihre Zeit auf den Färöern zu genießen. Grundsätzlich habe ich nichts gegen sie – bis auf ein paar Ausnahmen sind sie superanständig, und man bekommt sie fast nie zu Gesicht. Aber ... Louay Saeed will nicht in diese Kategorie passen.

»Nicht ganz«, gebe ich widerwillig zu. Und auch wenn mir klar ist, dass das die Neugier meiner Freundin nur weiter schürt, füge ich hinzu: »Er ist ... seltsam.«

Es gibt bestimmt ein besseres Wort für das, was er ist, doch im Moment fällt es mir nicht ein. Zumal ich mich gerade auch darauf konzentrieren muss, nicht die Balance zu verlieren. Wieso dachte ich noch mal, Yoga sei ein klasse Hobby?

»Seltsam? Was meinst du mit seltsam?« Es gibt Leute wie mich, die sind einundzwanzig und haben keinen oder nur einen vagen Plan davon, was sie einmal mit ihrem Leben anstellen wollen. Und dann gibt es Týra, meine beste Freundin, der die Rolle als gnadenlose Anwältin bereits in die Wiege gelegt wurde. Das Recht zu schweigen habe ich allerdings nicht.

Ich seufze und löse mich aus meiner Position. Meine Gedanken drehen sich ohnehin schon im Kreis. Zusammen mit dem Telefonat und meinem mangelnden Geschick bin ich nicht in der Lage, die Übungen fortzusetzen. Kapitulierend lasse ich mich aufs Bett fallen und starre gegen das dunkle Holz der Dachbalken, die unter dem tosenden Wind leise knarzen. Hinter dem einzigen lukenartigen Fenster an der Hauswand herrscht tiefste Nacht.

»Keine Ahnung. Er sagt, er sei Blogger – oder zumindest hat er es nicht abgestritten –, aber er ist dafür irgendwie ... zu wenig Hipster? Nein. Keine Ahnung, er sieht einfach nicht abenteuerlustig genug dafür aus. Eher, als würde er so gut wie nie das Haus verlassen oder in seiner Freizeit Museen besuchen oder so was.«

»Okay? Wie so jemand aussieht, musst du mir genauer beschreiben.«

Ich presse die Lippen zusammen, aber da habe ich mich selbst reingeritten. Ich und meine nicht vorhandene Barriere zwischen Kopf und Zunge.

»Größer als ich.«

»Respekt.«

Den Kommentar ignoriere ich. Ich bin selbst für nordeuropäische Verhältnisse groß, doch so brauche ich im Vergleich zu Týra wenigstens keine Leiter, um etwas aus dem Küchenschrank zu holen.

»Schwarze Haare, grüne Augen, braune Haut – so ziemlich das Gegenteil von dir.«

Geistig stelle ich Louay neben meine Freundin, deren blonde Haare, blaue Augen und blasse Haut zur Standardausführung einer Färingerin gehören. Ich nehme mich da selbst nicht ganz aus, obwohl ich die schwarzen Haare meines Vaters geerbt habe.

»Klingt *nett*.«

Mir gefällt nicht, wie sie das Wort betont. Als wäre sie

in ihrem Kopf schon dabei, irgendwelche Dating-Pläne für mich zu schmieden.

»Er ist ein Gast«, unterbreche ich sie sofort.

»Es gibt kein Gesetz, das dir verbietet, was mit einem Gast anzufangen. Und als deine zukünftige Anwältin ermutige ich dich sogar dazu.«

»Du weißt genauso gut wie ich, dass das sehr schnell nach hinten losgehen kann. Und selbst wenn. Er wohnt in Kopenhagen.«

»Ist doch perfekt. Dann kannst du gleich bei ihm einziehen, wenn du im Herbst zum Studieren hierherkommst.«

Der Satz fühlt sich an wie ein Schlag in die Magengrube, sodass ich froh bin, beim Yoga das Handtuch geworfen zu haben. Als hätte Týra mir den Boden unter den Füßen weggezogen und mich im freien Fall zurückgelassen.

»Du weißt genau, dass das nicht so einfach ist«, flüstere ich mit tonloser Stimme.

Kurz herrscht Stille im Telefonlautsprecher, und nur ein leises Knacken ertönt. Týra weiß genauso gut wie ich, dass ich nicht einfach wegkann. Dass ich zwar nichts lieber will, als diese Insel zu verlassen, zu studieren und endlich mal einen Ort zu sehen, der mehr als ein paar Tausend Einwohner besitzt, jedoch hier festsitze. Festgekettet.

»Wie geht's deinem Vater?«

Beinahe hätte ich aufgelacht, obwohl die aufgestaute Wut sofort zurück ist. Ich kann hören, wie die Verbitterung meine Stimme zum Beben bringt. »Wie soll es ihm schon gehen? Gut, schlecht. Ich glaube, er hat inzwischen sogar vergessen, dass man mehr als nur eine Stimmung haben kann.«

»Hm … und über eine Therapie denkt er immer noch nicht nach?«

»Pff«, mache ich augenverdrehend. »Du kennst ihn. Stur wie eine Ziege. Und auf mich hört er schon zweimal nicht. Ich kann an einer Hand abzählen, wie oft er die Woche mit mir gesprochen hat.«

»Scheiße.«

Das hier ist nicht das erste Gespräch dieser Art – sicher wird es auch nicht das letzte sein. Doch im Vergleich zu mir scheint Týra die Hoffnung nicht aufgegeben zu haben, dass es irgendwann anders verlaufen wird. Dass mal etwas kommt wie »Hey, du wirst es kaum glauben, aber mein Vater ist heute spazieren gegangen und hat sogar angefangen, sein Ruderboot auf Vordermann zu bringen«. Nur ist meine beste Freundin eben schon ihr Leben lang eine unverbesserliche Optimistin. Ich dagegen weiß, dass sich rein gar nichts ändern wird, weil ich seit drei Jahren immer wieder von demselben Anblick begrüßt werde. Mein Vater im Wohnzimmer. Mal am Esstisch, mal auf dem Sofa, mal auf dem Sessel am Fenster. Außer donnerstags. Da geht er mit Ottar in die Kneipe.

Verbissen unterdrücke ich die Tränen, die schon wieder in meiner Nase kitzeln. Heulen bringt mich nicht weiter. Ich muss das Beste draus machen. Ein Schritt nach dem anderen. Irgendwann wird sich etwas ergeben. Irgendwann schaffe ich es hier weg.

Als ob. Die pessimistische Stimme in meinem Hinterkopf erstickt den Hoffnungsfunken im Keim, als ich mir eine meiner vielen Decken schnappe und mich darin einwickele.

»Okay, Themenwechsel«, beschließt Týra.

Erleichterung durchflutet mich, und sofort frage ich: »Was gibt's bei dir Neues?«

»Nicht die Art von Themenwechsel, die ich angestrebt habe, also mach ich's kurz: nichts. Ich warte darauf, dass das Semester wieder anfängt, und habe, seit wir das letzte Mal telefoniert haben, drei Bücher gelesen, von denen ich dir Lesemuffel aber ausnahmsweise nicht die Ohren vollschwärme.«

»Wie nett von dir.«

»Also. Dein neuer Gast. Was wissen wir alles über ihn? Worüber habt ihr geredet? Wie sieht sein Koffer aus?«

»Týra!«

»Ach, komm schon. Wenn du schon nichts mit ihm anfangen willst, dann gib mir wenigstens Stoff für mein Kopfkino.«

Ich schnaube verächtlich.

»Bitte!«

Seufzend gebe ich nach: »Was willst du denn noch wissen?«

»Alles.«

Louay

Normalerweise habe ich immer Probleme, in Betten einzuschlafen, die nicht mein eigenes sind. Entweder ist es das Kissen, ein Lämpchen im Zimmer, die Decke ist zu dünn, zu dick oder irgendetwas anderes. Nur komischerweise trifft das nicht auf dieses B&B zu. Hier, am Ende der Welt, scheint etwas in der Luft zu liegen, das mich so gut schlafen lässt wie seit meiner Kindheit nicht mehr. Sei es das Prasseln des Regens gegen die Scheibe, die schwach glimmende Glut im Ofen oder die Tatsache, dass ich abseits der Großstadt endlich zur Ruhe komme.

Ich erwache am nächsten Morgen durch ein Klopfen an meiner Tür, das mich kurz glauben lässt, ich käme zu spät zur Schule. »Moment!«, rufe ich reflexartig. Halb vom einfallenden Sonnenlicht geblendet, taste ich mich die Leiter vom Loft nach unten in Richtung Haustür.

»Ich lass dir dein Frühstück einfach hier«, höre ich Linas Stimme von draußen, doch da trete ich schon ins Freie.

Mit einem schmalen Lächeln auf den Lippen steht meine Gastgeberin vor mir und wirkt dabei ganz im Gegensatz zu mir so, als sei sie bereits seit Stunden auf den Beinen. Die schwarzen Haare hat sie zu einem Pferdeschwanz zusammengebunden, dazu trägt sie wieder Shorts und Tanktop, über deren Anblick ich mich in Anbetracht der frischen Temperaturen nur wundern kann. Lediglich mit einer Pyjamahose bekleidet, erschaudere ich schon bei der schwachen Brise, die mich streift.

»Entschuldige«, beginnt Lina sofort. »Ich wollte dich nicht wecken, habe gestern aber völlig vergessen, dich nach dem Frühstück zu fragen.«

Erst jetzt bemerke ich das Tablett, auf dem sich mir eine üppige Auswahl an Brötchen und Aufstrichen präsentiert.

»Schon okay.« Ich klinge genauso verschlafen, wie ich mich fühle. »Wie spät ist es?«

»Halb zehn.«

Der Tag begrüßt mich mit strahlendem Sonnenschein und blauem Himmel, unter dem die goldenen Hügel, die mich umgeben, geradezu idyllisch erscheinen. Bis auf funkelnde Tropfen auf dem Gras ist da keinerlei Spur mehr von dem Sturm, der letzte Nacht gewütet hat. Irgendwo in der Nähe höre ich einen Wasserfall rauschen, und wäre es nicht so kalt, würde ich mich zum Frühstücken auf den schmalen Treppenabsatz vor dem Häuschen setzen.

»Louay?«

Der Klang meines Namens holt mich aus den Gedanken

zurück und bringt mein Herz kurz zum Stolpern. Sie spricht ihn richtig aus. Lu-ai. Nicht Lo-ai. Oder Lu-ey. Oder Louis wie meine Kunstlehrerin in der zehnten Klasse.

»Alles in Ordnung?«

Ich nicke. »Ich glaube, ich habe gestern Nacht den verpassten Schlaf der letzten zehn Jahre nachgeholt. Normalerweise bin ich immer viel zu früh wach.«

»Ich auch.« Sie stockt kurz, nachdem sie den Satz ausgesprochen hat. Fast so, als bereute sie es, diese Gemeinsamkeit zugegeben zu haben. Sie wirkt nervös, denn sie will sich eine Haarsträhne hinters Ohr klemmen, obwohl da gar keine ist. Dann wechselt sie blitzartig das Thema. »Ich habe um vier heute Nachmittag Training und würde dich dann zum Einkaufen mitnehmen, ist das okay?«

»Klar. Hast du Tipps, was ich mir bis dahin in der Nähe ansehen kann?«

»Hm. Zu Fuß ist die Auswahl nicht allzu groß«, erwidert Lina nachdenklich. »Rauf in die Hügel würde ich nach dem Sturm gestern Nacht nicht ohne richtige Wanderausrüstung gehen. Hast du ein paar Sachen dabei?«

»Nein.« Auf mein Geständnis hin verengen sich ihre Augen kaum merklich. Nicht missbilligend, eher skeptisch.

»Ansonsten bleibt nur die Bucht. Noch eine Stunde, vielleicht zwei, kannst du dort spazieren gehen, danach kommt die Flut.«

Einen Moment lang denke ich über ihren Vorschlag nach. Ein Spaziergang wäre sicher nicht die schlechteste Idee, aber die Aussicht, mich jetzt durchs Frühstück zu hetzen, zu duschen und anzuziehen, um dann vielleicht eine halbe Stunde rauszukönnen, ist nicht gerade beflügelnd. Stress wollte ich vermeiden – zumal ich mehr als genug Zeit habe, mir die Bucht an einem anderen Tag anzusehen.

»Ich gehe gleich joggen«, platzt es da auf einmal aus Lina heraus. »Ich meine ... Wenn du Lust hast, kannst du mitkommen, und ich zeig dir die Gegend.«

Eine riskante Idee. Eine verdammt riskante Idee. Nicht nur, weil ich eigentlich schreiben sollte, sondern auch, weil mir dieses Prickeln auf der Haut, das ihre Frage verursacht, nicht geheuer ist. Mal ganz davon abgesehen, dass ich der letzte Mensch bin, mit dem man joggen gehen oder sich generell sportlich betätigen sollte. Es gibt vermutlich eine Million Gründe, die dagegensprechen, Lina zu begleiten. Nur ist das meinem Verstand egal, denn der scheint schon im Urlaubsmodus zu sein.

»Klar«, kommt es schneller über meine Lippen, als ich mich eines Besseren besinnen kann. »Lass mich nur eben frühstücken.«

»Okay. Schreib mir einfach eine Nachricht, wenn du so weit bist.«

Mit diesen Worten erklärt sie das Gespräch für beendet. Mittlerweile sollte ich ihre schnellen Abgänge gewohnt sein. Auch dieses Mal bleibt mir nicht der Hauch einer Chance, etwas einzuwerfen. Geschweige denn mir spontan auszudenken, weshalb ich eben doch nicht mit ihr laufen gehen kann.

Verdammt.

Stocksteif kehre ich in die Hütte zurück, wo ich zunächst ein paar Minuten im Raum stehen bleibe und darüber nachdenke, was gerade passiert ist. Es kommt selten vor, dass mir einmal etwas rausrutscht oder ich etwas von mir gebe, ohne es vorher hundert Mal geistig durchgekaut zu haben. Aber wenn Lina Gásdal in der Nähe ist, scheint diese Regel wohl nicht zu gelten.

Kann ich mich irgendwie aus dieser Situation herauswinden?

Sollte ich mich aus dieser Situation herauswinden?

Will ich mich aus dieser Situation herauswinden?

Frustriert setze ich mich an den Tisch, um mich über mein Frühstück herzumachen. Frustessen, mein ewiges Laster, das vor allem engen Deadlines und Redaktionen vorbehalten ist und mich die üppige Portion förmlich herunterschlingen lässt.

Ich könnte Lina eine Nachricht schicken, ihr sagen, dass sie lieber allein gehen soll. *Mir ist es zu kalt. Ich will mich noch mal hinlegen. Ich bin eine Niete im Sport. Ich muss etwas für die Arbeit erledigen.*

Die Möglichkeiten sind unendlich, doch ich bringe es nicht über mich, auch nur eine davon ernsthaft in Betracht zu ziehen. Denn tief in meinem Inneren will ich genau das. Mehr Zeit mit Lina verbringen. Sie kennenlernen. Herausfinden, was sich hinter ihrer Fassade aus Small Talk und Professionalität wirklich verbirgt.

Dabei sollte ich eigentlich ganz andere Prioritäten haben.

Lina

Irgendwie muss Týra es übers Telefon geschafft haben, mir einen Parasiten zu schicken, der sich in meinem Gehirn festgesaugt hat und mich nun allerlei Dinge machen lässt, die ich weder tun will noch sollte.

Die Einladung zum Joggen war wieder eine Aktion der Kategorie »Mund vor Verstand«. Die Worte waren heraus, ehe ich mir darüber bewusst wurde, und Louay schien genauso überrascht, wie man es erwarten würde. Wahrscheinlich war seine Zusage reine Höflichkeit. Wer geht im Urlaub schon gern morgens joggen, richtig?

Ich sollte ihm absagen. Aber das würde bedeuten, dass ich ihm erneut unter die Augen treten muss.

Gedankenverloren mache ich mich an den Abwasch meiner Kaffeetasse, während sich Louays verschlafener Anblick in meinem Kopf einnistet. Von seinen zerzausten, dunklen Locken, den unergründlichen Augen bis hin zu seinem freien Oberkörper. Ich bin immer gut allein klargekommen, aber nach anderthalb Jahren als Single scheint mich selbst der Anblick von Bauchmuskeln durcheinanderzubringen. Überraschend definierte Bauchmuskeln, zugegeben, die ich hinter seinem schlanken Körperbau gar nicht vermutet hätte.

Verdammt, was denke ich da?

So attraktiv ich ihn auch finden mag, Louay Saeed geht mich nichts an. Er ist ein Gast, und Gäste sind tabu. Er wohnt vier Stunden Flugzeit von hier entfernt. Er wird in drei Wochen schon wieder abreisen.

Mein Kopf kennt diese Fakten genau, kann sich allerdings doch mehr für nackte Haut begeistern. Ich gebe Týra die Schuld. Ihrer Fragerei, mit der sie mir den Gedanken überhaupt erst in den Verstand gepflanzt hat.

Es gibt kein Gesetz, das dir verbietet, was mit einem Gast anzufangen – als ob das ein Argument wäre. Den Fehler habe ich einmal gemacht, und ich werde bestimmt nicht so leichtsinnig sein, ihn zu wiederholen. Zumal er mich wahrscheinlich eh schon superätzend und aufdringlich findet. Wie ich ihn in aller Frühe aus dem Bett geworfen habe, weil ich gestern vergessen habe, nach seiner Frühstückszeit zu fragen. Ist mir noch nie passiert. Falls er doch ein Blogger ist, bin ich am Arsch.

Unbewusst konzentriere ich all meine nervöse Energie auf das Säubern der Tasse. Dabei bearbeite ich die Oberfläche so intensiv, dass es mich kaum überraschen würde, wenn ich das Motiv – ein Papageientaucher – gleich mit herunterschrubbe. Als ich damit fertig bin, sind gerade einmal fünf Minuten vergangen, und ich bin noch immer kein Stück weiter. Unruhig schaue ich auf mein Handy, aber natürlich habe ich seine Nummer nicht.

Ich muss es ihm sagen.

Ausgerechnet in dem Moment, als ich mich dazu überwinde, es durchzuziehen, nehme ich im Augenwinkel meinen Vater wahr. Wie gestern sitzt er auf dem Sessel am Fenster, nur statt nach draußen sind seine müden, leeren Augen starr auf mich gerichtet.

Ein kalter Schauer jagt mir über den Rücken. Ich kann erkennen, wie ihm die Worte förmlich auf der Zunge kleben, doch er schweigt. Wie sonst auch. Nur sein Blick scheint mich zu durchbohren.

»Ist was?«, zische ich ihm entgegen.

Ein leichtes Kopfschütteln.

Na, komm schon, schrei mich an! Sag mir die Meinung!

Als ob.

Meine Irritation verwandelt sich in Wut. Mit zu viel Energie werfe ich die Tasse zurück in die Spüle. Der Lärm, den sie verursacht, ist beinahe ohrenbetäubend. Ein Wunder, dass sie nicht in tausend Teile zersplittert.

Ein Wunder, dass *ich* noch nicht in tausend Teile zersplittert bin.

Ohne ein weiteres Wort wende ich mich ab und stürme aus dem Haus.

Als ich am Gartenzaun warte und Louay auf mich zukommen sehe, habe ich meine Laune noch immer nicht vollständig unter Kontrolle. Es fällt mir schwer, den Sturm in meinem Inneren zu zähmen und ein Lächeln aufzusetzen.

Schon auf den ersten Blick wird mir klar, dass er definitiv nicht zu der Sorte Mensch gehört, die wie ich morgens laufen geht. Oder generell. Er trägt eine Jogginghose sowie ein langärmliges Shirt, das eher nach Smart Casual als nach Sport aussieht. Ich verkneife mir einen Kommentar dazu, weil er wahrscheinlich wirklich nur höflich sein wollte. Und weil sich schon wieder das Bild von ihm ohne Oberteil vor mein Sichtfeld schiebt.

Verdammt.

Nachdem Louay zu mir aufgeschlossen hat, erwidert er mein Lächeln schüchtern, was mich nur noch mehr aus dem Konzept bringt.

»Darf ich dir ein Geheimnis verraten?«, fragt er.

Ich runzele die Stirn. »Klar.«

»Ich war noch nie in meinem Leben joggen.«

Wusste ich's doch. »Sieht man dir gar nicht an«, entgegne ich augenzwinkernd, eifrig darum bemüht, weiterhin die heitere Gastgeberin zu spielen. »Du musst auch nicht mitkommen. Es ist keine Tradition auf der Insel, die Gäste am ersten Tag mit zum Sport zu nehmen.«

»Echt nicht? Da hat die Reisebroschüre im Flugzeug aber etwas anderes gesagt.« Als Louay einen weiteren Schritt auf mich zugeht, beschleunigt sich mein Herzschlag. Der Geruch seines Aftershave steigt mir in die Nase. »Aber ich bleibe bei meiner Antwort. Ich würde dich wirklich gern begleiten.«

Ich stocke. Mein Blick findet seinen. Grüne Augen mit langen dunklen Wimpern.

»Sicher?«, bringe ich einen Hauch zu leise hervor.

»Absolut. Aber mir wäre es recht, wenn wir die Sache langsam angehen.«

»Gar kein Thema.«

Fragt sich nur, ob er wirklich vom Joggen spricht.

Um ihm entgegenzukommen, plane ich, erst dann mit dem »richtigen« Laufen zu beginnen, wenn wir die Bucht erreicht haben, wo der Untergrund eben ist. Das Terrain in Saksun ist tückisch, vor allem, wenn das Gras nach einer regnerischen Nacht noch feucht ist. Doch selbst als wir dort ankommen und ich den ersten Schritt auf dem Sand mache, ziehe ich nicht das Tempo an.

Ich bin abgelenkt von Louays Reaktion auf das, was ihn umgibt. Als hätte eine höhere Macht es sich zum Ziel gesetzt, ihn heute besonders willkommen zu heißen, erinnert der strahlend blaue Himmel an einen Sommertag. Ich schließe kurz die Augen und genieße die Wärme auf meinem Gesicht, während der sanfte Wind über meine Haut streichelt. Der Geruch von Frühlingsblumen und Morgentau liegt in der Luft, zusammen mit dem Rauschen des Wasserfalls, der sich am anderen Ende der Bucht befindet.

An Tagen wie heute kann ich mir einreden, dass es nicht so schlimm ist, auf diesen Inseln festzusitzen, kann sogar verstehen, wieso die meisten Leute, die hier geboren wurden, die Färöer so sehr lieben.

Unbewusst sind wir stehen geblieben, um den Anblick

in uns aufzunehmen. Besonders Louay wirkt so, als hätte er noch nie in seinem Leben Berge gesehen.

»Es ist so still«, murmelt er mehr zu sich selbst, aber ich runzele dennoch die Stirn.

Das Tosen des Wasserfalls und das Krähen der Möwen, die im feuchten Sand nach ihrem Frühstück suchen, sind kaum etwas, das ich mit Stille gleichsetzen würde.

Anscheinend kann Louay meinen Gedanken erraten. »Ich meine ... verglichen mit der Stadt. Keine Autos. Keine Sirenen. Keine Flugzeuge. Keine Menschen. Kommt einem so vor, als wäre man völlig allein auf der Welt.«

Ich nicke, obwohl ich die Vorstellung beängstigend finde. Dann gestehe ich: »Ich habe leider keine besonders guten Vergleichsmöglichkeiten.«

»Bist du nie aus diesem Ort rausgekommen?«

»Nein.« Ich weiß gar nicht, wieso ich ihm das erzähle. Um Louay nicht länger ins Gesicht sehen zu müssen, setze ich unseren Weg fort, ohne mich daran zu stören, dass unser Lauf mehr ein Spaziergang ist. »Ich war auch nie im Urlaub oder so. Ich kenne nur diese Inseln.«

»Habt ihr hier überhaupt eine Schule?«

»Sogar eine Universität. Auch wenn die Auswahl an Studienkursen nicht gerade umwerfend ist.«

»Studierst du?«

Fast fühle ich mich an Týra erinnert, die mich ebenso gern mit Fragen löchert. Doch anders als bei meiner besten Freundin habe ich aktuell nicht vor, Louay mit der Wahrheit zu konfrontieren. »Nein. Ich bin nicht ganz der Typ fürs Studium. Glaube ich. Nach dem Schulabschluss habe ich ein

Jahr gejobbt und von dem Geld dann den Schuppen umgebaut und das B&B eröffnet.« Ich stolpere beinahe über das Wort *Schuppen*.

»Respekt.«

Ich zucke mit den Schultern und bleibe ausnahmsweise bei der Wahrheit. »Ich wollte schon immer etwas in Richtung Hotel machen. Kleine Schritte führen zum Ziel, nicht wahr?«

Als Louay nickt, kommt mir ein Gedanke. Ein winziger, waghalsiger Impuls, den ich nur wenige Sekunden später nicht mehr unter Kontrolle habe. »Was ist mit dir?«

»Ich bin Reiseblogger, schon vergessen?« So, wie er die Worte ausspricht, muss ihm klar sein, dass wir beide nicht daran glauben. »Na ja. Nicht ganz. Ich schreibe – das ist richtig, aber ich bin kein Blogger. Ich hab nicht mal einen Instagram-Account. Ich bin Schriftsteller, und das hier ist … nennen wir es eine Rechercheireise.«

»Ein Schriftsteller?« Ich habe das Gefühl, Týra in meinem Kopf bereits fangirlen zu hören. Ein Mann, der Bücher schreibt, wäre sicher ihr Traum. Sie ist eine absolute Leseratte, deren Liebe für Bücher sogar so weit geht, dass sie einen eigenen Blog betreibt. Ich dagegen habe es selbst in der Schule geschafft, mich vor den Lektüren zu drücken.

»Mach dir aber keine zu großen Hoffnungen«, fährt Louay fort. »Meine Werke kennst du sowieso nicht. Ich stehe noch ziemlich am Anfang. Gefühlt fange ich sogar gerade bei null an.«

Diese kryptische Antwort lasse ich unkommentiert, weil er nicht den Anschein erweckt, als rede er gern über seinen

Job. Dabei gefällt mir diese Situation sogar ganz gut. Es ist Ewigkeiten her, seit ich das letzte Mal durch die Bucht gewandert bin, ohne vor meinem Zuhause davonzulaufen. Und zur Abwechslung jemanden zum Reden zu haben, macht es noch besser – obwohl es nur vorsichtiger Small Talk ist.

»Und was machst du, wenn du nicht gerade schreibst?«

Er lacht. »Panik schieben, weil ich nicht schreibe.«

»Klingt nach einem richtigen Traumjob«, erwidere ich ironisch. »Ich bin froh, dass ich in der Schulzeit irgendwie die Aufsätze überlebt habe.«

»Ob du es glaubst oder nicht, in denen war ich auch ziemlich mies. Ins Schreiben bin ich nur reingerutscht. Ursprünglich wollte ich Mathelehrer werden.« Unwillkürlich verziehe ich das Gesicht. »Oder natürlich Tester für Videospiele.«

Darüber muss ich grinsen. »Bevor ich die Idee mit dem B&B hatte, wollte ich unbedingt Profifußballspielerin werden. Hier auf der Insel ist man schnell der große Fisch im kleinen Teich, aber den internationalen Sprung zu schaffen, ist quasi unmöglich.«

»Fußball ...«

»Das ist diese Sportart, bei der zweiundzwanzig Leute einen Ball durch die Gegend schießen«, informiere ich ihn.

»Ach, wirklich?« Sein Lächeln ist ansteckend, fast schon berauschend. »Das letzte Mal, als ich Fußball gespielt habe, hat mir ein Mitschüler die Nase gebrochen.«

»Autsch.«

»Jep. Ist auch nie richtig verheilt, siehst du?«

Louay bleibt stehen, beugt sich zu mir herüber und deutet auf seinen Nasenrücken. Beinahe bin ich zu abgelenkt von der plötzlichen Nähe, um den Hubbel zu bemerken, bis ich mit der Fingerspitze darüberstreiche.

Auf einmal bin ich wie hypnotisiert von seinem Gesicht, den hohen Wangenknochen, dem Teint, der jetzt, wo ich meine eigene blasse Hand danebenhalte, noch dunkler wirkt. Seiner markanten, gekrümmten Nase mit dem Hubbel auf dem Rücken.

Louay Saeed ist bei Weitem nicht der erste attraktive Gast, den es in mein B&B verschlagen hat, aber er ist der erste, bei dem ich eine solche Anziehung spüre. Nicht nur zu seinem Aussehen, sondern auch dazu, wie leicht es mir fällt, ihm von mir zu erzählen. Vielleicht sogar zu leicht. Seine grün-braunen Augen sind undurchdringlich. Ich beiße mir auf die Unterlippe, ehe ich meine Hand langsam zurückziehe.

»Tatsächlich«, antworte ich wie ferngesteuert, weil ich Louay eine Reaktion schulde. Hastig setze ich ein Lächeln auf. Vermutlich ist es zwecklos, aber vielleicht schaffe ich es so, darüber hinwegzutäuschen, dass meine Wangen glühen wie Feuer.

Ich wende mich wieder unserer Route zu und überlege panisch, was ich jetzt sagen soll. Vorhin hat mich die Stille nicht gestört, aber gerade fühlt es sich an, als würde sie mir die Luft abschnüren.

»Louay«, beginne ich vorsichtig. »Ich hab deinen Namen, ehrlich gesagt, noch nie gehört, bis ich deine Buchung erhalten habe.« Ich komme mir furchtbar ungeschickt vor, wie ich danach frage, weil mir nichts Besseres einfällt. Dabei ist es nicht einmal gelogen – ich hatte schon einige Gäste aus anderen Ländern und Kulturkreisen, aber einem Louay bin ich bisher noch nicht begegnet.

»Das kann ich mir vorstellen. In Dänemark habe ich bisher auch noch niemanden getroffen, der heißt wie ich.«

»Ist der Name …« Ich überlege kurz, weil ich den sprachlichen Ursprung nicht genau zuordnen kann, doch Louay kommt mir zuvor.

»Arabisch. Meine Familie stammt aus dem Libanon.«

Einen Moment lang spiele ich mit dem Gedanken weiterzubohren, ob er selbst in Dänemark geboren ist oder ob er arabisch spricht, aber das kommt mir unhöflich vor. Schließlich kenne ich ihn kaum.

»Louay«, murmele ich stattdessen. »Ein schöner Name.« Und obwohl das Kompliment vollkommen unscheinbar ist, beschleunigt sich mein Puls erneut. Vor allem, als ich Louays strahlendes Lächeln aus dem Augenwinkel bemerke.

Noch immer werde ich das Gefühl nicht los, dass Týra mich mit ihrer Rede beeinflusst hat. Normalerweise bin ich nicht so unvernünftig. Normalerweise würde ich nicht einmal an das denken, was mir gerade durch den Kopf geht. Es gibt kein Gesetz, das mir verbietet, ihm näherzukommen. Aber es würde mir auf die ein oder andere Art das Herz brechen. Er würde irgendwann abreisen, und wenn wir danach überhaupt den Kontakt hielten, würde unweigerlich die Frage kommen, ob ich ihn nicht einmal in Kopenhagen besuchen möchte. Spätestens dann wäre alles vorbei, weil ich hier festsitze.

Und überhaupt: Sosehr ich es auch genieße, mich mit ihm zu unterhalten und ihn kennenzulernen, habe ich doch in der kurzen Zeit gemerkt, wie verschieden wir sind. Fußball und Bücher passen einfach nicht zusammen. Dazu der Altersunterschied. Vier Jahre sind nicht viel und doch genug, dass zwischen Louays und meiner Realität Welten zu liegen scheinen. Er steht offenbar fest im Leben, während ich mich im Nebel von einem Tag in den nächsten taste.

Gefährlich genug, dass ich überhaupt so weit denke. Wann bin ich so verzweifelt geworden? So einsam, dass ein Gast meine Gedanken schon nach einem Tag so derart kopfstehen lässt?

Louay

»Na endlich, ich dachte schon, dir wäre etwas passiert!«

Augenblicklich trifft mich eine Welle des schlechten Gewissens, während ich mir gleichzeitig wünsche, das Gefühl der Ruhe und Unantastbarkeit hätte noch ein wenig länger gehalten. Ein seltsamer Zwiespalt. Ich komme gar nicht dazu, etwas zu erwidern oder meiner Agentin zumindest Hallo zu sagen, da setzt sie auch schon hinterher: »Bist du okay?«

Seufzend lasse ich mich auf der Treppenstufe vor meinem Ferienhäuschen nieder. Aus reiner Gewohnheit wird mir unwohl bei dem Gedanken, ein derartiges Telefonat in der Öffentlichkeit zu führen, doch wer soll mich am Ende der Welt schon hören? Lina ist nach dem Joggen, das am Ende nur ein Spaziergang war, ins Haus verschwunden, und selbst das nächste Schaf grast ein paar Hundert Meter von mir entfernt auf einem Hügel. Zumal mir sicher kein Enthüllungsjournalist auf den Fersen und hierher gefolgt ist.

»So weit«, erwidere ich so diplomatisch wie möglich. »Ich habe nur eine Pause gebraucht.«

»Eine Pause?« Sämtliche Besorgnis ist aus ihrer Stimme verschwunden. Jetzt ist sie wieder ganz die Geschäftsfrau. »Was meinst du damit? Wo steckst du?«

Ich schlucke. Mir war klar, dass diese Konversation nicht lange auf sich warten lassen würde. Nur hätte ich davor gern etwas Zeit gehabt, überhaupt runterzukommen und mir zu überlegen, wie ich meiner Agentin, meinem Verleger und allen anderen erkläre, wieso ich auf einmal auf einer Inselgruppe am Ende der Welt hocke.

»Erinnerst du dich noch daran, als du meintest, eine Rechercheireise könnte mir helfen, auf neue Ideen zu kommen?«

Stille am anderen Ende der Leitung. Ich kann förmlich sehen, wie ihr Mundwinkel zuckt und sich eine tiefe Falte in ihre Wange gräbt – so wie immer, wenn sie etwas ganz und gar nicht amüsant findet.

»Du bist im Urlaub?«

»Nein, nein«, beteuere ich. »Eine Rechercheireise. Ich habe meinen Laptop dabei und bin fleißig am Arbeiten.«

Mehr oder weniger.

Sie atmet leise aus.

»Ich liege gut in der Zeit mit der Redaktion von Band zwei, und für die Veröffentlichung vom ersten Band steht auch schon alles in den Startlöchern. Außerdem bin ich nicht aus der Welt und ...«

»Ist irgendetwas passiert?«

Die Frage reißt mich so abrupt aus meiner zusammengeschusterten Erklärung, dass ich für einen Moment ins Stocken gerate. Freja ist in erster Linie meine Geschäftspartnerin, doch nach vier Jahren Zusammenarbeit stehen wir uns inzwischen näher, als man auf den ersten Blick erahnt. Nah genug jedenfalls, dass sie erkennt, wenn etwas nicht im Reinen ist.

»Ich wollte etwas Abstand«, erkläre ich also halbwegs wahrheitsgemäß. »Du weißt, wie stressig die Veröffentlichungen sind, vor allem, wenn FL wieder alle Register zieht.«

»Ein Wunder, dass die Marketingabteilung nicht die ganze Stadt mit Plakaten zugekleistert hat.«

»Erinnere mich nicht dran ... Was ich gesehen habe, reicht mir schon. Aber davon mal abgesehen – ich mache wirklich eine Rechercheriese. Oder hoffe zumindest, dass sich aus dem Trip irgendwas ergibt.«

»Alles klar«, erwidert Freja ein wenig verständnisvoller. »Ich bin die Letzte, die dir einen Urlaub verbieten will – war sowieso längst überfällig. Ich hab nur keine Lust, dass mir Herr Birky wieder um vier Uhr morgens auf die Mailbox spricht, weil dein neues Skript in seinem Spam-Ordner gelandet ist und er es nicht finden kann.«

Bei der Erinnerung grinse ich, auch wenn meine Agentin schon öfter unter meinem Lektor leiden musste. Herr Birky hat mir zwar schon vieles ermöglicht, aber ihm fällt es noch schwerer als mir, Beruf und Privatleben zu trennen.

Vor allem, seit Alma Jensen ihm buchstäblich seinen Job in der Redaktion von FL gerettet hat.

»Schon in Ordnung. Leite mir gern alles weiter, was die Tage so anfällt, und betrachte es einfach als temporären Umzug meines Büros.«

»Alles klar. Du hast mir aber immer noch nicht verraten, wohin es dich verschlagen hat.«

»Darf ein Autor nicht ein bisschen mysteriös sein?«

Darauf ernte ich ein Lachen. »Ist dir Alma Jensen nicht mysteriös genug?«

Ach ja, die ominöse Star-Autorin, die noch nie jemand zu Gesicht bekommen hat. Regelmäßig zerreißt sich die Boulevardpresse – zumindest die mit Zielgruppe 50+ – den Mund darüber, wie Alma Jensen wohl im Privatleben ist, und liefert vermeintliche Beweise für ihre Identität oder ein neues Anwesen, das sie erstanden haben soll. Auf den Palast am Meer warte ich noch, und mir wäre es lieber, sie würden sich mit den Büchern auseinandersetzen und nicht der Person, die dahintersteckt. Am Ende wären sie ohnehin nur enttäuscht über den fünfundzwanzigjährigen Nerd mit libanesischen Wurzeln, dessen höchste literarische Errungenschaft vor der *Schicksalsklinik* eine Wortwitz-Rubrik in der Schülerzeitung war.

»Wann bist du wieder zurück?«, will meine Agentin wissen, ungeachtet dessen, dass ich ihr noch eine Antwort auf die beiden vorangegangenen Fragen schulde.

»In knapp drei Wochen. Pünktlich zur Deadline für die Redaktion. Ich habe alles unter Kontrolle.«

»Alles klar. Dann will ich dich auch nicht weiter in deinem Nicht-Urlaub stören. Hatte mir nur Sorgen gemacht, weil ich dich gestern nicht erreichen konnte, bis ich deine E-Mail heute Morgen gesehen hab.«

»Stressiger Tag«, erkläre ich. »Aber danke fürs Nachfragen. Ich melde mich, sobald es etwas gibt.«

»Alles klar. Bis dann!«

Der Anruf endet, noch ehe ich mich angemessen verabschieden kann, und lässt mich allein in der Stille der Natur zurück. Eine Weile verharre ich in meiner Position, während ich geistesabwesend auf das Display meines iPhones starre. Die gut zwei Dutzend verpassten Anrufe, die sich seit vorgestern Abend darauf angesammelt haben, kommen mir vor wie ein Todesurteil, denn nur zwei davon sind von meiner Agentin. Der Rest stammt von meiner Familie.

Ich müsste langsam einen von ihnen anrufen, mich entschuldigen und mich erklären, doch mir ist klar, dass ich die Situation damit nicht löse, sondern im schlimmsten Fall noch elender für mich mache. Zuerst müsste ich ihnen beibringen, wo ich mich überhaupt befinde, was zwangsläufig Fragen nach sich ziehen wird. Denn Louay Saeed ist niemand, der spontan seine Koffer packt, ein Zimmer in einem B&B bucht und am nächsten Tag last minute ans Ende der Welt verreist.

Louay Saeed ist ein Mann, der weiß, was er im Leben will. Der Pläne schmiedet und sich von nichts aus der Bahn bringen lässt. Er ist konzentriert, vorbildlich und sicher kein Mensch, der nach einem Familienstreit kopflos das Land verlässt, weil ihm alles zu viel ist.

Beinahe lache ich laut auf, als ich die Ironie meiner Gedanken bemerke. Vor ein paar Wochen hätte all das zugetroffen, und niemand hätte mich vom Gegenteil überzeugen können. Und nun sitze ich hier und will ... ja, was eigentlich? Ein neues Buch schreiben? Mich selbst finden? Einfach nur Abstand von der Familie bekommen?

Was es auch ist, erst jetzt sickert langsam zu mir durch, dass meine Reise möglicherweise nicht die beste Idee war. Dass ich gut daran täte, weiterhin die Finger von Spontaneität zu lassen, wenn es mich ohnehin nur in solche Lagen versetzt, in denen ich nicht weiß, was ich als Nächstes tun soll.

Denn welche Möglichkeiten habe ich schon? Selbst abseits der Stadt fehlen mir die Ideen für etwas, das nach mir und nicht Alma Jensen klingt. Dabei bin ich gar nicht mal so uninspiriert. Käme es drauf an, könnte ich mir noch fünf weitere Romane der *Schicksalsklinik* aus dem Ärmel schütteln, ganz zu schweigen von dem Spin-off, das schon in diesem Jahr in die Läden zieht.

Wahrscheinlich werde ich die Zeit bis dahin nutzen, um genau das zu tun, was ich auch zu Hause gemacht hätte: meine Arbeit – nur jetzt mit anderer Kulisse. Große Klasse. Noch keinen Tag hier und schon frage ich mich, wieso ich überhaupt hergekommen bin.

»Du hast echt Glück, weißt du das?«

Linas Stimme erklingt, woraufhin mein Puls augenblicklich in die Höhe schnellt. Erschrocken schaue ich mich um, bis ich sie in einem der Fenster des Haupthauses entdecke.

Wie viel hast du mitbekommen?, will ich sie fragen, reiße

mich trotz aller Panik jedoch noch einmal zusammen. Es wäre nicht nur verdammt unhöflich und würde dazu mehr Verdacht erregen, sondern ich bin mir auch ziemlich sicher, dass es mir aufgefallen wäre, wenn sie während des Telefonats das Fenster aufgerissen hätte. Ich mag vielleicht unaufmerksam sein, wenn ich in Gedanken bin, doch wenn ich in der Öffentlichkeit mit meiner Agentin spreche, bin ich immer achtsam wie ein Erdmännchen.

»Was meinst du?«, erwidere ich nach kurzem Zögern.

Lina nickt in Richtung Himmel. »Das Wetter. So einen Tag wie heute erleben wir sonst nicht mal im Sommer. Da bekomme ich Lust, mich ins Gras zu legen und den ganzen Tag zu dösen.«

Ihr Gesicht hat etwas Verträumtes, als sie die Augen schließt, um die wärmenden Strahlen auf ihrer Haut zu spüren. Ein weiches Lächeln umspielt ihre Lippen, das meinen Puls nur weiter anfeuert, weil es so anders ist als die Seite, die sie mir bisher gezeigt hat. Ruhiger und irgendwie zufriedener, als kostete sie den Moment vollständig aus.

Insgeheim stimme ich ihr zu. Der Gedanke daran, mich auf eine Wiese zu legen und die Sonne zu genießen, ist verlockend – vor allem, nachdem ich gefühlt Jahre nur in meiner Wohnung über irgendeinem Manuskript verbracht habe. Ich lasse meinen Blick über die Berge schweifen, die das Tal umgeben, und stelle mir vor, wie es wohl wäre, dort oben spazieren zu gehen. Zwischen Schafen und goldenem Gras dem Himmel so nah, dass ich ihn beinahe berühren kann, bis ich ein Plätzchen gefunden habe, an dem ich es mir gemütlich machen und ungestört meinen Gedanken nachhängen kann. Die Idee wird umso interessanter, wenn ich mir vorstelle, dabei nicht allein zu sein und … *Stopp.* Ich bremse meine Gedanken, noch ehe sie in die falsche Richtung abdriften können.

»Ein bisschen kalt dafür, oder?« Mein Satz kommt so spät, dass sie vermutlich schon vergessen hat, worüber wir eben noch geredet haben.

»Hm?«

»Zum Sonnenbaden meine ich.« Zur Verdeutlichung – und auch um die Röte auf meinen Wangen zu verbergen – ziehe ich den Rollkragen meines Pullovers nach oben. Denn auch die Sonne ändert nichts an dem frischen, kühlen Wind, der hier dauerhaft weht.

»Die Kälte macht mir nichts aus. So ist es eigentlich das ganze Jahr über – man gewöhnt sich dran.«

Ich schüttele den Kopf. »Werde ich wohl nie.«

»Wären die Malediven da nicht ein besseres Reiseziel für dich gewesen?« Ihren Kommentar unterstreicht sie mit einem ironischen Zwinkern, das allerdings nicht ganz darüber hinwegtäuscht, dass sie sich im selben Moment auf die Zunge beißt.

»Hm.« Kurz tue ich so, als würde ich den Gedanken ernsthaft in Betracht ziehen. »Nein. Mir war nach etwas Abenteuerlichem zumute … und Abgeschiedenheit.« Den letzten Teil wollte ich ihr eigentlich gar nicht erzählen.

»Für Abgeschiedenheit bist du hier an der richtigen Stelle. Gerade außerhalb der Saison.«

»Wird das nicht manchmal eintönig?«

Nach wie vor schaut sie nicht mich an, sondern den

strahlend blauen Himmel. Nur das Lächeln verschwindet von ihren Lippen. »Ein bisschen.«

Ich will gerade zu einer neuen Frage ansetzen, als aus dem Inneren des Hauses ein Rumpeln ertönt. Unter dem plötzlichen Geräusch zuckt Lina zusammen, als hätte man sie bei etwas Verbotenem ertappt. Ihre Mundwinkel heben sich, aber in ihrem Blick liegt keine Freude.

»Ich muss dann wieder an die Arbeit. Wir sehen uns um drei zum Einkaufen, ja?«

Gern würde ich noch etwas erwidern oder ihr zumindest ein Okay geben, aber selbst dazu reicht die Zeit nicht. Der Knall, der mit dem Schließen des Fensters einhergeht, scheint als Echo durch das ganze Tal zu hallen.

Was war das?

Nachdenklich starre ich auf die Scheibe, doch durch die Spiegelung kann ich nicht erkennen, was dahinter vor sich geht. Ebenso dringt kein Geräusch nach draußen. Ich erinnere mich, dass Lina erwähnt hat, dass sie mit ihrem Vater zusammenwohnt, allerdings wird sie wohl kaum Ärger bekommen, weil sie sich mit mir unterhalten hat.

Nein. Entschlossen schüttele ich den Kopf, ehe ich mich von meinem Sitzplatz erhebe. Wahrscheinlich hatte sie nur Essen auf dem Herd, oder die Waschmaschine war fertig. Was auch immer es ist, es geht mich nichts an.

Lina

Etwas an Louay hat sich verändert seit unserem Spaziergang am Morgen. Als hätte ihn aus dem Nichts eine Anspannung befallen, die ihn auch jetzt nicht mehr loslässt. Ob es an dem Telefonat liegt? Ich habe zu wenig davon mitbekommen – eigentlich gar nichts, außer dass er überhaupt am Handy war und das Display danach verdächtig lange angestarrt hat.

Ich könnte natürlich fragen – auch, um die peinliche Stille zu überbrücken, die sich während der Autofahrt breitgemacht hat –, aber das würde selbst ich nicht wagen.

Ein bisschen Small Talk? – Okay.

Ein gemeinsamer Spaziergang? – Grenzwertig.

Ihn explizit danach fragen, wieso er auf einmal so gestresst wirkt? – Auf keinen Fall.

Zumal ich mit meiner eigenen Laune zu kämpfen habe.

Unwillkürlich verkrampfen sich meine Hände, krallen sich geradezu in das lederne Lenkrad. Ich konzentriere mich auf die Straße vor mir in der Hoffnung, dadurch die aufkeimende Erinnerung verdrängen zu können. Den Blick meines Vaters und den wortlosen, unausgesprochenen Vorwurf darin, bloß weil ich es gewagt habe, in seiner Gegenwart mit einem Gast zu sprechen. Weil ich die zehn Minuten, in denen er sich mit Ottar am Gartenzaun unterhalten hat, dazu genutzt habe, mich zu Hause wie ich selbst zu fühlen und nicht, als würde ich auf Zehenspitzen durch ein Minenfeld schleichen.

Die Straße von Saksun in den nächsten Ort fühlt sich heute ewig lang an. Ich folge ihr bis ans Ende, biege anschließend auf die Hauptstraße ab, die weiter in Richtung Norden führt, bis sie schließlich in eine Brücke auf die Nachbarinsel Eysturoy mündet. An dieser Stelle liegen keine hundert Meter zwischen den beiden Ufern, und in der Ortschaft auf der anderen Seite gibt es ein Einkaufszentrum. Als wir auf dem Parkplatz vor dem Supermarkt anhalten, sieht sich Louay stirnrunzelnd um. Wahrscheinlich hat er sich unter *Einkaufen* etwas anderes vorgestellt. Zumindest mehr als eine Handvoll einzelner Industriegebäude mit halb verwaisten Parkplätzen.

»Ich beschwere mich nie wieder, wenn ich mal fünf Minuten zum Supermarkt laufen muss«, murmelt er verlegen, woraufhin ich skeptisch die Augenbrauen hebe.

»Zwanzig Minuten Fahrt sind für dich viel?«

Ein Schulterzucken. »Für meine Verhältnisse jedenfalls.

Im Erdgeschoss meines Apartmentkomplexes gibt es einen kleinen Bio-Supermarkt. Ich bin verwöhnt.«

»Manche Inseln sind vom Postboot oder sogar dem Helikopter abhängig«, erkläre ich. »Aber selbst wenn man nicht dort lebt, gilt *Amazon Prime* als Mythos. Aber wir kommen zurecht.«

Ich öffne die Autotür.

»Bewundernswert. Obwohl ... das meiste, das ich online kaufe, sind Sachen, die ich auch sonst irgendwo bekomme. Ich gehe normalerweise nur nicht gern aus dem Haus.«

»Und dann fliegst du völlig allein hierher?«

Die Frage ist wieder einmal viel zu schnell raus und scheint Louay kurzzeitig aus dem Konzept zu bringen.

»Das kann man nicht wirklich vergleichen«, erwidert er schließlich zögernd, während wir auf den *Bónus*-Supermarkt mit den schwarzen Wellblechfassaden zusteuern. »Reisen ist etwas anderes, als shoppen zu gehen. Und wenn ich zu Hause bin, habe ich gern meine Ruhe.«

Ungewollt schaudere ich bei dem Gedanken. »Dein Ernst?«

»Ja, klar. Glaub mir, wenn du dir dein halbes Leben lang mit deinem Bruder das Zimmer teilen musstest, lernst du Ruhe und Isolation zu schätzen.«

»Das klingt echt anstrengend.«

»Es war okay.« Der bittere Zug um seine Lippen verrät, dass mehr hinter der Sache steckt, doch er geht nicht weiter darauf ein.

»Du hast also einen Bruder?«

»Und eine Schwester, ja«, antwortet er. »Was ist mit dir?«

Mit etwas zu viel Kraft ziehe ich einen Einkaufswagen aus der Schlange am Eingang, weshalb ich nach hinten stolpere, als er endlich nachgibt. Louay nickt anerkennend und macht einen Versuch, ihn mir abzunehmen, dem ich jedoch geschickt ausweiche.

»Keine Geschwister«, erkläre ich beim Betreten des Supermarkts. »Nur ich, mein Vater und …« Der Satz verhallt im Nichts, ehe ich noch mal ansetze. »Nur mein Vater und ich.«

Louay nickt. Selbst aus dem Augenwinkel kann ich erahnen, dass ihm eine Frage auf den Lippen liegt, nur komme ich ihm zuvor. Mit einer allumfassenden Geste deute ich auf das Interieur des Ladens, das mit den langen Reihen voll mit Lebensmitteln und Haushaltswaren nicht anders aussieht als jeder andere Supermarkt. Vielleicht ein bisschen kleiner im Vergleich zu den Walmarts, die ich aus Filmen und Serien kenne, aber definitiv hat dieser hier mehr zu bieten als Fisch und Seegras, wie ich es Louay angedroht habe.

»Und?«, frage ich und setze ein Grinsen auf. »Enttäuscht?«

Louay lächelt, während er ebenfalls den Blick schweifen lässt. »Erleichtert.«

»Okay, wie du den aufgegabelt hast, musst du uns aber erklären.« Wie immer bin ich die Letzte, die am Platz ankommt, obwohl ich mich in Rekordgeschwindigkeit umgezogen habe. Mein Trainer hat dafür nur ein müdes Kopfschütteln übrig, aber der Rest meines Teams scheint sich mehr dafür zu interessieren, wieso ich in Begleitung aufgetaucht bin.

»Er ist ein Gast«, erkläre ich schnell, ehe ich mit meinen Dehnübungen beginne. »Hab ihn zum Einkaufen mitgenommen, und er schaut sich jetzt die Gegend an.«

»Ein Gast? Woher?« Obwohl ihr meine Antwort als Statement reichen sollte, lässt Greta, unsere Kapitänin, nicht locker.

Seufzend verfluche ich mich dafür, dass ich mir eingebildet habe, es sei schon okay, wenn ich Louay mit zum Sportplatz nehme und er von hier aus seine Erkundungstour beginnt. Dabei hätte ich es besser wissen müssen. In unserer winzigen Welt gilt ein einzelner Tourist außerhalb der Saison allein schon als Sensation, doch ein attraktiver junger Mann aus der Hauptstadt sticht noch einmal mehr heraus.

»Aus Kopenhagen«, beende ich das Thema harsch und wende mich von ihr ab. Glücklicherweise kommt mir unser Trainer zu Hilfe, der nach Freiwilligen sucht, die ihm dabei helfen sollen, Bälle und anderes Material zu organisieren. Während eine Handvoll meiner Teamkameradinnen ihm zu dem Gebäude am Spielfeldrand folgt, komme ich nun endlich langsam zur Ruhe.

Ich kann Greta und die anderen für ihre Neugier nicht verurteilen, doch mir wäre es lieber, wenn wir während des Trainings beim Thema blieben. In einem Dorf wie Saksun gibt es neben dem Joggen nicht viele Möglichkeiten, mir einen klaren Kopf zu verschaffen, weshalb ich dem Fußballspielen jedes Mal entgegenfiebere.

Hier kann ich nicht nur ich selbst sein, sondern mich so weit an meine Grenzen treiben, bis all das Chaos in meinem

Inneren zumindest für einen Moment in Vergessenheit gerät. Keiner stellt irgendwelche Erwartungen an mich, außer dass ich den Ball ins Tor befördere.

Nachdem ich ein paar Übungen gemacht habe, beginne ich damit, Runden um den Platz zu laufen, und spüre augenblicklich, wie mir leichter zumute wird. Obwohl der Himmel nach wie vor ungewohnt klar erstrahlt, prickelt die Kälte auf meinen nackten Armen und Beinen. Der Wind rauscht an meinem Kopf vorbei, während die Sonne die Welt in ein warmes Orange hüllt. Ein kleiner Moment der Freiheit, den ich mit allem, was ich habe, auskosten möchte. Nur will es mir heute nicht so recht gelingen.

Das Laufen tut mir gut. Das Dribbeln und die Übungen zur Ballkontrolle ebenso, aber sie schaffen es nicht, mich von meiner inneren Unruhe zu befreien. Statt süßem Vergessen sind die Bilder in meinem Kopf präsent wie eh und je. Der Frust über meine Lage, über meinen Vater, über mein Leben.

Keine Ahnung, wovon die Lawine losgetreten wurde, ob es Louays Frage über meine Familie war oder ein Nachhall meines Gesprächs mit Týra – womöglich etwas von beidem –, doch je mehr Zeit verstreicht, desto unerträglicher wird es.

Ich bin abgelenkt, vermassele Übungen, die ich sonst im Schlaf beherrsche, und erreiche schließlich einen gefährlichen Punkt, an dem mich meine Emotionen leiten.

Was mache ich hier? Was mache ich mit meinem Leben? Und warum zum Teufel stört es mich gerade jetzt?

Wieso müssen diese Gedanken, die sonst nur nachts

auftauchen, mich nun auch an meinem sicheren Ort befallen?

Ich fühle buchstäblich, wie sie mehr und mehr von mir Besitz ergreifen, meine Sicht verschwimmen lassen, bis alles um mich herum vorbeizieht, als hätte die Welt begonnen, sich schneller zu drehen, um mich daran zu erinnern, wie sehr ich mein Leben verschwende.

Erst ein stechender Schmerz sowie ein lauter Pfiff, der das Rauschen in meinem Kopf durchschneidet, holen mich wieder in die Realität zurück. Ich schmecke Gras auf meinen Lippen, spüre ein Brennen in meinen Knien und meinen Handflächen, aber schlimmer als beides ist der Kopfschmerz, der für ein paar Sekunden einen dunklen Schleier über mein Sichtfeld legt. Noch ehe ich sie entdecke, kann ich an ihren Schritten hören, dass meine Mannschaftskameradinnen zu mir eilen. Stimmen zwitschern wild durcheinander, und ich blinzele ein paarmal, bevor ich die Welt um mich herum wieder erkennen kann. Mehrere Leute reden auf mich ein, wollen herausfinden, ob alles okay ist, während ich versuche, mich daran zu erinnern, was überhaupt passiert ist.

Wir haben in Fünferteams gespielt. Ich hatte den Ball, und ... Unmittelbar neben mir sitzt Lóa und reibt sich die Stirn. Ihr feuerrotes Haar bildet einen starken Kontrast zum weißen Trikot, das vor Grasflecken nur so strotzt. Wie ich scheint sie erst langsam zu realisieren, was passiert ist, nur fragt niemand sie, ob alles in Ordnung ist.

Auf den ersten Blick sieht sie zwar nicht halb so mitgenommen aus wie ich, doch nach Jahren in dieser Mannschaft ist mir klar, dass das nicht alles ist. Lóa, die in der Regel links außen in der Verteidigung spielt, ist trotz ihrer leuchtenden Haare unauffällig, geradezu unsichtbar. Es ist nicht so, als könnte niemand sie leiden, nur weiß niemand Näheres über sie, außer dass sie auf Vágar lebt und seit drei Jahren dabei ist. Und das, obwohl sie Týras Cousine ist.

Mein Blick trifft ihren, woraufhin sie sofort den Kopf abwendet, ein unsicheres Lächeln auf den Lippen.

»Bist du okay, Lina?« Gretas Stimme gelingt es allmählich, sich über den Lärm der anderen hinwegzusetzen. Ich nicke abwesend, wobei ich mir die schmerzende Stirn reibe.

»Was ist passiert?«

Unsere Kapitänin streckt mir die Hand entgegen, um mich auf die Beine zu ziehen. »Ihr seid zusammengestoßen.«

Uff. Als ich stehe, fühle ich mich noch immer benommen, gehe aber trotzdem zu Lóa, um nach ihr zu sehen.

»Alles in Ordnung?«, frage ich sie und will ihr ebenfalls aufhelfen, aber sie richtet sich allein auf, während sie bestätigend nickt.

»Ja.«

Augenblicklich beiße ich mir auf die Zunge. Ihre Stimme klingt kühl. Nicht vorwurfsvoll, aber auch nicht gerade nett. Irgendwie ein bisschen abwesend, was mich einen Sekundenbruchteil lang an meinen Vater erinnert.

»Tut mir leid, Lóa«, füge ich etwas unbeholfen hinzu. »Ich weiß nicht, was da gerade passiert ist.«

»Schon gut.« Sie winkt ab. »Wirklich. Ich glaube, dich hat es schlimmer erwischt als mich.«

Kurz heben sich ihre Mundwinkel, dann stößt endlich auch der Coach dazu.

»Lina, Lóa. Was war das eben?«

Unter seiner strengen Stimme fühle ich mich sofort winzig, obwohl ich den rundlichen Mann mit Halbglatze um einen halben Kopf überrage. »Sorry, das war meine Schuld«, sage ich. »Ich hab nicht aufgepasst, und …«

»Du bist heute generell abgelenkt, kann das sein?« Sein Tonfall wird schneidend, woraufhin ich ertappt nicke. »Merkt man. Du bist unaufmerksam, und deine Zeiten beim Sprint vorhin waren miserabel.«

Autsch.

»Versteh mich nicht falsch, Lina, jeder hat mal einen schlechten Tag. Aber der Rest des Teams sollte nicht darunter leiden.«

Erneut sehe ich Lóa an. Sie sieht wirklich nicht aus, als hätte sie einen allzu großen Schaden davongetragen, doch mein Trainer hat recht. Das gerade eben hätte schlimmer enden können. Beim Fußball geht es zwar gern mal rauer zu, nur gerade beim Training sind wir alle sehr vorsichtig. Vor allem, weil wir so gut wie keine Ersatzspielerinnen haben. Wäre der Unfall weniger glimpflich verlaufen, hätte eine von uns eine Verletzung davontragen können, und das kann die Mannschaft je nach Position der Spielerin die Saison kosten.

Gott, ich fühle mich furchtbar.

»Es tut mir leid. Das verstehe ich. Und auch Lóa, wirklich, es war keine Absicht.« Die Entschuldigung ist aufrichtig, und dennoch fühlen sich die Worte »Das verstehe ich« wie Gift auf meiner Zunge an.

Ein wenig gefasster, aber immer noch unzufrieden blickt mich mein Trainer an. »Mach Feierabend für heute«, weist er mich an. »So, wie du heute drauf bist, bringt das nichts. Gerda, du kommst für Lina rein – alle anderen zurück auf eure Positionen.«

Während die Mannschaft seiner Anweisung ohne Widerstand folgt, bleibt Lóa noch einen Augenblick zurück. Ihr Blick findet meinen, und ich bilde mir ein, darin lesen zu können, dass sie noch etwas sagen will. Bevor es jedoch so weit kommt, durchschneidet ein Pfiff die Stille. Dann, ohne ein weiteres Wort, wendet auch sie sich von mir ab.

Louay

Als Lina umgezogen und mit vom Duschen feuchten Haaren auf den Parkplatz tritt, wirkt sie sichtlich überrascht, mich zu sehen. Bei ihrem Anblick habe ich automatisch die Stimme meiner Mutter im Hinterkopf, die mich zurechtweist, ich solle mir gefälligst die Haare föhnen, damit ich mir keine Erkältung hole. Entweder scheint sich Lina daran nicht zu stören, oder diese Regel existiert auf den Färöern nicht, denn der schneidende Wind, der durch das Tal fegt, bringt mich sogar in meinem Mantel zum Frösteln. Vor allem jetzt, wo die wärmende Sonne hinter einer Wolkendecke verschwunden ist.

»Du bist schon zurück?«, fragt mich meine Gastgeberin sofort, wobei das Lächeln auf ihren Lippen nicht ganz ihre Augen erreicht.

Kurz bin ich irritiert über die Frage, dann kommt die

Lüge bereits von allein über meine Lippen: »Bin eben erst angekommen.«

Wieso tue ich das? Wieso kann ich ihr nicht einfach sagen, dass ich mich schon eine ganze Weile hier herumtreibe und ihr sogar beim Trainieren zugesehen habe?

»Ist das Training schon vorbei?«

Sie weicht meinem Blick aus und sieht selbst für einen Moment in Richtung Spielfeld zurück, das von unserer Position aus auf einer Anhöhe liegt. So können wir nicht erkennen, was vor sich geht, doch die einzelnen Rufe, die vom Wind zu uns getragen werden, deuten darauf hin, dass das Training noch immer im vollen Gange ist.

Lina schüttelt den Kopf. »Nein. Ich war heute nicht ganz bei der Sache und dachte, es wäre sinnvoller, wenn ich etwas früher nach Hause gehe.«

Hat man gemerkt, will ich sagen, beiße mir stattdessen jedoch auf die Zunge. Ich will ihr nicht sagen, dass ich alles gesehen habe – sie auf dem Feld, den Zusammenstoß –, dass ich vielleicht sogar eine ganze Weile unauffällig neben der Tribüne gestanden habe, denn das würde nur Fragen aufwerfen, die ich nicht so recht beantworten kann.

Ich bin zurückgekommen, weil ich nach einiger Zeit realisiert habe, dass es im Dorf wirklich nichts zu sehen gibt außer ein paar Häusern und dem schmalen Streifen Meer, der zwischen ihm und der Nachbarinsel Eysturoy liegt. Also wollte ich zurück zum Sportplatz und von dort aus einem Feldweg in die andere Richtung folgen – landeinwärts, hinein in die Natur, in die grasbewachsenen Berge, deren Spitzen in der Wolkendecke verschwinden. Doch irgendwie bin ich an Linas Training hängen geblieben. Obwohl, nicht wirklich daran, Fußball konnte mich nie begeistern. Sondern an ihr. An ihrem Körper, der Art, wie kraftvoll sie sich auf dem Feld bewegt, und diesem unerklärbaren Ausdruck auf ihrem Gesicht, für den mir kein besseres Wort einfällt als Erleichterung. Als wäre sie ein Vogel, der zum ersten Mal aus seinem Käfig ausbricht.

Unwillkürlich blinzele ich ein paarmal, um den Gedanken zu verdrängen und mich wieder auf das Hier und Jetzt zu konzentrieren. Lina starrt noch immer in Richtung Platz, ein bitterer Zug umspielt ihre Lippen. Mit einem Räuspern mache ich auf mich aufmerksam.

»Ist ... alles in Ordnung?«

Ertappt zuckt sie zusammen und wendet sich wieder mir zu. Das Lächeln kehrt sofort auf ihr Gesicht zurück, sodass manch einem entgehen mag, dass es aufgesetzt ist. Mir nicht.

»Na ja, ich bin hingefallen, und mein Schädel brummt ein bisschen«, gibt sie zu. »Aber das gehört wohl zum Risiko, wenn man Fußball spielt. Wollen wir los?«

»Klar.«

Wir steigen ins Auto, und kaum fallen die Türen hinter uns zu, ist Small-Talk-Lina zurück.

»Machst du Sport?«

Darauf muss ich grinsen. »Ernsthaft? Nach der Nummer heute Morgen fragst du mich, ob ich Sport mache?«

»Könnte ja sein. Vielleicht nicht unbedingt etwas, das Laufen involviert. Eher Gymnastik oder so was wie Ausdruckstanz, Synchronschwimmen ...«

»Mein Bruder tanzt Ballett.« Keine Ahnung, wieso mein Gehirn ausgerechnet diese Information zu der Konversation beizutragen hat, doch Lina hebt überrascht die Brauen. »Unsere Eltern wollten, dass jeder von uns ein Hobby verfolgt, und er hat seines sogar zum Beruf gemacht.«

Der Gedanke an ihn schmerzt, und das Handy in meiner Jackentasche fühlt sich plötzlich bleischwer an, weil sich im Laufe des Nachmittags weitere verpasste Anrufe darauf angesammelt haben, die ich alle routiniert weggedrückt habe.

»Ich könnte nicht tanzen«, erklärt Lina plötzlich, während sie den Motor startet. »Kraftsport, Ausdauer und alles, was mit einem Ball zu tun hat, funktionieren super, aber wenn ich dabei irgendwie elegant aussehen muss, bin ich verloren.«

»Geht mir ganz ähnlich – obwohl das generell alle Sportarten betrifft. Ich war schon immer mehr der Akademiker. Ich wollte Klavier spielen, aber für Instrumente hat unser Einkommen nicht gereicht, also bin ich stattdessen in den Schulchor gegangen. Aber frag bloß nicht, wie das lief.«

Aus dem Augenwinkel erkenne ich, wie ein überraschend aufrichtiges Grinsen auf Linas Lippen erscheint. »Okay. Und was machst du jetzt?«

Ich zucke mit den Schultern. »Wie gesagt, wenn ich nicht schreibe, dann bekomme ich Panik, weil ich nicht schreibe. Der Beruf ... kann sehr einnehmend sein.«

Vor allem, wenn man einen Heftroman pro Monat produzieren muss.

»Das kann ich mir vorstellen. Und was schreibst du so?«

»Romane.«

Sie verdreht die Augen. »Und ich treibe in meiner Freizeit Ballsport.«

Augenblicklich presse ich die Lippen zusammen. Einerseits will ich sie nicht vergraulen, indem ich ihr sage, wie wenig sie das etwas angeht, andererseits möchte ich ihr nicht von Alma Jensen erzählen.

Ich will, dass Lina mich sieht – nur mich – und nicht einen großen Namen, den ich wie einen Schild vor mich halte.

»Entschuldige«, räumt sie da von selbst ein. »Manchmal rede ich schneller, als ich denke, und dann stelle ich Fragen, die mich eigentlich gar nicht zu interessieren haben.«

»Schon okay ... Es ist nur so, dass ...« Ich schlucke. »Ich wurde in der Schule oft damit aufgezogen, und seither spreche ich nicht so gern darüber. Offenbar hasse ich es, im Mittelpunkt zu stehen.«

Nicht die ganze Wahrheit, aber auch keine Lüge. Ich hatte es in der Schule wirklich nicht leicht. Zum Teil lag das an meiner libanesischen Herkunft, an meinem Bruder, der Ballett tanzt, und eben auch an der Tatsache, dass ich in der Pause lieber Kurzgeschichten geschrieben habe, als mich zu den anderen zu setzen.

»Das klingt hart.«

»Was ist mit dir?«, wechsele ich das Thema. »Was tust du, wenn du nicht gerade Fußball spielst?«

Lina zuckt mit den Schultern, wobei sie den Blick krampfhaft auf die Straße gerichtet hält.

»Nicht viel, wirklich. Im Sommer nimmt mich das B&B ziemlich ein. Ansonsten mache ich den Haushalt, telefoniere mit Freundinnen und verbringe zu viel Zeit auf *Netflix*, wie jedes andere Mädchen in meinem Alter auch.«

Ich verziehe das Gesicht, weil ich dieses Laster nur zu gut kenne. Vor allem dann, wenn ich eigentlich schreiben sollte. Doch auch ohne diese Feststellung stimmt mich ihre Aussage nachdenklich. Während ich jemand bin, der problemlos den Rest seines Lebens in einem Zimmer eingesperrt Bücher schreiben könnte – solange die Internetverbindung stimmt –, fällt es mir schwer, mir vorzustellen, dass ein Alltag wie dieser Lina erfüllen kann.

Machen einen diese Dinge wirklich glücklich, wenn man vor Energie geradezu sprüht?

Oder ist an meiner Vogelmetapher von vorhin sogar etwas dran? Will Lina vielleicht mehr vom Leben, als sie durchblicken lässt?

Ich bin gerade dabei, mir die Worte zurechtzulegen, um sie vorsichtig darauf anzusprechen, als das Klingeln meines Handys mich aus dem Konzept bringt. Dabei zucke ich so heftig zusammen, als hätte ein Donnergrollen die Erde zum Erzittern gebracht, bevor ich vorsichtig das Smartphone aus meiner Tasche ziehe.

»Willst du da nicht rangehen?«

Ich muss wohl eine Weile auf das Display gestarrt haben in der Hoffnung, der Name, der darauf angezeigt wird, würde sich verändern, wenn ich nur lange genug warte. Doch ich verneine Linas Frage wortlos und drücke dann den Knopf an der Seite, um das Gerät zum Schweigen zu bringen. Ein paar Sekunden, die sich wie eine Ewigkeit anfühlen, bleibt der einkommende Anruf weiterhin aktiv, zeigt mir nicht nur den Namen meiner Mutter, sondern auch ein Foto von ihr und mir. Dann endlich wird der Bildschirm schwarz. Kraftlos lasse ich die Schultern sacken.

»Alles okay?«

»Mhm.« Ich brauche einen Moment, um meine Stimme wiederzufinden. »Das war bloß meine Mutter. Ich rufe sie an, sobald wir angekommen sind.«

Ich weiß, dass Lina mir die Nummer nicht abkauft. Jedes Kind könnte sehen, wie sehr mein Gefühlsleben kopfsteht. Noch immer ist da die Wut über unser letztes Gespräch. Aber gleichzeitig auch Reue, weil ich es nicht fertigbringe, auch nur ein Lebenszeichen von mir zu geben. Ich bin ein furchtbarer Sohn.

»Du zitterst«, bemerkt Lina mit kühler Stimme, und ich stelle überrascht fest, dass sie recht hat. Ein Schauder hat mich erfasst. Gänsehaut überzieht meine Arme.

»Ist wirklich alles in Ordnung?«, fragt meine Gastgeberin erneut, wobei ihre Hand, die auf dem Schaltknauf liegt, für einen Moment zuckt. Als wolle sie sie nach mir ausstrecken, ehe sie sich eines Besseren besinnt.

Wahrheitsgemäß schüttele ich den Kopf, doch jede Erklärung bleibt in meiner Kehle stecken, und ich sehe nur dabei zu, wie der Asphalt sich unter unserem Auto hindurchbewegt. Kurz meine ich, wir stehen still, während die Welt an uns vorbeizieht.

Ich muss meine Mutter anrufen, denke ich, dabei weiß ich, dass ich noch lange nicht so weit bin. Dass wenn ich jetzt klein beigebe, die gleiche Diskussion, die mich überhaupt hierhergetrieben hat, von Neuem beginnen wird. Wie schon Hunderte Male davor.

Wieso können wir niemandem erzählen, was du machst?

Wieso stehst du nicht langsam mal zu dem, was du tust?

Ich will doch einfach nur unseren Freunden sagen können, dass unser Sohn kein Schwerverbrecher ist. Du hast keine Ahnung, was für Geschichten sich alle über dich ausdenken.

Willst du wirklich für den Rest deines Lebens eine Lüge leben?

Die meisten Fragen und Aussagen, die zu meinem Beruf kommen, sind bloß winzige Nadelstiche – aber die letzte fühlt sich an, als würde mir jemand ein Messer in den Rücken bohren. Meine Familie kennt mich – und auch wenn es niemandes Absicht ist, wissen sie genau, wo sie drücken müssen, damit es richtig wehtut. Wissen, wie sehr es mir zu schaffen macht, ein Doppelleben zu führen, in dem ich einerseits keine wirkliche Anerkennung für meine Erfolge bekomme und mich gleichzeitig dafür rechtfertigen muss, wieso ein Fünfundzwanzigjähriger seinen Lebensunterhalt damit verdient, kitschige Heftromane zu schreiben, die bevorzugt von älteren Damen gekauft werden.

Als wir am Haus ankommen, gleicht mein Inneres dem Himmel über mir. Dichte schwarze Wolken haben die Nacht früh hereinbrechen lassen, und ich weiß, es ist nur eine Frage der Zeit, bis sich die ersten Regentropfen aus ihnen lösen. Sowie ich aus dem Auto steige, zerrt ein heftiger Windstoß an meinem Mantel. Ich gehe zum Kofferraum, wo Lina mich mit einer Mischung aus Besorgnis und Bitterkeit anblickt. Als würde sie zwei Schlachten gleichzeitig austragen.

»Soll ich wieder für dich mitkochen?«, fragt sie, wobei ihre Stimme beinahe vom Wind davongetragen wird.

Ich schüttele den Kopf, denn ich bezweifele, dass ich heute überhaupt noch einen Bissen herunterbekomme. Dann plötzlich räuspert sie sich.

»Also ... ich weiß, dass es mich nichts angeht. Aber nur fürs Protokoll: Ich bin deine Gastgeberin. Und als deine Gastgeberin ist es mein erstes Anliegen, dass du wunschlos glücklich bist. Bist du das denn?«

Fast hätte ich über ihre eigensinnige Argumentation gelacht, doch selbst mein kurzzeitig stolperndes Herz schafft es nicht, die Gewitterwolken in meinem Kopf zu bewegen. Ich lächele matt, schüttele jedoch erneut den Kopf.

»Es ist ... nur etwas, um das ich mich kümmern muss. Also mach dir keine Sorgen, ja?«

Sie zuckt mit den Schultern. »Gehört zum Beruf.«

Tut es das?, will ich fragen. Ehe ich mir allerdings überhaupt den Kopf darüber zerbrechen kann, ob ich es wirklich aussprechen sollte, finde ich mich in einer kurzen, stürmischen Umarmung wieder.

Obwohl der feste Druck von Linas Armen mir gefühlt die Luft aus der Lunge presst, steigt mir dennoch ihr Duft in die Nase. Nach Pfefferminz und ... ja, ironischerweise nach einem Sommergewitter. Wenn der Regen auf den noch heißen Asphalt trifft und in der Ferne das leise Grollen des Donners verhallt. Reflexartig und fast schon hilflos lege ich meinerseits die Arme um ihren Körper, doch so schnell dieser Moment begonnen hat, so schnell ist er auch wieder vorbei.

»Sag mir Bescheid, wenn du was brauchst«, murmelt sie noch, dann ist sie auch schon durch die Haustür verschwunden. Und ich? Ich bleibe zurück und weiß nicht, ob gerade ein Lichtstrahl die Wolken in meinem Inneren durchbricht oder ein aufkommender Wind das Unwetter noch verschlimmert.

Lina

»Also. Gib mir noch mal die Details.«

Ich verdrehe die Augen bei dem seltsamen Déjà-vu, das ich gerade erlebe. Wieder sitze ich in meinem Zimmer, während meine beste Freundin am anderen Ende der Leitung bereits im Stalker-Modus ist. Im Gegensatz zum letzten Mal versuche ich gar nicht erst, mich mit Yoga zur Ruhe zu zwingen, sondern bin stattdessen hochkonzentriert dabei, mir die Nägel zu lackieren. Alle paar Wochen befällt mich dazu die Muße, dabei hält die Farbe nie länger als ein paar Tage, weil ich mir nicht abgewöhnen kann, meine Fingernägel wie Werkzeuge zu benutzen.

»Louay Saeed. Aus Kopenhagen. Er hat zwei Geschwister. Und ist Autor, hat aber, wenn ich das richtig interpretiere, noch nichts veröffentlicht«, bete ich herunter. »Muss das wirklich sein?«

»Wenn er noch nichts veröffentlicht hat, woher hat er dann das Geld für eine Rechercherereise?«

Genervt verdrehe ich die Augen. »Brotjob?«

»Hat er nicht gesagt, er macht den ganzen Tag nichts, außer zu schreiben?«

»Reiche Eltern?«

»Und dann musste er in einer engen Wohnung aufwachsen?«

»Hast du dir das wirklich alles mitgeschrieben?«

Ich kann Týra förmlich vor mir sehen, wie sie bei ihrer Antwort nicht einmal die Miene verzieht. »Natürlich.«

Kopfschüttelnd konzentriere ich mich wieder auf meine Nägel, obwohl das Ergebnis schon jetzt desaströs aussieht. Meine Mutter wollte aus mir immer eine Künstlerin machen, wie sie eine war, hat jedoch schnell erkennen müssen, dass ihr Wunsch nicht in Erfüllung gehen wird, weil ich stattdessen die zwei linken Hände meines Vaters geerbt habe.

»Also. Ich hab das Foto seiner Abschlussklasse gefunden. Dunkle Haare, braune Haut, sagst du?«

»Mhm.« Jeder andere Mensch könnte den genervten Unterton aus diesem Laut heraushören. Nur meine beste Freundin anscheinend nicht.

»Ich glaub, ich hab ihn. Nicht schlecht. Wann fragst du ihn nach einem Date?«

»Ernsthaft?« Ich weiß nicht, wie, aber mit nur einem Pinselstrich habe ich es geschafft, mehr hellblauen Lack auf meiner Haut zu verteilen als auf allen Nägeln zusammen.

»Ach, komm schon. Du hast selbst gesagt, du findest

ihn heiß.« Ich bin mir ziemlich sicher, dass diese Worte nie über meine Lippen gekommen sind. »Außerdem hattet ihr ja quasi schon ein Date.«

»Ein Spaziergang ist kein Date.«

»Bist du mit irgendeinem der Typen spazieren gegangen, die letztes Jahr bei euch untergekommen sind?«

Ich beiße mir auf die Lippen, während ich irgendwie versuche, die Katastrophe auf meinen Nägeln in Ordnung zu bringen.

»Na also«, fährt Týra fort. »Wo bleibt deine Abenteuerlust? Außerdem – überleg mal. Ein Autor. Wenn er halbwegs berühmt ist, kann ich ihn interviewen und …«

»Dir geht's doch nicht etwa wieder um diesen blöden Instagram-Algorithmus?«

»Nein?« Eine kurze Pause. »Okay, vielleicht ein kleines bisschen. Aber unabhängig davon geht's mir in erster Linie um dich. Und darum, dass du mal mit jemand anderem sprichst als mit mir und Ottars Schafen.«

»Vielleicht sind die Schafe sogar ganz nett?«, merke ich an, dabei weiß ich, dass sie recht hat. Das hat sie immer. Ja, ich finde Louay attraktiv. Ja, es täte mir gut, mit jemandem Zeit zu verbringen, der nicht aus meinem Dorf kommt oder in meiner Fußballmannschaft spielt. Und ja, ein nicht ganz unerheblicher Teil von mir hätte Lust, sämtliche Prinzipien über Bord zu werfen und mein Glück bei Louay zu versuchen.

In Letzterem bin ich sogar schon richtig gut geworden. Wie schnell aus »Gäste sind tabu« doch »Fall ihm grundlos um den Hals« geworden ist. Allein bei der Erinnerung würde ich meinen Kopf am liebsten hinten im Garten vergraben.

»Ehrlich, Lina. Das sage ich nicht, weil ich glaube, dass du sonst als einsame Jungfer stirbst.«

»Kann ich auch gar nicht«, werfe ich ein.

»Es geht mir um dich. Ich mache mir Sorgen.«

Ich seufze. Obwohl ich ihr gern böse wäre, weil jedes unserer Gespräche auf diese Diskussion hinausläuft, weiß ich, dass ihre Sorge echt ist. Und dass sie mich besser kennt, als mir lieb ist.

»Was ist mit dir?«, frage ich, ohne näher darauf einzugehen. »Bist du in Kopenhagen noch nicht in deinen Menschen fürs Leben reingerannt?«

»Weißt du, wie oft ich das Haus verlasse?«, kommt sofort die Gegenfrage.

»Louay würde viel besser zu dir passen.«

Für einen Moment erfüllt Týras Lachen den Raum. Ich kann hören, wie sie auf ihre Tastatur hämmert, ehe sie sich mit einem Räuspern wieder an mich wendet. »Nichts für ungut, aber auch wenn ich verstehe, wieso du ihn heiß findest, wäre es doch langweilig, mit jemandem zusammen zu sein, der mir zu ähnlich ist. Man sagt nicht umsonst, dass sich Gegensätze anziehen. Davon mal abgesehen, halte ich mich immer noch für Saoirse Ronan warm.«

Darauf muss ich grinsen. »Hältst du immer noch daran fest?«

Wir waren etwa zwölf, als wir zum ersten Mal die Verfilmung von Stephenie Meyers *Seelen* gesehen haben und Týra festgestellt hat, dass sie möglicherweise nicht nur auf Jungs steht. Doch während sie damals nur heimlich für Melanie geschwärmt hat – und das, obwohl sie den Film hasst –, geht sie heute offen mit ihrer Bisexualität um. Nur die Schwärmerei hat nie aufgehört.

»Natürlich. Die Hoffnung stirbt schließlich zuletzt. Alternativ täte es aber auch schon jemand, der nicht ständig mit mir über das Strafgesetzbuch diskutieren will.«

»Du solltest wirklich öfter raus oder dir zumindest einen Club oder so was suchen«, schlage ich vor.

»Weißt du, ich würde öfter rausgehen, wenn diejenige, deren Job es ist, mich aus dem Haus zu zerren, keine zweitausend Kilometer weit weg wäre.«

Ach, fuck. Meine Nägel sind fertig, aber ich bin in der Zwischenzeit so oft drangekommen, dass die Oberflächen mehr an eine Kraterlandschaft erinnern. Wären sie halbwegs regelmäßig, könnte ich es als neuen Look ausgeben, doch so sieht es aus, als hätte ein Kleinkind mir eine Maniküre verpasst.

Ich versuche, all meine Frustration und Konzentration darauf zu lenken, um Týra nicht den Kopf abzureißen, weil sie schon wieder dasselbe leidige Thema anspricht. Immerhin scheint sie mein angespanntes Schweigen richtig zu interpretieren, denn nach ein paar Sekunden rudert sie auch schon zurück.

»Gibt es sonst irgendetwas Neues bei dir? Wie lief das Training? Geht es Greta gut?«

»Tut es.«

»Schade.«

Greta und Týra kennen sich seit der Grundschule und

hassen sich seither bis aufs Blut. Aber obwohl ich meine beste Freundin schon mehrfach danach gefragt habe, habe ich nie mehr aus ihr herausbekommen als ein paar unterdrückte Flüche und pure Feindseligkeit, die ich auch dieses Mal unkommentiert lasse.

»Ansonsten nicht so gut. Ich war nicht ganz bei der Sache und bin in Lóa reingerannt.«

»Oh, shit. Ist sie okay?«

»Mhm. Nichts passiert, aber der Trainer hat mich danach nach Hause geschickt.«

»Uff.«

»Jep. Sorry, aber würdest du's mir übel nehmen, wenn wir für heute Abend Schluss machen? Ich hab versucht, mir die Nägel zu lackieren, und ...«

»Oh Gott.«

Ich gebe einen beleidigten Laut von mir. »Danke für dein Vertrauen, Nerd.«

»Schon gut. Geh du das Chaos beseitigen. Ich muss sowieso noch ein Rezensionsexemplar fertig lesen. Von daher. Dann bis Freitag?«

Kurz blinzele ich verwirrt, ehe ich mich erinnere, was am Freitag ansteht. Im ersten Semester hatten wir diese Tradition, uns freitagabends zu Webcam und Pizza zu verabreden. Anscheinend will Týra diese nicht einfach fallen lassen. Aber damit habe ich kein Problem – so habe ich wenigstens etwas, worauf ich mich freuen kann.

»Klar. Bis Freitag dann.«

»Bis dann.«

Als Týra den Anruf beendet, legt sich Ruhe über mein

Zimmer. Wie letzte Nacht pfeift der Wind ums Dach, während ich von unten ganz leise die Geräusche des Fernsehers hören kann, begleitet vom Schnarchen meines Vaters.

Augenblicklich verkrampfe ich mich und schaue auf den digitalen Wecker, der auf der Holzkiste steht, die ich als Nachttisch verwende. Es ist gerade mal kurz vor zehn, und da ich heute weder richtig joggen war noch das volle Training mitgemacht habe, fühle ich mich nicht nur hellwach, sondern auch voller Energie.

»Hummeln im Hintern«, so haben es meine Lehrer immer genannt, wenn ich einfach nicht still sitzen konnte, und irgendwie finde ich diesen Ausdruck passend. Immer wieder beginnen meine Beine zu kribbeln, sodass ich auf der Stelle lossprinten möchte, um das Gefühl loszuwerden.

So auch jetzt. Ich schieße in die Höhe und werfe dabei die Hälfte meiner wenigen Kosmetika von dem winzigen Schminktischchen, das sich unter dem runden Fenster befindet. Obwohl wieder ein Sturm tobt, ist der Himmel überraschend klar. Die Wolken haben sich vorhin nach einem kurzen Sturzregen verzogen, und jetzt scheint der klare, volle Mond herein und bringt den feuchten Sand der Bucht draußen zum Funkeln.

Eigentlich sollte ich es besser wissen, als um diese Zeit rauszugehen, nur handelt mein Körper gegen meinen Willen. Eilig schlüpfe ich in Leggings und schnappe mir meine Softshelljacke, die ich vorhin achtlos auf den Stuhl geworfen habe, der unter dem Gewicht von all den Kleidungsstücken, die ich vor dem Waschen bestimmt noch mal anziehe, beinahe zusammenbricht.

Ich binde mir die Haare zusammen, ohne einen weiteren Gedanken daran zu verschwenden, dass meine künstlerische Anstrengung vorhin völlig umsonst gewesen ist. Dann schleiche ich mich nach unten. Im Wohnzimmer herrscht diffuses Licht, das vom nur noch schwach glimmenden Kaminfeuer und dem Fernseher stammt. Mein Vater hat sich anscheinend eine Dokumentation über Diego Maradona angesehen, während er langsam weggedriftet ist. Jetzt sitzt er dort, in dem alten, lederbezogenen Sessel, dessen luxuriöse Massagefunktion schon lange nicht mehr funktioniert, und schnarcht vor sich hin.

Wenn ich ihn so sehe, trifft mich die Reue völlig unerwartet. Solange er schläft, kann er mich nicht mit diesem leeren Blick messen oder mir unangenehme Fragen stellen. Stattdessen wirkt er friedlich, als wäre die Welt in seinen Träumen eine bessere. Als wäre er wieder bei Mama.

Solange er schläft, ist er wieder mein Vater.

Und ich rede mir ein, dass ich ihm vielleicht noch eine Chance geben sollte. Dass ich nur mehr Zeit mit ihm verbringen muss, um ihn zurückzubekommen. Den mitunter mürrischen, aber stets liebevollen Mann, der nichts mehr liebt als das Meer und seine Familie.

Ich weiß nicht, wie lange ich dort am Treppenabsatz stehe und ihn betrachte. Am Ende sind es ein paar Sekunden zu viel. Er beginnt plötzlich, sich zu regen, blinzelt ein paar Mal verwirrt gegen die Decke, wobei ich kurzzeitig das Gefühl habe, Tränen in seinen Augenwinkeln zu sehen. Dann entdeckt er mich, seine Miene wird ausdruckslos, und die Leere kehrt in seinen Blick zurück.

»Gehst du noch raus?« Wenn er sich nur ein bisschen Mühe geben würde, könnte ich ihm abkaufen, dass ihn die Antwort auf die Frage ernsthaft interessiert. Dann würde er sich nicht anhören, als wären wir bloß Mitbewohner in einer Zweck-WG. Aber das tut er nicht. Mein Vater gibt sich keine Mühe mehr, seit Mama gestorben ist – weder mit mir, mit sich selbst noch mit sonst irgendwem oder irgendwas.

Ich nicke kurz, obwohl ich ihn am liebsten ohne eine Form von Antwort dort sitzen lassen würde. Dann wende ich mich ab und verschwinde durch die Vordertür hinaus in die bitterkalte, stürmische Nacht.

Louay

Vier Tage.

Vier Tage eingeigelt in das, was mein Kollegium als den absoluten Traum für Schreibende bezeichnen würden. Eine Hütte am Ende der Welt, traumhafte Landschaft vorm Fenster, ein prasselndes Kaminfeuer. Nur ich und mein Laptop.

Dazu meine Deadline.

Diesbezüglich circa zwanzig Reminder meines Verlegers.

Eine Liste mit Projektvorschlägen meiner Agentin.

Gefühlt hundert unbeantwortete Anrufe.

Eine Frau, bei deren Anblick allein ich Herzrasen bekomme wie ein Teenager.

Und keine. Einzige. Verdammte. Idee.

Ich habe alles probiert. Recherche. YouTube-Videos. Meditation. Powernaps. Brainstorming. Aber nichts davon hat mir den zündenden Einfall gebracht. Mein Kopf ist nur ein wirres Nest loser Gedanken, von denen sich kein einziger wie der richtige anfühlt.

Der einzige Lichtblick in meiner Misere sind die Begegnungen mit Lina, wenn sie mir Frühstück und Abendessen vorbeibringt. Sie fragt nicht danach, wieso ich das Haus seit Tagen nicht verlassen habe, obwohl das milde Wetter geradezu dazu einlädt, die Färöer-Inseln zu erkunden. Unsere Treffen sind kaum länger als ein paar Minuten. Ein kurzer Wortwechsel, ein freundliches Lächeln und die unverbindliche Frage, wie es läuft, die ich stets mit einer Lüge beantworte. Danach kehre ich in die Einsamkeit zurück. Jeden Tag bleibe ich ein Stück länger wach, bis die Sonne fast schon wieder aufgeht.

Am fünften Tag ist mein Schlafrhythmus so durcheinander, dass ich mich nach dem Frühstück wieder hinlege und erst einige Stunden später von einem lauten Rumsen geweckt werde. Panisch schieße ich in die Höhe, ehe ich mich erinnere, dass ich das Geräusch bereits kenne. Es ist die Tür vom Haupthaus, die lautstark ins Schloss fällt, gefolgt von hastigen Schritten, die sich entfernen. Es ist nicht das erste Mal, dass Lina so impulsiv aus dem Haus stürmt, aber bisher habe ich nicht den Mut aufgebracht, sie danach zu fragen. Dabei würde ich am liebsten alles über sie wissen.

Nachdem die Stille zurückgekehrt ist, liege ich eine Weile wach und starre an die Holzbalken über mir, als könnte dort in der Maserung der Plot für Louay Saeeds ersten Bestseller stehen. Doch natürlich tut er das nicht. Die Muster ergeben genauso wenig Sinn wie meine Gedanken, und so richte ich mich auf und klettere vom Loft nach unten in den Wohnbereich. Von meinem offenen Laptop blinken mir bereits wieder neue E-Mails entgegen, und ein schneller Blick auf mein Handy offenbart eine stetig wachsende Liste verpasster Anrufe von meiner Familie. An erster Stelle steht meine Mutter, gefolgt von meinem Bruder und meinem Vater. Sogar meine Schwester scheint zwischen Hunderten von Meetings die Zeit gefunden zu haben, sich nach mir zu erkundigen. Nicht, dass ich es Amal vorhalten würde, dass sie sich so selten bei mir meldet, aber genau deshalb fällt ihre vermeintlich unverbindliche Nachricht auf.

Seufzend sperre ich den Bildschirm wieder und sehe mich im Raum um, als gäbe es hier drin mehr zu tun als das, was ich die letzten Tage gemacht habe. Doch gerade ist mir nicht nach einer weiteren Dusche zumute. Oder nach Meditation. Oder meinem Laptop. Nein. Heute fühlt sich der Raum geradezu erstickend eng an, und mir wird mit einem Mal klar, wie viel Zeit ich schon verschwendet habe. Zeit, die ich eigentlich dazu nutzen sollte, dieses Land zu erkunden. Oder mehr über meine Gastgeberin herauszufinden.

Lina.

Ich schlüpfe in wärmere Klamotten, Schuhe und Mantel, ehe ich ohne einen weiteren Gedanken das Haus verlasse. Draußen scheint die Sonne. Nur ein paar vereinzelte Wolken sitzen am strahlend blauen Himmel wie die Schafe auf den hohen Weiden, die mich umgeben. Sanfter Wind trägt den Geruch des Meeres an mich heran, und ich muss nicht lange suchen, bis ich Lina unten in der Bucht entdecke. Die Ebbe hat den Sand freigelegt, der mit jedem ihrer

Schritte in die Luft gewirbelt wird. Sie rennt, als würde sie vor etwas davonlaufen. Und ich beschließe zum ersten Mal, ihr zu folgen.

Beim Weg hinab begegnet mir ein griesgrämig dreinschauender Mann, der eine Kühlbox mit sich herumschleppt. Ich grüße ihn, doch er hat nicht mehr als ein Nicken für mich übrig. Wortlos läuft er an mir vorbei hinauf in die Hügel, wo neben dem Wasserfall ein einsames Holzhaus steht.

Ich blicke ihm einen Moment zu lange hinterher. Wieder entsteht in meinem Kopf der Hauch einer Idee, aber wie alle anderen verfliegt sie, sobald ich auch nur versuche, danach zu greifen.

In der Bucht folge ich Linas Fußabdrücken in Richtung der Meerenge. Dabei habe ich nicht einmal eine Ahnung, was ich ihr sagen soll, falls sie sich über mein Auftauchen wundert. Ich weiß ja selbst nicht genau, was ich hier tue.

Meine Schritte hinterlassen ein schmatzendes Geräusch auf dem Sand, als ich den Spalt zwischen den Felsen betrete, der aus der Bucht hinausführt. Hier ist der Grund feuchter, aber ob die Flut kommt oder geht, kann ich nicht sagen. Am Ende entdecke ich Lina gar nicht weit von der Meerenge entfernt an einem Strand. Sie hat sich auf den Boden gesetzt, wodurch ihre schwarze Kleidung beinahe mit dem Sand zu verschmelzen scheint.

Und jetzt?, ertönt eine neckische Stimme in meinem Hinterkopf. *Was hast du dir dabei gedacht?*

Unschlüssig bleibe ich ein paar Schritte von ihr entfernt stehen und vergrabe die Hände in meinen Jackentaschen, während ich auf meine Füße starre. Ich gehe in die Knie und vergrabe meine Hand im Sand, dessen Farbe mir so surreal vorkommt wie dieser Ort. Aber er fühlt sich echt an, rieselt zwischen meinen Fingern hindurch wie die Zeit.

»Wow, ich hätte nicht damit gerechnet, dass du noch mal rauskommst.«

Überrascht sehe ich auf und werde automatisch von Linas Grinsen eingenommen. Auf einmal wirkt sie wieder wie beim Fußballspielen. Freier. Unbeschwerter. Fast so, als lastete ein Fluch auf ihrem Zuhause, dem sie immer nur für ein paar Stunden am Tag entkommen kann.

Zögernd gehe ich zu ihr und setze mich neben sie, verzweifelt darum bemüht, nicht daran zu denken, wie ich den Sand wieder aus meinen Klamotten bekommen soll.

»Ich, ehrlich gesagt, auch nicht«, antworte ich viel zu spät.

»Dann ist es fertig?«

Ich blinzele verwirrt.

»Dein Buch, meine ich.«

Am liebsten würde ich heulen. Oder lachen. Eines von beidem, aber stattdessen bringe ich nur ein müdes »Schön wär's« zustande, während ich den Horizont betrachte.

»Hast du eine Schreibblockade, oder wie das heißt? Meine Freundin hat früher Fan-Fictions geschrieben und ständig damit gekämpft.«

»Nein«, gestehe ich. »Eine Schreibblockade zu haben, würde bedeuten, dass ich überhaupt schon angefangen habe.«

Nun kann ich ihren durchdringenden Blick nur zu deutlich auf mir spüren. Wie ein Prickeln auf meiner Wange, das sich mit dem Wind und der Kälte meiner Haut vermischt.

»Hast du nicht?«

Ich habe jetzt zwei Möglichkeiten.

Ich antworte halbwegs ehrlich, verneine und belasse es dabei. Dann liegt es an Lina, entweder weiterzubohren oder zu rätseln, womit ich während der letzten Tage die Zeit totgeschlagen habe. Oder wieso ich überhaupt hier bin.

Oder ich erzähle ihr die Wahrheit. Über mich, über Alma Jensen, über meine Karriere. Mein bestgehütetes Geheimnis, das mich nicht nur seit Jahren begleitet, sondern auch einen Keil zwischen mich und die Menschen geschlagen hat, die mir nahestehen.

Ich presse die Lippen zusammen bei dem Gedanken an meine Familie und all die unbeantworteten Anrufe.

Soll ich es wirklich tun? Einer Fremden etwas anvertrauen, das mich im schlimmsten Fall den Job kosten könnte?

Zögernd atme ich die salzige Luft ein und wende mich Lina zu, doch ihr Gesichtsausdruck macht meinen Zwiespalt nur schlimmer. Ich bleibe hängen an ihren leicht geröteten Wangen und ihren zusammengepressten Lippen und frage mich: Warum eigentlich nicht? Warum nicht einmal in meinem Leben meinem Bauchgefühl vertrauen, statt jede einzelne Gelegenheit, die sich mir bietet, zu zerdenken, bis sie längst verstrichen ist?

»Bevor ich dir das sage«, setze ich an, meine Stimme rau wie das Tosen der Wellen, »musst du mir etwas versprechen.«

Lina lacht. »Du klingst, als würdest du mir gleich sagen, dass du in Wirklichkeit ein gesuchter Verbrecher bist, der hier untertauchen muss.« Sie stockt, als ich nicht antworte. »Scheiße, bist du wirklich?! Hast du – keine Ahnung – die *Mona Lisa* gestohlen oder so? Gibt es irgendwelche True-Crime-Podcasts über dich?«

Meine Mundwinkel heben sich von allein, weil die Vorstellung vollkommen absurd ist.

»Wisch dir das Grinsen von der Backe!«, ruft Lina empört. »Das ist echt nicht okay. Und jetzt werde ich auch noch zur Mittäterin, weil ich dich beherbergt habe.«

»Ich bin kein Verbrecher.«

»Du gibst dir aber auch keine Mühe, mir eine andere Erklärung zu liefern.«

»Es ist nur ... nicht leicht. Ich schleppe die Wahrheit schon seit Jahren mit mir rum, da ist es eine Herausforderung, wenn man plötzlich Klartext reden muss.«

»Du musst nicht drüber sprechen, wenn du nicht willst. Ich bin echt nicht die beste Person, der man irgendwelche ernsten Sachen anvertrauen sollte. Ehrlich. Ich gebe nur irgendwelche unqualifizierten Kommentare von mir oder sage was vollkommen Unangebrachtes. Mein Markenzeichen.«

In meinem Kopf ertönt eine Warnung nach der anderen. Und Lina legt mir die Worte geradezu in den Mund. Ein einfaches »Okay« würde ausreichen, und sie würde es verstehen. Mein Geheimnis bliebe eines, und ich könnte mich weiter auf mich selbst konzentrieren ... aber.

»Ich bin Autor«, kommt es mir zögernd über die Lippen,

wobei ich mich wieder auf das Meer konzentriere. »Das war keine Lüge. Nur bin ich kein Anfänger, sondern ziemlich erfolgreich.«

»Oh. Mein. Gott. Bist du Stephen King? Keine Ahnung, wie er aussieht, aber bist du's?«

»Nein«, seufze ich.

»Sorry. Ich hab dich gewarnt.«

Wieder hole ich Luft. Meine Hände schwitzen. Ich höre meinen Puls in den Ohren rauschen. Alles Anzeichen dafür, dass ein Mensch lügt, nicht dafür, dass er im Begriff ist, ausnahmsweise mal die Wahrheit zu sagen.

»Mein Name ist Louay Saeed, aber ich schreibe unter dem Pseudonym Alma Jensen Liebesromane.«

Ich warte auf ein Erdbeben. Darauf, dass sich vor mir eine Kluft auftut. Auf einen zynischen Kommentar von Lina. Gelächter. Erstaunen. Irgendetwas. Aber stattdessen wirkt sie vor allem verwirrt.

»Okay?«

»Sagt dir der Name nichts?«, bohre ich nach.

»Nein. Sollte er?«

»Gott sei Dank.«

Kommentarlos kramt sie ihr Smartphone aus der Jackentasche, lässt es aber kurz darauf wieder resigniert darin verschwinden. »Kein Netz.«

Nickend hole ich mein eigenes Handy hervor, während ich erkläre: »Das Ganze hat vor ein paar Jahren angefangen. Ich war superpleite und verzweifelt auf der Suche nach einem Nebenjob während des Studiums.«

»Du hast studiert?«

»Mhm. Mathematik. Ich war gerade im zweiten Semester, als ich in einem Kiosk ein Magazin entdeckt habe. Ich erinnere mich noch an die Überschrift: ›*Kronprinzessin Mary im Frozen Kleid – frostig wirkt auch die Stimmung.*‹ Dazu ein exklusives Horoskop, Kochrezepte und ein Schreibwettbewerb mit einem Preisgeld von fünftausend Kronen für die Kurzgeschichte in einer Ausgabe.«

»Du hast bei einem Schreibwettbewerb eines Klatschmagazins mitgemacht?«

»Erst habe ich mich dagegen gewehrt, weil ich dachte, dass es sowieso nichts bringt. Ich hab mich nach dem Schulabschluss erfolglos bei Agenturen und Verlagen beworben und hatte eigentlich mit dem Schreiben abgeschlossen. Dann bin ich aber immer wieder beim Einkaufen an dem Magazin vorbeigelaufen, bis ich irgendwann nicht mehr widerstehen konnte. Ich hab die Teilnahmebedingungen abfotografiert und das Heft nicht mal gekauft. Danach hab ich in einer Nacht eine kitschige Liebesgeschichte für vorwiegend weibliche Leserinnen ab vierzig geschrieben und unter dem Namen ›Alma Jensen‹ mit ausgedachter Vita eingereicht.«

»Alma Jensen«, wiederholt Lina ungläubig.

»Genau. Ich habe nach den häufigsten Vor- und Nachnamen in Dänemark gegoogelt, und daraus ist das Pseudonym entstanden.«

»Sollte man als Autor nicht kreativ sein?«

»Nicht, wenn es um Namen geht. Darin bin ich ein absoluter Versager.«

Lina lächelt und sieht mich an auf eine Art, die auch

meinen letzten Widerstand bröckeln lässt. So, dass ich mich frage, wieso ich mich überhaupt gegen dieses Geständnis gewehrt habe. »Was ist dann passiert?«

»Zuerst einmal nicht viel. Fast ein halbes Jahr war es still, sodass ich sogar vergessen hatte, dass ich überhaupt mitgemacht habe. Dann kam auf einmal eine E-Mail mit der Gewinnbenachrichtigung. Es gab ein kleines schriftliches Interview von wegen ›Was hat dich zu *Lavendelküsse in der Provence* inspiriert?‹, das ich mit noch mehr ausgedachten Infos beantwortet habe.«

»Warte, warte, warte. Was?!« Linas Hand landet auf meinem Unterarm. »*Lavendelküsse in der Provence*?«

»Bei Titeln bin ich übrigens genauso schlecht wie bei Namen. Oder beim Pitchen. Oder so ziemlich allem, was ein Autor können sollte.«

»Und diese Lavendelküsse ... kann man das irgendwo lesen?«

»Wenn du dir das antun willst, findest du es sicher online.«

»Aber so was von. Oh, mein Gott. Das muss ich sofort Týra erzählen.«

»Nein!«, unterbreche ich ihre Euphorie unbeabsichtigt heftig. »Ich meine – was ich dir hier erzähle, ist wirklich absolut geheim.«

Lina blinzelt überrascht, nickt dann aber. »Okay. Gibt's dafür einen Grund? Sorry, erzähl erst mal weiter.«

»Vier Wochen später wurde die Geschichte in der Neujahrsausgabe gedruckt. Zur Feier des Tages habe ich mich von meinem Preisgeld zum Essen ausgeführt, aber selbst zu dem Zeitpunkt habe ich nie darüber nachgedacht, mehr aus dem Schreiben rauszuholen als ein nettes Taschengeld. Zumindest bis der Anruf kam.«

»DER ANRUF«, wiederholt Lina übertrieben dramatisch.

»Genauso hat es sich angefühlt. Ich hasse es, mit Leuten zu telefonieren, die ich nicht kenne. Am anderen Ende war die Redakteurin des Magazins, und sie dachte erst, sie hätte sich verwählt.«

»Kannten die deinen richtigen Namen nicht?«

»Eigentlich schon ... aber der war wohl nur für die Buchhaltung wichtig. Das hat auch erklärt, wieso alle E-Mails mit ›Liebe Alma‹ anfingen. Jedenfalls hat sie mich darüber informiert, dass sie ganz wundervolles Feedback für die Kurzgeschichte bekommen hätten. Und dass sie gern längerfristig mit mir zusammenarbeiten würden.«

»Aber das ist doch großartig, oder?«

»Wäre es gewesen, wenn die Konditionen gepasst hätten. Wenn selbst einem Studenten ein Angebot niedrig vorkommt, dann stimmt etwas nicht. Aber um sicherzugehen, habe ich mich bei einer Literaturagentur beworben, in der Hoffnung, dass sie mich vertreten. Darauf folgten wieder ein Telefonat und die Entscheidung, dass ich das Angebot der Zeitung auf keinen Fall annehmen konnte. Aber wie heißt es: Sobald sich eine Tür schließt, öffnet sich eine andere. Nach der Absage wusste ich nicht, wie es weitergeht. Dann, eine Woche, nachdem ich auf der Agenturwebseite gelistet wurde, fragte ein Verlag bei meiner Agentin an. Dieses Mal für Heftromane. Nicht mein Traum einer Karriere, aber die regelmäßigen Abgaben und niedrigen Wortsolls kamen mir damals entgegen. Also habe ich unterschrieben und mir nicht viel dabei gedacht ...«

»Und dann?«, bohrt Lina nach, als ich in Schweigen verfalle.

»Und dann wurde *Die Schicksalsklinik* von Alma Jensen über Nacht zum absoluten Renner. Höhere Auflagen. Größere Vorschüsse. Später ein Sammelband als richtiges Buch, der sich noch besser verkauft hat als die Heftromane. Und bald startet auch noch eine Fernsehserie.«

»Du bekommst eine eigene Verfilmung?«, ruft Lina entsetzt. »Scheiße. Du verarschst mich doch.«

»Nein.«

»Weißt du, ich hab vieles vermutet, aber nicht, dass du ein Doppelleben als Star-Autorin führst.«

Ich grinse. »Ich stecke eben voller Überraschungen.«

»Aber ist das nicht großartig? Ich meine, du tust etwas, das dir Spaß macht, und kannst auch noch davon leben.«

»Ja und nein.« Seufzend lege ich den Kopf in den Nacken und beobachte eine einzelne dicke Wolke, die über den Himmel zieht. »Wenn man es so betrachtet, bin ich ein bisschen wie Cinderella. Der arme, planlose Student, der über Nacht zum Bestsellerautor wird. Nur hat die Sache einen Haken.«

»Welchen?«

»Alma. Meiner Agentin und dem Verleger war sofort klar, dass man unter dem Namen Louay Saeed keine seichten Liebesromane für ältere Damen verkaufen kann.«

»Kann man nicht?«

»*Weiße* ältere Damen«, sage ich gedehnt. »So problematisch es auch ist, die Realität sieht nun einmal so aus, dass meine Zielgruppe mit ziemlicher Sicherheit von meinem Klarnamen abgeschreckt würde. Daher das Pseudonym. Nichts Ungewöhnliches in der Branche – es gibt zum Beispiel eine ganze Reihe Frauen, die unter einem männlichen Pseudonym veröffentlichen, weil sie benachteiligt werden oder eine andere Zielgruppe ansprechen wollen. Nimm zum Beispiel die Brontë-Schwestern, ihre Bücher erschienen zuerst auch unter männlich-gelesenen Namen.«

»Scheiße. Das wusste ich nicht. Aber ist das denn schlimm für dich? Ich meine, es ist ja trotzdem deine Geschichte. Und du verdienst trotzdem Geld damit, oder?«

Eine Weile bleibe ich still und schließe die Augen, um alles bis auf das Tosen des Meeres auszublenden. Um darüber nachzudenken, wie ich jetzt weiter vorgehe. Ich habe Lina soeben ungeplant meine Lebensgeschichte erzählt, aber das drückende Gewicht auf meiner Brust ist noch immer da. Die Erleichterung bleibt aus.

Damit sie die ganze Last meines Dilemmas verstehen könnte, müsste ich ausholen. Weit ausholen. Zu meiner Kindheit. Meinen Eltern. Ihren Träumen und wie unser neues Zuhause sie mit Füßen getreten hat. Zu meinem Wunsch, alles zu geben, damit ihr Opfer es wert war. Zu einer Geschichte, die nicht mehr nur meine ist und die mir allein beim Gedanken daran die Kehle zuschnürt.

»Vor geraumer Zeit«, setze ich schließlich an, »habe ich mich mit meiner Agentin über Folgeprojekte unterhalten. Nicht nur für Alma Jensen, sondern auch für mich. Für

Louay Saeed. Und es gibt nichts, das ich mehr will, als mich hinzusetzen und ein ganz eigenes Projekt zu schreiben. Eines, bei dem ich nicht nur meine kitschigen, sondern alle meine Seiten ausleben kann.«

»Wie wär's mit *Lavendelmorde in der Provence?*«, wirft Lina kichernd ein.

»Weißt du, was bitter ist? Der Vorschlag ist brauchbarer als alles, was ich bisher zustande bekommen habe. Der Grund, wieso ich hier bin, ist der, dass ich absolut keine Ideen habe, was ich schreiben soll. Nicht einmal auf ein Genre kann ich mich festlegen.«

»Also willst du dich inspirieren lassen?«

»Ja.« Ich beiße mir auf die Zunge, denn selbst die halbe Wahrheit fühlt sich auf einmal wie die schlimmste Lüge meines Lebens an.

»Und wie stellst du dir das vor, wenn du den ganzen Tag nur drinnen hockst?«

Überrascht runzele ich die Stirn. »Was?«

»Was? Glaubst du, dir erscheint einfach im Traum eine Fee, die dir eine Buchidee zuflüstert? Ich kann ja verstehen, dass man auch ein paar gemütliche Tage vorm Kamin verbringen möchte, aber wie willst du deinen Kopf füllen, wenn du deinen Urlaub am langweiligsten Ort der Welt verbringst?«

»Das nennst du langweilig?« Ich mache eine ausschweifende Geste, deute auf die Kulisse, das tiefe Blau des Meeres, die Wellen und die Gischt, die den schwarzen Sand wie Marmor wirken lassen.

»Ich meine das Ferienhaus. Saksun. Das ist langweilig.

Aber hier gibt es so viele spannende Orte, und du hast nicht einen davon gesehen.«

»Ich war mit dir beim Einkaufen.«

»Wow.« Genervt verdreht Lina die Augen. »Sag bloß, bei euch in Kopenhagen gibt es keine Supermärkte.«

»Schön. Was würdest du einem verzweifelten Autor wie mir empfehlen?«

»Puh ... Willst du eine Liste?«

»Ja!«

Lina pustet eine Haarsträhne nach oben, die sich in ihr Gesicht verirrt hat, und verschränkt die Arme vor der Brust. »Da wäre zum Beispiel Kópakonan. Den Múlafossur auf Vágar solltest du dir auch nicht entgehen lassen. Wenn du Glück hast, siehst du sogar ein paar Nordlichter – besonders schön sind die vom Sørvágsvatn aus zu sehen. Wobei ... Du hast kein Auto.«

»Nein.« Ich zucke mit den Schultern. »Ehrlich gesagt bin ich so überstürzt hierhergekommen, dass ich nicht wirklich daran gedacht habe, mir eins zu mieten.«

Lina zögert, und zum ersten Mal scheint sie ihre Worte mit Bedacht zu wählen. »Ich kann dich rumführen. Ich kenne mich aus ... und bin schon lange nicht mehr richtig aus dem Dorf rausgekommen.«

»Meinst du das ernst?«, erwidere ich überrascht. »Ich meine, hast du keine B&B-Pflichten, von denen ich dich abhalte?«

Sie schmunzelt. »Nein. Wir haben nur das eine Häuschen. Ansonsten mache ich nur Sport oder telefoniere mit meiner besten Freundin. Ich hätte daher Zeit. Also, nur wenn du willst und dir meine Kommentare nicht jetzt schon zum Hals raushängen.«

»Machst du Witze? *Lavendelmorde* ist bei Weitem besser als alles, was mir bisher eingefallen ist. Meine einzige Sorge wäre, dass du am Ende mein Buch schreiben musst.«

»Ja, sicher doch. Wenn du blutrünstige Zombie-Action-Bücher verkaufen willst, bist du bei mir definitiv an der richtigen Adresse.« Mit einem Mal richtet sie sich auf, wobei schwarzer Sand von ihrer Jogginghose rieselt. Lina klopft ihn sich ab, bevor sie ihre Beine dehnt.

»Gehst du joggen?«, frage ich verwirrt.

»Nein. Aber die Flut kommt. Wir sollten uns beeilen, wenn du nicht die nächsten Stunden auf einem der Felsen dort verbringen willst.«

Ich folge ihrem Blick etwas weiter landeinwärts, wo einzelne Felsen aus dem Sand ragen. Die angrenzenden Berge sind hier so steil, dass ich sie ohne passende Ausrüstung unmöglich erklimmen könnte. Plötzlich schiebt sich eine Hand in mein Blickfeld, die mir einen auffordernden Klaps auf die Schulter gibt.

»Na komm«, sagt Lina. »Du willst sicher kein autobiografisches Buch übers Erfrieren schreiben.«

Lina

Mit einem Mal war mir alles klar. Ich konnte es nicht länger leugnen. Ich, Florence Aubépine, hatte mich in Benoît Tudur verliebt. In ihn, in Grasse, die Provence, die Art, wie die Sonne auf meiner Haut prickelte und der Wind mein Haar streichelte.

Ich sah Benoît an und erkannte dieselben Gefühle, die mein Herz zum Beben brachten, in seinen blauen Iriden und verlor mich darin wie eine Schiffbrüchige auf hoher See.

»Ich liebe dich, Benoît«, hauchte ich ihm entgegen, erstickte beinahe an meiner Stimme. »Du hast mir die Welt aus einer neuen Perspektive gezeigt, mich spüren lassen, was wirklich wichtig ist im Leben. Ich will bei dir bleiben. Für immer.«

»Ich liebe dich auch, Florence. Mehr als ich je einen Menschen geliebt habe.«

Dann küsste er mich leidenschaftlich und hielt mich so fest in seinen Armen, dass ich mich so geborgen fühlte wie nie zuvor. Er schmeckte nach Lavendel, nach einem Sommertag und nach unserer Zukunft. Aber auch dunkel …

»Hallooo! Erde an Lina! Was liest du da?«

Es dauert einige Sekunden, bis ich wieder in der Realität ankomme. Raus aus der Provence und der stürmischen Liebesgeschichte zwischen Florence und Benoît zurück in mein Zimmer zu dem Videocall mit meiner besten Freundin. Týras lautes Schmatzen hilft dabei, und für einen Moment bin ich ihr für das sonst so nervige Geräusch sogar dankbar.

Eigentlich wollte ich nur nebenbei einen kurzen Blick in *Lavendelküsse in der Provence* werfen, doch obwohl die Geschichte vorhersehbar und voller Klischees ist, habe ich sie quasi inhaliert. So fieberhaft, dass ich förmlich durch die Seiten geflogen bin, obwohl ich mich nie fürs Lesen begeistern konnte. Ist es dasselbe Phänomen, weswegen Týra seit geraumer Zeit Elfen-Smut aus Amerika liest?

»Nur einen Buzzfeed-Artikel. Wusstest du, dass LEGO mehr Spielzeug-Reifen herstellt, als echte Reifen gemacht werden?«

»Jep. Weil ich dir den Artikel heute Morgen geschickt hab.«

»Sorry. Ich komme erst jetzt dazu.«

»Warst du so beschäftigt?« Wie immer kommt die Frage messerscharf. Und wie immer hat sie sich die bohrende Frage bis nach dem Essen aufgehoben.

Ich beobachte sie dabei, wie sie den Pizzakarton zur Seite stellt und damit den Blick auf ihre winzige Studentinnenbude freigibt, die zu neunzig Prozent aus Büchern zu bestehen scheint. Ihr Vater hat ihr dabei geholfen, eine komplette Wand in ein einziges Bücherregal zu verwandeln, in dem sich nun Hunderte Bücher tummeln, deren bunte Einbände einen Regenbogen ergeben.

»Nicht wirklich, nein«, erwidere ich unverfänglich, während ich Google öffne. Nach der Kurzgeschichte ist meine Neugier geweckt, aber ich weiß nicht, ob ich bereit bin, die volle Gewalt von Louays Alter Ego kennenzulernen.

»Also warst du nur zu Hause?«

»Mhm ...«, antworte ich und tippe *Alma Jensen* in die Suchmaschine. Augenblicklich schlagen mir Produktempfehlungen entgegen. Sämtliche Bände der *Schicksalsklinik* plus eine exklusive Sammelausgabe, dazu das noch nicht erschienene Spin-off *Grandhotel der Träume*. Louay hat sogar einen eigenen Wikipedia-Artikel, der seinem Pseudonym gewidmet ist. Dort gibt es auch ein Foto der angeblichen Autorin, eine ältere, blonde Frau, die in einem Café an ihrem Laptop sitzt und freundlich in die Kamera lächelt.

»Hallo? Ignorierst du mich?«

»Hm?« Ich schüttele den Kopf, um meinen Blick von der Biografie zu lösen und meine Aufmerksamkeit stattdessen auf das winzige Fenster mit Týras Videocall zu konzentrieren. Ihr Gesicht ist so nah an der Webcam, dass ich ihren Haaransatz kaum erkenne. Als wollte sie versuchen, durch den Bildschirm zu klettern.

»Sorry, ich war nur abgelenkt.«

»Wovon? So interessant war der Buzzfeed-Artikel auch wieder nicht.«

»Nein, es ist nur …« Ich beiße mir auf die Zunge. Alles in mir schreit danach, Týra von Louays Geheimnis zu erzählen. Nicht nur, weil ich das Gefühl habe, unter der Last dieses verbotenen Wissens zu platzen, sondern auch, weil meine beste Freundin mit ziemlicher Sicherheit bestens über Alma Jensen Bescheid weiß. Aber wer wäre ich schon, dieses brisante Detail aus seinem Leben einfach weiterzuerzählen? Vor allem, nachdem es ihm offensichtlich so viel abverlangt hat, es mir anzuvertrauen. Ausgerechnet mir. Als könnte ich sein Dilemma nachvollziehen und mehr dazu beitragen als unnötige Kommentare und meine fragwürdigen Qualitäten als Reiseführerin.

»Ich überlege die ganze Zeit, was ich Louay morgen zeigen soll.« Wieder nur eine halbe Wahrheit, aber dieses Mal lässt meine Erklärung Týra hellhörig werden. Sie schiebt sich die Brille zurecht, stützt das Kinn auf ihre Faust und starrt in die Webcam, als hätte ich ihr eben eröffnet, in Wirklichkeit eine Fae zu sein.

»Aha?«

»Ich war vorhin mit ihm spazieren«, gestehe ich. »Und er sucht wohl Inspiration für einen neuen Roman.«

»Okay.«

»Da habe ich angeboten, dass ich ihn rumführen könnte.«

»Oh, wow. Ich dachte, du wolltest die Finger von ihm lassen«, bemerkt sie scharf.

»Das ist was anderes. Als Gastgeberin gehört es ja dazu, den Leuten auch das Land zu zeigen.«

»Ja, aber doch nicht so. Nicht, dass ich was dagegen hätte. So kommst du wenigstens mal ein bisschen raus und redest mit jemand anderem außer mir und Ottar.«

»Schon ...« Ich seufze, weil die Warnungen in meinem Kopf mit einem Mal wieder laut werden. Es ist eine schlechte Idee, einem Besucher so nahezukommen. Zu nahe. Denn selbst wenn sich da wirklich etwas entwickeln würde, blieben uns nur die paar Wochen. Ich würde mir womöglich einreden, dass es mit ihm anders ist, obwohl wir am Ende ohnehin den Kontakt zueinander verlieren würden. Oder er enttäuscht wäre, weil ich ihn nicht besuchen käme. Es ist doch immer dasselbe.

»Du denkst doch nicht etwa wieder an Erik, oder?«

Ertappt zucke ich zusammen.

»Lina«, sagt Týra eindringlich. »Erik war ein Arsch, okay? Und mal ganz davon abgesehen: Niemand schreibt dir vor, wie etwas zu laufen hat, bloß weil du den neuen Gast offensichtlich heiß findest.«

»Tue ich nicht«, lüge ich.

»Selbst wenn du ihn heiß finden würdest«, Týra zwinkert mir zu, »könntet ihr es ja theoretisch ganz unverfänglich halten. Eine lockere Romanze, ein bisschen Spaß, ohne dass ihr danach gleich zusammenzieht.«

Ich presse die Lippen zusammen. »Du weißt, dass ich das nicht kann.«

Es stimmt. In der Vergangenheit war es schon mehrfach so, dass ich mich schneller in jemanden verliebt habe, als es gut für mich war. Dass ich zu schnell zu viel gefühlt habe und am Ende nur auf die eine oder andere Art enttäuscht wurde. Daher bin ich schon vor einer Weile dazu übergegangen, einen Bogen um Männer zu machen, die mein Interesse wecken. Aber immer funktioniert das nicht. Vor allem, wenn sie den ganzen Tag im Haus nebenan verbringen und dabei immer wieder verträumt aus dem Fenster starren ...

»Ich weiß. Aber es bringt anscheinend genauso wenig, vor allem wegzurennen, das irgendwie Abwechslung in dein Leben bringen könnte. Hast du schon einen Plan, was du mit ihm machen willst?«

»Ich dachte an Kalsoy«, erkläre ich. »Kópakonan und danach rauf zum Leuchtturm.«

»Dafür, dass du immer so tust, als hättest du keinen Sinn für Romantik, hast du dir aber treffsicher mit die romantischsten Orte ausgesucht.«

»Quatsch. Er sucht Inspiration, da ist die Geschichte von Kópakonan genau das Richtige. Und die Aussicht oben auf den Klippen wird sicher eine schöne Abwechslung zur Bucht.«

»Mhm. Sicher.« Sie hebt vielsagend die Brauen.

»Ach, komm schon, Týra«, knurre ich sie an. »Wenn ich wirklich romantisch sein wollte, würde ich ... keine Ahnung ... mit ihm auf Stora Dimun übernachten oder nach Nordlichtern Ausschau halten.«

»Dafür habt ihr ja noch genügend Zeit.« Ich verdrehe die Augen, doch Týra lacht nur. »Aber mal eine ganz andere Frage: Findest du es nicht seltsam, dass er einfach ohne einen Plan aufgetaucht ist? Ich meine, er macht eine Recherchereise und hockt am Ende nur zu Hause.«

»Vielleicht wollte er erst einmal ein bisschen entspannen«, erwidere ich, obwohl ich es besser weiß.

»Oder er hat gehofft, dass du ihm einen Ausflug anbietest, und war bisher zu schüchtern, um danach zu fragen, weil er nicht wusste, ob eure Anziehung auf Gegenseitigkeit beruht.«

»Oder er ist so kurzfristig hierhergekommen, dass er gar keine Zeit hatte, sich wirklich zu informieren.«

Týra stockt und runzelt verwirrt die Stirn. »Meinst du, er ist vor etwas auf der Flucht?«

»Ein Verbrecher scheint er zumindest nicht zu sein. Zumindest behauptet er das.«

»Er be... was? Worüber unterhältst du dich mit ihm?«

Grinsend zucke ich mit den Schultern. »Über ganz normale Sachen?«

»Was es auch ist ... ich trau dem Braten nicht ganz. Ein superheißer Schriftsteller landet buchstäblich auf deiner Türschwelle. Er ist nett, intelligent und offensichtlich daran interessiert, Zeit mit dir zu verbringen. Die Sache muss doch einen Haken haben. Und ich wette, es gibt etwas, das er dir nicht verrät.«

Gern würde ich sie verbessern und ihr erklären, dass er mir längst alles verraten hat, doch plötzlich wird mir klar, dass seine Geschichte noch immer nicht ganz aufgeht. Ich weiß jetzt, wer er ist und was er tut, aber das erklärt nicht, wieso er so kurzfristig eine Recherchereise gebucht hat. Oder warum er die Anrufe ignoriert.

Ich starre wieder auf den offenen Browser und die Suchergebnisse zu Alma Jensen, aber selbst dort steht die Antwort nicht geschrieben. Nein. Zwischen Buchcovern mit langen Stränden, Interviews und Foren, in denen heiß über die mögliche Besetzung der Verfilmung diskutiert wird, findet sich nichts über den Mann, der hinter diesem Werk steckt. In gewisser Weise ist das bewundernswert. Beinahe schon unglaublich, wie er es geschafft hat, sich eine so perfekte zweite Identität zuzulegen, dass nichts von seiner wahren Persönlichkeit hindurchschimmert. Als wäre Alma Jensen wirklich eine eigene Person und Louay Saeed nicht mehr als ein Schatten über dem Papier, der ihr all ihre Geschichten zuflüstert.

Und auf einmal habe ich das Gefühl, ihn trotz der Welten, die zwischen uns liegen, ein winziges Stück besser zu verstehen. Nicht jeder Mensch ist fürs Rampenlicht gemacht, aber ich kann mir einfach nicht vorstellen, dass es irgendjemanden gibt, der den Rest seines Lebens im Schatten einer Lüge verbringen möchte …

»Um aber auf ein anderes Thema zu sprechen zu kommen«, reißt mich Týra aus den Gedanken, und ich merke bereits an ihrem Tonfall, dass sie sich die Worte sehr genau zurechtgelegt hat. »Die Bewerbungsphase für die Erstis beginnt nächste Woche. Ich weiß, du bist nicht sicher, ob du für diesen Schritt bereit bist, aber ich dachte, es könnte nicht schaden, wenn du dich zumindest mal bewirbst, abwartest, was dabei herumkommt, und dann noch mal überlegst …«

Dunkelheit legt sich über mich, erstickt jeden Gedanken

an Louay und Alma Jensen. Mit einem Mal habe ich das Gefühl, keine Luft mehr zu bekommen, während ich spüre, wie meine Hände zu zittern beginnen. »Týra.«

»Keine Verpflichtungen«, stellt sie schnell klar. »Nur eine Bewerbung, damit du die Frist nicht verpasst, und danach kannst du immer noch schauen.«

Zu meiner Schande muss ich gestehen, dass der Gedanke tatsächlich verlockend klingt. Seit Louay hier ist, sind die Launen meines Vaters noch unerträglicher geworden, und ein nicht unbedeutender Teil von mir wünscht sich nichts sehnlicher, als ihn einfach hier zurückzulassen. Soll er doch schmoren in seiner Leere, in seiner Stille. Was geht es mich an? Ich habe alles probiert. Zeit, diese Hölle zu verlassen.

Doch so verführerisch die Idee auch ist, tief in meinem Herzen weiß ich, dass ich es nicht kann. Dass er immer noch mein Vater ist. Ein Mensch, den ich trotz allem liebe, auch wenn er mir seit Jahren kein Stück Zuneigung entgegengebracht hat. Und nur deshalb kann ich ihn nicht allein lassen. Deshalb und weil ich nicht weiß, was passieren wird, wenn ich nicht mehr hier bin.

»Ich überlege es mir«, höre ich mich sagen, weil ich diese Gespräche so leid bin. Diesen Zwiespalt. Diese Situation – vor mir eine Sackgasse und hinter mir nur eine verbrannte Brücke. Die Möglichkeit, die Týra mir vorschlägt, ist am Ende auch nur eine Illusion. Dieses Haus und diese Insel sind meine Vergangenheit, meine Gegenwart und meine Zukunft.

Ich habe keine Wahl.

Louay

Obwohl die Färöer nur ein winziger Fleck auf der Weltkarte sind, kommen sie mir unendlich groß vor. Lina hat darauf bestanden, dass ich mir vor dem Ausflug noch eine anständige Jacke und Wanderschuhe kaufe, was vermutlich nicht die schlechteste Idee ist, auch wenn sie mich nicht in ihre Pläne für heute eingeweiht hat.

Wir fahren für eine Stunde quer über die Insel Streymoy nach Tórshavn. Die Hauptstadt der Färöer fühlt sich für mich völlig surreal an. Aus Kopenhagen bin ich Mehrfamilienhäuser und repräsentative Bauten gewohnt, aber hier gibt es nicht einmal eine zweispurige Straße. Die Häuser bleiben klein, der Ort überschaubar, mehr wie eine Kleinstadt. Selbst das Shoppingcenter, in das Lina mich schleppt, bietet nur das Allernötigste. Von außen wirkt der Block aus schwarzem Stahl und Glas viel zu modern für die malerische

Umgebung mit ihren Hügeln und maximal zweistöckigen Häusern, doch das Innere erinnert mich tatsächlich an die Einkaufszentren, die ich aus Kopenhagen kenne. Nur ist dieses hier wesentlich überschaubarer. Es gibt Klamottenläden, eine Parfümerie und einen Supermarkt, aber die Auswahl ist wesentlich eingeschränkter. Wir holen uns an einem Essensstand unser Frühstück, bevor wir uns auch schon wieder auf den Weg machen. Und während ich mich hauptsächlich von Lina mitziehen lasse, wird mir klar, dass wir ein eng getaktetes Pensum vor uns haben.

Eine weitere Stunde Fahrt entführt mich tiefer in das Herz dieser Inselwelt. Zwischen Sonnenschein, Sturm, Regen und sogar Schnee wirken das Meer und die kargen Berge vollkommen surreal. Der Himmel ist grau, als wir in einen Tunnel eintauchen, und strahlend blau, als wir fünf Minuten später das andere Ende erreichen.

»Ich nehme an, bei euch verlässt sich morgens keiner auf die Wetter-App«, kommentiere ich das Ganze. Es sind meine ersten Worte, seit wir die Hauptstadt hinter uns gelassen haben.

Lina lächelt. »Nein. Wir sind meistens auf alles vorbereitet, weil sich das Wetter schlagartig ändern kann. Vielleicht regnet es. Vielleicht schneit es. Vielleicht scheint die Sonne. Früher nannten die Briten die Färöer daher die Islands of Maybe.«

»Die Briten waren hier?«

»Während des Zweiten Weltkriegs, glaube ich«, erwidert sie. »Aber wenn dich das interessiert, solltest du bei unserem Nachbarn vorbeischauen. Ottar weiß darüber besser Bescheid als ich.«

Mit einem Nicken ziehe ich mein Notizbuch aus der Tasche. *Zweiter Weltkrieg. Islands of Maybe. Ottar fragen?*

Ich betrachte die Wörter, die ebenso wie alles andere, was ich mir heute notiert habe, einfach noch keinen Funken entzünden wollen. Bereits jetzt sind die Eindrücke so zahlreich, dass ich zwei Seiten gefüllt habe, aber von einer Idee für ein Buch bin ich noch ganze Lichtjahre entfernt. Wenn überhaupt, sind mir bisher nur Einfälle für Alma Jensen gekommen.

Kurze Zeit später erreichen wir Klaksvík, eine weitere winzige Stadt, die in Dänemark noch als Dorf gelten würde. Weiße Häuschen mit bunten Dächern liegen malerisch eingebettet zwischen Hügeln an einem Fjord. Im Zentrum liegt ihr Hafen, an dem Lina zielsicher ein Fähr-Dock ansteuert. Hier befinden sich ein paar Lagerhäuser, dazu Fischerboote, Kutter, die noch aus einer anderen Zeit zu stammen scheinen, und eine Fähre.

Ein erleichtertes Seufzen gleitet über Linas Lippen, gefolgt von einem Lächeln, bevor sie sich hinter dem einzigen anderen Auto einreiht, um aufs Schiff zu kommen.

»Willst du mir nicht langsam verraten, wo es hingeht?«, frage ich.

»Nach Kalsoy.«

»Ach, wirklich?« Ich verdrehe die Augen, weil wir vor ein paar Sekunden an einem Schild vorbeigefahren sind, auf dem genau das stand. »Und was gibt es auf Kalsoy?«

Lina grinst. »Berge.«

»Aha.«

»Eine Straße.«

»Wow. Eine ganze Straße?«

»Du wirst staunen. Außerdem drei Dörfer.«

»Du machst es ja richtig spannend.«

»Ich will dich nur überraschen. Aber keine Sorge. Es ist nicht mehr so weit. Du wirst doch nicht seekrank, oder?«

Nein. Auch wenn ich es im Vorfeld nicht ausgeschlossen hätte. Aber das Meer zwischen den Inseln ist ruhig, und das Wetter scheint sich zumindest für den Moment für *windig und leicht bewölkt* entschieden zu haben.

Sobald wir auf der Fähre geparkt haben, steigen Lina und ich aus dem Auto und gehen auf das Oberdeck. Augenblicklich bin ich dankbar für meine neue Jacke, die mich besser vor der frischen Brise schützt, als mein Trenchcoat es könnte. Lina zieht mich an die Reling und deutet auf einen der vom Wind geformten, grasbedeckten Berge, die die Bucht flankieren. »Das ist Klakkur«, erklärt sie. »Von dort oben hat man eine klasse Aussicht auf die umliegenden Inseln und die Fjorde.«

Mein Blick folgt ihrem ausgestreckten Arm. »Wollen wir dort nicht rauf?«

»Nein. Also, wir können gern ein andermal hin, wenn du das möchtest, aber du wolltest recherchieren.«

Überrascht hebe ich meine Brauen. »Du nimmst das irgendwie ernster als ich.«

»Natürlich. Ich will nicht, dass du dem B&B drei Sterne gibst, weil ich mich angeblich nicht um dich gekümmert habe.«

Ich stoße ein Lachen aus. »Das könnte ich gar nicht. Ich schaffe es nicht mal, im Restaurant ein falsches Essen zurückgehen zu lassen.«

»Was?«

»Mhm. Ich war mal auf einem Date beim Italiener. Statt mit Thunfisch hatte ich eine Pizza mit Calamari. Ich wäre fast gestorben, weil mich die Textur so angewidert hat, dass mein Date dachte, ich wäre schlecht gelaunt.«

Lina starrt mich aus großen Augen an. »Dein Ernst? Wie hast du so lange überlebt?«

»Früher haben meine Geschwister für mich das Reden übernommen«, erzähle ich. »Was rückblickend betrachtet pädagogisch vermutlich nicht die beste Entscheidung war.«

»Wie sind deine Geschwister so?«

Im Augenwinkel sehe ich, wie sie sich auf die Unterlippe beißt. Ein deutliches Zeichen dafür, dass dieser Wechsel zu einem privaten Thema nicht geplant war. Aber ich störe mich nicht daran.

»Erfolgreich«, kommt mir ausgerechnet als Erstes in den Sinn.

»Wirklich? Die meisten würden so etwas sagen wie *toll* oder *absolut ätzend*.«

»Möglich. Aber es ist etwas komplizierter. Meine Geschwister und ich, wir kommen klar, wir sind füreinander da und das ganze Zeug, aber wir sind auch alle sehr auf uns selbst konzentriert.«

»Verstehe.«

»Meine Schwester arbeitet bei einer Bank, und ich verstehe, ehrlich gesagt, nicht genau, was sie dort tut«, erkläre ich. »Ich weiß nur, dass sie irgendwelche riesigen Deals klarmacht, wenn sie nicht gerade in einem Meeting hockt.«

»Oh, krass.«

»Mhm.«

»Und dein Bruder ist Balletttänzer, richtig?«

»Genau. Solist bei Den Kongelige Ballet.«

»Was?!« Endlich schafft sie es, sich von der Aussicht loszureißen und mich direkt anzusehen. Die Augen schockgeweitet. »Bestsellerautor. Wolf of Wall Street. Balletttänzer. Habt ihr irgendein spezielles Gen oder so was? Oder warum sonst seid ihr alle solche Überflieger?«

Ich zucke mit den Schultern. »Nein. Ich schätze, wir sind nur ambitioniert und hatten Glück.« *Und haben uns nie eine Pause erlaubt, bis wir da waren, wo wir heute sind.* Den letzten Teil behalte ich für mich. Mich stört es nicht, Lina von meinen Geschwistern zu erzählen oder sogar von Alma Jensen, aber das bedeutet noch lange nicht, dass ich gleich alles auspacken werde.

»Oh, wow. Da komme ich mir wie eine Versagerin vor.«

»Aber wieso?«, frage ich. »Ich kenne sonst niemanden in deinem Alter, der erfolgreich ein eigenes B&B leitet.«

»Das ist nicht so schwer. Wirklich. Das Haus gehört ja nicht mir. Ich musste nur den Schuppen ausmisten. Beim Renovieren haben die Nachbarn geholfen, die Fotos sind von meiner besten Freundin, und dann habe ich alles auf *Airbnb* eingestellt. Das ist echt keine große Nummer.«

»Doch, ist es«, bestätige ich aufrichtig.

»Das sagst du nur so.«

»Nein.« Ich erwidere ihren Blick und versuche, meinen

eigenen so ernst zu halten wie nur irgend möglich. Denn genauso meine ich meine Worte auch. Was Lina geschafft hat, beeindruckt mich und kommt mir keinesfalls weniger wert vor, als ein Buch zu schreiben.

Ein paar Sekunden verstreichen, bis sie einen Mundwinkel hebt und sich wieder von mir abwendet. Kommentarlos. Stattdessen starrt sie nun aufs Wasser, auf dessen Oberfläche sich die Wolken und umliegenden Berge spiegeln. Unbewusst studiere ich Linas Profil, folge in Gedanken der Linie ihrer Nase, ihren Lippen und zeichne die einzelnen schwarzen Strähnen nach, die der Wind um ihr Gesicht tanzen lässt. Dann stolpern die Worte ohne mein Zutun über meine Lippen. »Ich meine es ernst. Du kannst stolz auf dich sein.«

Aber Lina schüttelt nur den Kopf. Und obwohl kein Ton ihre Kehle verlässt, kann ich ihre Antwort am Beben ihrer Lippen ablesen.

Das kannst du doch gar nicht wissen …

Wir wechseln kein weiteres Wort, bis wir Kalsoy erreichen. Das Schiff steuert einen Hafen an, der nur aus zwei Bootsstegen aus Beton besteht und auch sonst kaum wie ein solcher wirkt. In der dazugehörigen Ortschaft gibt es keine zehn Häuser, ein paar davon liegen direkt am Wasser, andere etwas weiter oben am Hang der Berge, alle mit roten oder schwarzen Holzfassaden und den typisch weiß gerahmten Fenstern. Bis auf den Klang der Wellen am Steg und den Wind herrscht absolute Stille, nachdem wir angedockt haben.

Lina hat nicht gelogen oder untertrieben, als sie meinte, es gäbe hier eine Straße. Es gibt genau eine einzige, die ohne Mittelstreifen kaum breit genug für zwei Fahrzeuge ist und sich an der Küste entlangschlängelt. Dieser folgen wir nach Norden durch einen weiteren Tunnel zur nächsten Ansammlung von Häusern. Einem Ort namens Mikladalur. Hier, an einem winzigen Parkplatz zwischen rot gestrichenen Gebäuden, halten wir endlich an.

»Sind wir da?«

Lina nickt. »Jep. Mir nach.«

Wir folgen einem Fußweg in Richtung Ufer, und ich nutze die Gelegenheit dazu, endlich mal mein Handy herauszuholen, um zumindest ein paar Eindrücke als Fotos festzuhalten. Die verpassten Anrufe und Benachrichtigungen klicke ich sofort weg und konzentriere mich stattdessen darauf, die atemberaubende Landschaft einzufangen.

Unmittelbar gegenüber von uns befindet sich eine weitere Insel, deren beeindruckend hohe Klippen sich in den Himmel erstrecken, um dann steil in das ruhige Wasser des Atlantiks abzufallen. Im Sommer sind die Berge hier grüner, aber ich muss gestehen, dass die orange-braune Farbe zusammen mit dem Blau des Meeres ein ebenso wunderschönes Bild abgibt. Ein raues, ungezähmtes, wie ich es so noch nie zuvor gesehen habe.

»Das ist Kópakonan«, erklärt Lina, sobald wir das Ende des Weges erreichen. Hier, am felsigen Ufer, befindet sich die Statue einer Frau, deren grüne Färbung mich an die Dächer alter Kathedralen erinnert. Sie hält ein Stück Stoff in der Hand, das sie um ihre Beine geschlungen hat und dessen untere Falten an eine Flosse erinnern. »Die Seehundfrau. Die Statue wurde vor ein paar Jahren hier errichtet.«

»Wofür steht sie?«

»Sie soll an ein bekanntes Märchen erinnern. Früher glaubten die Leute daran, dass Seehunde einmal Menschen waren, die freiwillig im Meer den Tod gesucht haben. Einmal im Jahr durften sie nach Sonnenuntergang an Land, ihre Felle ausziehen und wieder Menschen sein. Eines Nachts hat sich ein Farmer aus Mikladalur an den Strand geschlichen, um zu sehen, ob die Legende wahr ist. Dabei hat er ein Mädchen entdeckt, das ihm gefiel, und sein Fell gestohlen, sodass es keine andere Wahl hatte, als ihm auf seine Farm zu folgen.«

»Wie romantisch«, kommentiere ich ironisch.

»Es wird noch besser. Er hat sie geheiratet, und sie hatten Kinder. Ihr Fell hat er in einer Kiste weggesperrt. Doch eines Tages ging er raus zum Fischen und bemerkte zu spät, dass er den Schlüssel vergessen hatte.«

»Ist sie geflohen?«

»Oh ja. Geschieht ihm recht. Und jedes Mal, wenn ihre Kinder am Strand spielten, tauchte ein Seehund aus dem Wasser auf, um über sie zu wachen. Und die Leute waren davon überzeugt, dass das ihre Mutter sei.«

Abwesend zücke ich mein Notizbuch. »Wie heißt sie noch mal?«

»Kópakonan.«

Ich notiere mir den Namen zusammen mit dem des Dorfs, ehe ich ein weiteres Foto von der Statue schieße.

»Soll ich ein Bild von dir und der Statue machen?«, bietet Lina an.

»Bloß nicht. Ich hasse es, fotografiert zu werden. Keine Ahnung, was ich darauf machen soll.«

»Hast du es mal mit Lächeln probiert?«

»Unglücklicherweise«, antworte ich, »gehöre ich nicht zu den Leuten, die auf Kommando das strahlendste Lächeln produzieren können. Bei mir sieht es eher aus, als würde ich einen Mord planen.«

»Jetzt übertreibst du aber.« Sie verdreht die Augen, scheint meine Antwort jedoch zu akzeptieren. »Dahinten ist noch ein Wasserfall, falls du davon ein Bild machen willst. Danach müssen wir aber schon weiter.«

»Du hast das echt alles durchgetaktet, oder? Es ist doch gerade erst Mittag.«

»Ja, aber das Wichtigste steht uns noch bevor.«

»Was denn?«

Doch wieder gibt sie mir keine Antwort. Stattdessen ist da nur dieses mysteriöse Lächeln auf ihren Lippen, das meinen Herzschlag ein winziges bisschen beschleunigt. Wie macht sie das nur?

Lina

Wie lange ist es her, seit ich das letzte Mal einen Fuß auf Kalsoy gesetzt habe? Jahre? Jahrzehnte? Es muss vor Mamas Tod gewesen sein, denn ich habe die relativ neue Statue noch nie in echt gesehen. Ich kenne nur die Geschichte von Kópakonan aus den alten Balladen, habe sie besonders gut in Erinnerung behalten, weil ich mir manchmal gewünscht habe, dass sie wahr wäre. Dass auch meine Mutter einfach nur ins Meer zurückgekehrt wäre und von dort aus über mich wacht.

Inzwischen bin ich darüber hinweg. Über den Wunschgedanken. Den Verlust. Die Hilflosigkeit. Und meine Mutter ist nicht mehr als eine Erinnerung, die kommt und geht wie die Brandung. Ich widerstehe ihr wie ein Fels, während mein Vater sich von ihr mitziehen lässt.

Ich presse die Lippen zusammen, während wir den

Berghang entlangwandern, weiter in Richtung Nordküste. Gelegentlich bleiben wir dabei stehen, genießen die Aussicht auf das ruhige, tiefblaue Meer und die Klippen der Nachbarinseln Kunoy und Viðoy, deren goldenes Gras im Sonnenlicht zu leuchten scheint. Das Wetter könnte für diesen Ausflug nicht besser sein, allenfalls ein bisschen wärmer.

»Verstehst du jetzt, wieso wir einkaufen waren?«, frage ich laut und halte an, damit Louay zu mir aufschließen kann.

Er flucht unterdrückt und atmet hörbar. »Ich bin nicht mit der Absicht hergekommen, im Marschschritt durch die Gegend zu wandern.«

»Oh, entschuldige, dass ich nicht zulasse, dass du dich zu Tode langweilst.«

»Das sollte dir auch leidtun«, bekräftigt er, als er neben mir zum Stehen kommt. »Das letzte Mal so viel Action hatte ich bei meinem Urlaub in Island.«

»Du warst in Island?«

»Mhm. Vor ein paar Jahren. Das war so ein kleiner Traum von mir, und das erste Honorar für die *Schicksalsklinik* hat mir die Erfüllung ermöglicht.«

Wir setzen unseren Weg weiter fort, weiter bergauf, entlang eines Trampelpfads.

»Ich hätte nicht gedacht, dass man mit dem Schreiben so viel Geld verdient. Also, solange man nicht Stephen King ist.«

»Ich bin da auch eher die Ausnahme. Gerade hier in Europa ist es nicht leicht, damit ein geregeltes, geschweige denn ein gutes Einkommen zu erzielen. Dass ich so weit gekommen bin, war wie ein Lottogewinn.«

»Da müssen deine Eltern ja echt stolz auf dich sein.«

»Mittlerweile ja.«

»Mittlerweile?«

»Ganz am Anfang hatte ich Angst, was sie sagen würden. Ich habe alles komplett geheim gehalten, bis ich an dem Punkt war, an dem ich wusste, dass ich das Studium abbrechen will, um mich nur dem Schreiben zu widmen. Ich habe wochenlang meinen Mut zusammengesucht, alle Verträge und Kontoauszüge ausgedruckt, bis ich damit zu ihnen gegangen bin.«

»Und wie lief es?«

»Furchtbar.« Louay grinst. »Am Anfang zumindest. Vor allem meine Mutter hat so gewirkt, als würde sie schon augenblicklich Pläne machen, wie sie mich von der Straße bekommt. Dann habe ich ihnen die Verträge gezeigt. Dann das Geld, was ich damit verdiene. Dann waren sie erst einmal still. Dann kam die Frage, die ich am meisten fürchte: ›Und was schreibst du so?‹«

»War das wirklich so schlimm?«

»Ja. Ich habe meiner Mutter dann nur wortlos Band eins der *Schicksalsklinik* zugeschoben und bin erst einmal rausgegangen, weil ich es nicht ertragen konnte, ihr dabei zuzusehen, wie sie durch die Seiten blättert. Man fühlt sich einfach wie ein Kind. Mal ganz zu schweigen davon, dass ich wirklich nicht heiß darauf war, dass meine Mutter liest, wie Anneliese, die Protagonistin, mit Dr. Sander ins Bett geht.«

Ein Lachen bricht aus mir heraus. Laut und heftig, weil

allein die Vorstellung so vollkommen absurd ist. »Hey, Spoiler!«

»Entschuldige. Aber es wird noch besser«, wirft Louay ein.

»Besser?« Ich kann kaum an mich halten. »Sag bloß, sie fand es großartig.«

»Nein. Tatsächlich war sie sogar wütend. Hat mich ins Zimmer zurückgerufen und gesagt, ich sollte aufhören, sie anzulügen. ›Das hast du nicht geschrieben. Ich habe deine Aufsätze gelesen. Das hast du nicht geschrieben. Du heißt ja gar nicht Alma Jensen.‹ Ich musste richtig mit ihr streiten, bis sie realisiert hat, dass ich es wirklich ernst meine. Dass es wirklich mein Buch ist. Und dass ich ... na ja ... mit Softpornos für ältere Damen mehr Geld verdiene, als mein Vater es je getan hat.«

»Das ist so seltsam.«

»Mhm. Frag mich mal. Mir graut es schon vor dem nächsten Klassentreffen.«

»Ist deine Mutter denn jetzt zufrieden?«

»Oh ja. Alma Jensens Fan Nummer eins. Auch mein Vater. Er liest die Sachen zwar nicht, aber er stalkt regelmäßig meine Rezensionen und droht immer damit, den Leuten, die die Bücher nicht mögen, das Auto zu zerkratzen.«

»Würde er das wirklich tun?«

»Wenn er wüsste, wo sie leben – hundertpro.«

Ich kann nicht anders, als neidisch zu sein. Auf Louay. Auf seine lebhafte Erzählung und seine anscheinend perfekte Beziehung zu seinen Eltern. Seinen Eltern, die ihn in dem unterstützen, was er tut, und sich überhaupt dafür interessieren. Die nicht still dabei zusehen, wie er erwachsen wird und ein Gefangener seines eigenen Lebens ist …

Ich beiße mir auf die Zunge, um den unliebsamen Gedanken zu verdrängen. Aber dieses Mal bleibt er. Die Erinnerungen an heute Morgen kehren zurück. Die Stille. Der ausdruckslose Blick, nachdem ich meinem Vater eröffnet hatte, was ich vorhabe.

»Was ist denn das da vorne?«, fragt Louay, und ich bin ihm unendlich dankbar für die Ablenkung.

»Das ist Kallurin, der nördlichste Punkt der Insel, und das der Kallur-Leuchtturm. Unser Ziel für heute.«

»Oh, wow. Ich dachte nicht, dass wir noch mal irgendwo ankommen.«

Grinsend blicke ich hinter uns. Wir haben schon ein riesiges Stück zurückgelegt über nichts als weite Felder. Vorbei an winzigen Steinhütten, die im Sommer den Schafen Unterschlupf bieten.

»Wir sind fast da.«

Wir gehen das letzte Stück bergauf. Vorbei an zwei Findlingen, bis wir unser Ziel erreichen. Das rot-weiße Gebäude, ein Würfel mit einem gläsernen Zylinder obendrauf, hat mehr mit einem Schuppen gemeinsam als einem Leuchtturm, doch es ist nicht der Grund, wieso es sonst so viele Touristen hier hinaufverschlägt, sondern die Aussicht. Nur wenige Meter von uns entfernt führt ein Hang steil nach unten. Links neben uns führt ein Pfad noch ein Stück höher, hinauf auf den Gipfel einer eindrucksvollen Klippe, gegen die eine einzige dünne Wolke prallt. Papageientaucher und Möwen nisten dort, deren Schnattern zusammen mit dem

Rauschen des Windes die Luft erfüllt. Ich habe ganz vergessen, wie schön die Aussicht hier oben ist, und bin ebenso sprachlos wie Louay, als ich die Weite des Himmels und des Meeres in mich aufnehme.

»Wow.« Louay blinzelt ungläubig gegen das helle Sonnenlicht. »Ich habe Bilder gesehen, aber das hier ... schlägt echt alles.«

Er holt sein Handy hervor, um ein Bild zu machen, doch bevor er es überhaupt entsperrt, lässt er es wieder sinken.

»Kein Foto?«, frage ich verwirrt.

»Nein. Es gibt Orte und Momente, die kann man nicht einfangen.« Mit einem Lächeln wendet er sich an mich und bringt mein Herz damit aus dem Takt. Kurz kann ich mir einreden, dass er mich meint. Oder zumindest mit einschließt. Dass ich ebenso Teil dieses Moments bin wie die Landschaft. Aber das wäre lächerlich. Wir kennen uns ja kaum.

Während Louay noch die Aussicht bewundert, mache ich mich daran, unsere Picknickdecke im kläglichen Windschatten des Leuchtturms auszubreiten. Ich weiß nicht, was ich mir dabei gedacht habe, schließlich hätte ich wissen müssen, wie verdammt windig es hier oben ist, aber ich habe unseren ganzen Tagesplan darauf ausgelegt, dass wir hier etwas essen. Und die Zwei-Stunden-Wanderung zurück zum Auto hält mein Magen ohne Nahrung nicht aus. Ich nehme meinen Rucksack, um die Decke zu beschweren, und setze mich am Ende schon einmal selbst, damit nicht gleich alles wieder wegfliegt.

»Na, bist du schon inspiriert?«

Louay schüttelt resigniert den Kopf. »So leicht geht das nicht. Ich habe ein paar Eindrücke und *Vibes*, aber keine richtige Idee.«

»Woher nimmst du denn sonst deine Einfälle?«, frage ich etwas hilflos.

»Unterschiedlich. Manchmal sind es Leute, die mir begegnen. Die ganzen Patienten, die in der *Schicksalsklinik* auftauchen, sind zum Beispiel nach alten Schulkameraden von mir benannt.«

Ich runzele die Stirn. »Überleben sie denn?«

»Manche.« Mit einem Seufzen lässt Louay sich neben mir nieder. Nah genug, dass sich unsere Knie berühren, weil die Decke, wie ich jetzt erst bemerke, viel zu klein für ein Picknick ist. Ich reiche ihm sein Brötchen und schaue selbst aufs Meer, um Louay nicht die ganze Zeit anstarren zu müssen. Dabei ist die Versuchung gerade sehr groß.

»Tauche ich demnächst auch in der *Schicksalsklinik* auf?«, frage ich scherzhaft.

»Wer weiß?«

»Du weißt es. Du bist der Autor. Also?«

Louay lacht leise. »Ich glaube nicht. Die *Schicksalsklinik* ist viel zu langweilig für dich.«

»Passt doch.«

»Nein. Oder nennst du das hier etwa langweilig?«

»Ein Picknick ist schon ziemlich lahm«, bemerke ich.

»Ein Picknick an sich schon. Aber eins auf einer Klippe bei starkem Wind und nur wenige Meter vom sicheren Tod entfernt? Meine Beine kribbeln schon die ganze Zeit.«

»Sag nicht, du hast Angst.«

»Sag nicht, dir macht das hier keine Angst.«

Ich schaue mich um und versuche, seine Gedanken nachzuvollziehen. Aber nein. Die Klippen und die Höhe machen mir keine Angst. Auch nicht die wilden Böen, gegen die selbst die Möwen nur mit Mühe ankämpfen, oder das Branden der Wellen weit unter uns. Das Einzige, das mir Angst macht, ist Louay, seine Nähe und die Tatsache, dass ich ihn immer wieder ansehen muss, obwohl ich mir eigentlich vorgenommen habe, es nicht zu tun. Die Art, wie seine schwarzen Locken vom Wind aufgewirbelt werden, hat etwas Hypnotisches.

»Nein«, kommt meine Antwort verzögert. »Um ehrlich zu sein, war ich schon lange nicht mehr so ruhig.«

Und das meine ich auch so. Denn sosehr Louays Nähe meine Gedanken durcheinanderwirbelt, sosehr beruhigt mich seine Gegenwart auch. Seine Stimme. Seine Erzählungen aus einem Leben, das so viel ereignisreicher ist als mein eigenes.

»Gibt es denn etwas, das dich beunruhigt?« Die Frage kommt vorsichtig, fast so, als ahnte er, wie dünn das Eis ist, auf das er sich begibt. Aber ich schüttele nur den Kopf und lächele. Lenke mich ab von den dunklen Wolken in meinen Gedanken, indem ich ihn mustere und mir vorstelle, was wohl passieren würde, wenn ich auf Týra hörte.

Louay wirkt nicht wie jemand, der mir eine schlechte Rezension reindrücken würde, wenn ich ihm zu nahekomme. Aber er wirkt auch nicht wie jemand, der sich auf einen kurzen Urlaubsflirt einlassen würde. Er schreibt Bücher über die große Liebe, da wird er wohl kaum Lust darauf haben, hier mit mir ein paar schöne Tage zu verbringen und es dabei zu belassen. Also würde es nur wieder auf eine Enttäuschung hinauslaufen. Auf die eine oder andere Art.

»Was inspiriert dich denn noch so? Wenn du Liebesromane schreibst …« *Hab ich das wirklich gerade gefragt?*

Ein Rotschimmer bildet sich auf seinen Wangen. »Was denkst du denn?«

»Dass du ein Frauenheld bist und deine hundert Liebschaften und Affären in deinen Büchern verarbeitest«, erwidere ich grinsend, aber auch mit einem Funken Neugier in der Stimme.

»Ja, sicher doch. Die Frauen reißen sich geradezu um mich, wenn ich erst einmal meine Flirt-Künste raushole.« Er zwinkert mir zu. »Aber nein. Das meiste fällt mir einfach so ein, wenn ich über meinem Laptop sitze und schreibe. Dann kommen die Ideen von ganz allein. Sogar das Flirten fällt mir auf dem Papier leichter als in der Realität.«

»Dann hast du keine Freundin oder einen Freund?« Ich will meinen Kopf gegen die Klippe schlagen.

»Nein. Du?«

»So oft, wie ich rauskomme?«, witzele ich. »Im Dorf gibt es außer mir niemanden unter dreißig.«

»Wird das auf Dauer nicht einsam?«

»Manchmal.« Das Geständnis kommt gegen meinen Willen über meine Lippen. »Aber manchmal denke ich auch, es ist besser so.«

»Wieso?«

Erst jetzt wird mir klar, dass mein Körper die Kontrolle an sich gerissen hat. Dass ich Louay näher gerückt bin, dass mittlerweile nicht nur unsere Beine, sondern auch unsere Schultern dicht beieinander sind. Dass ich nur meinen kleinen Finger ausstrecken müsste, um seine Hand zu berühren.

Ich verstehe nicht ganz, wie er das macht. Ob es wirklich an ihm liegt oder an der Tatsache, dass ich schon lange niemandem mehr nahe war.

Keine Ahnung, wie ich seine Frage beantworten soll. Mir fallen hundert Ausreden ein. Witze. Nur die Wahrheit will einfach nicht über meine Lippen. Die Wahrheit, dass ich mich fürchte. Die Wahrheit, dass ich zu schnell zu viel fühle und Angst davor habe, am Ende enttäuscht zu werden. Die Wahrheit, dass alles, worauf ich mich einlasse, in einer Enttäuschung endet.

»Weil ich gern meine Ruhe habe«, antworte ich ausweichend. »Und seien wir mal ehrlich: Es gibt niemanden, der mich mehr als ein paar Stunden am Stück erträgt.«

Demonstrativ schaut er auf seine teure Armbanduhr. »Bist du sicher?«

War das eine Anspielung?

Fassungslos starre ich ihn an und überlege, was ich antworten soll. Ob ich darauf eingehen soll. Ob ich auf Abstand gehen soll. Ob ich ihn hier und jetzt küssen soll. Einfach, weil ich es kann. Einfach, weil allein der Gedanke so verdammt verführerisch ist. Nur um zu schauen, was passiert.

Ich erwische mich dabei, wie ich mich ihm ein Stück entgegenlehne, und meine zu bemerken, dass er dasselbe tut. Fünf Zentimeter, mehr ist da nicht zwischen unseren

Gesichtern. Fünf Zentimeter und eine Mauer, die ich entweder einreißen oder noch höher ziehen kann.

»Du zählst nicht«, höre ich mich lahm sagen. »Du bist Autor und brauchst Recherchematerial.«

Louay lacht. »Bist du wirklich so scharf drauf, in einem meiner Bücher aufzutauchen?«

»Ja.« Endlich bringe ich die Kraft auf, mich von ihm abzuwenden. »Und sei doch mal ehrlich: Ich wäre schon eine ziemlich coole Antagonistin.«

Louay

Als ich Lina die Tür öffne, hat sie nicht wie sonst einen, sondern zwei Teller in der Hand. Ihre Lippen sind nur ein schmaler Strich, über den die Worte viel zu schnell stolpern. »Stört es dich, wenn wir zusammen essen?«

Ich will sie fragen, ob etwas vorgefallen ist, ob sie sich mit ihrem Vater gestritten hat, aber stattdessen schüttele ich nur den Kopf und trete beiseite, sodass sie nicht länger im Regen stehen muss. Ohne ein weiteres Wort setzt sie sich auf den einzigen freien Platz am Tisch, der nicht mit meiner Arbeit zugemüllt ist, und starrt leer geradeaus.

»Alles ... in Ordnung?«, höre ich mich sagen, dabei kenne ich die Antwort bereits.

»Ja, klar. Ich hatte nur keine Lust, allein zu essen.«

Zögernd räume ich meinen Laptop beiseite, auf dem ich bis eben am Lektorat vom *Grandhotel der Träume* gesessen habe, bevor ich Besteck aus der Schublade ziehe und mich Lina gegenüber niederlasse.

»Willst du darüber reden?«, frage ich, weil ich es nicht über mich bringe, so zu tun, als sei nichts.

»Nein.«

»Okay. Soll ich dir etwas erzählen? Small Talk? Oder soll ich ruhig sein?«

Keine Antwort, was ich als Zeichen werte, selbst die Klappe zu halten. Wortlos mache ich mich über mein Abendessen her, eine Portion Lachs mit Kartoffeln und Kräutersoße, während ich insgeheim darauf hoffe, dass Lina mir doch noch sagt, was sie aufgewühlt hat. Aber sie tut es nicht. Erst ein schepperndes Geräusch, als sie die Gabel auf dem Teller ablegt, zerbricht die Stille.

»Ich sollte wieder zurück.« Sie richtet sich hastig auf, aber dieses Mal bin ich schneller, schließe meine Hand um ihr Handgelenk, um sie davon abzuhalten, schon wieder zu verschwinden.

»Du musst mir nicht erzählen, was passiert ist«, stelle ich schnell klar. »Aber wenn du willst, kannst du eine Weile hierbleiben. Wir können uns einen Film anmachen, oder ich lese dir aus der *Schicksalsklinik* vor.«

Zu meiner Überraschung lässt mein lahmer Witz ihre Mundwinkel nach oben zucken.

»Oder ich gebe dir alternativ einen exklusiven Vorab-Einblick in das *Grandhotel der Träume*.«

»Das würdest du tun?«, fragt sie gespielt schockiert.

»Wenn es dich ablenkt.«

Jetzt lächelt sie richtig und lässt die Schultern sinken.

»Es tut mir leid, dass ich einfach so reingeplatzt bin. Ich will dich nicht bei deiner Arbeit stören.«

»Tust du nicht. Ich kann heute Abend eh nicht mehr konzentriert lesen und klicke mich nur durch Anmerkungen, die ich alle einfach annehme. Also *Netflix*, *Prime*, *Disney+*, *Paramount* oder *Sky*?«

»Hast du die etwa alle?«

»Lina, ich bin der König der Prokrastination mit zu viel verfügbarem Einkommen. Natürlich habe ich alles. Worauf hast du Lust?«

»Zeig mir einen deiner Lieblingsfilme.«

Da ich bezweifele, dass Lina bereit ist für das volle Ausmaß von *Herr der Ringe* oder mir dabei zusehen will, wie ich bei *Alles, was wir geben mussten* Rotz und Wasser heule, entscheide ich mich für *Knives Out*.

»Willst du einen Tee?«

»Gern.«

Ich schließe meinen Laptop an den Fernseher an und mache es mir mit ihr auf der winzigen Couch bequem. Neben uns knistert der Holzofen, während draußen der Regen gegen die Scheibe prasselt. Jetzt, wo Lina hier ist, wirkt die Hütte einladender denn je. Nicht nur durch das Feuer, sondern auch durch die vielen Decken, in die wir uns kuscheln. Der blumige Geruch unseres Zhourat-Tees erfüllt die Luft, erinnert mich ein bisschen an die Wohnung meiner Eltern. Ich atme ihn ein, ehe ich einen Schluck nehme, und weiß bereits als Benoît Blanc zum ersten Mal in Erscheinung tritt, dass ich Mühe haben werde, dem Film zu folgen.

Einerseits, weil ich vollkommen übermüdet bin. Der

frühe Aufbruch und der ereignisreiche Tag mit der langen Wanderung haben ihren Tribut gefordert. Genug, dass ich mich jetzt schon ins Bett legen und vermutlich bis zum nächsten Mittag durchschlafen könnte.

Andererseits wegen Lina. Inzwischen wirkt sie um einiges ruhiger als noch vorhin, doch der Gedanke daran, was passiert sein könnte, lässt mich einfach nicht los. Was könnte sie zu Hause derart aufgewühlt haben, dass sie sogar mit mir zu Abend isst – eine unsichtbare Grenze, die sie bisher nie überschritten hat? War es ein Streit? Liegt es an mir? An der Tatsache, dass sie Zeit mit mir verbringt? Allein der Gedanke bringt unliebsame Erinnerungen meiner Jugend mit sich.

Ich will sie fragen, doch kein Ton kommt über meine Lippen. Stattdessen zwinge ich mich geradezu, mich auf das Geschehen im Fernseher zu konzentrieren, tiefer in den Mord an Harlan Thrombey einzutauchen, mich mitreißen zu lassen von Martas tragischer Geschichte und den intriganten Erben.

Irgendwann, als es mir langsam gelingt, landet plötzlich Linas Kopf auf meiner Schulter. Erst glaube ich, dass sie eingeschlafen ist, doch nur ein kurzer Blick, und ich erkenne, dass sie hellwach dem Geschehen im Fernseher folgt.

Was wird das hier?, frage ich mich, weil ich keine Ahnung habe, wie ich diese Nähe einordnen soll. Weil ich meinen Gefühlen nach so kurzer Zeit nicht traue. Weil ich am liebsten leugnen würde, dass ich mich nach ihrer Nähe sehne. Ich weiß nicht, was genau an Lina mich so fasziniert. Ihre Art, ihr einnehmendes Lächeln oder die Geheimnisse, die sie mit sich herumschleppt. Aber es zeigt Wirkung. Wie ein Nebel. Ein Gift, das mich langsam um den Verstand bringt, schon seit ich sie zum ersten Mal gesehen habe.

Vielleicht ist es die Tatsache, dass wir so verschieden sind. Vielleicht liegt es in unserer Natur, dass wir einander anziehen wie zwei Magnete. Vielleicht interpretiere ich aber auch zu viel in diese Sache hinein.

Auf diesen Vielleicht-Inseln scheint jedenfalls alles im Bereich des Möglichen. Sogar, dass sich genau in diesem Moment in meinem Kopf eine Idee für ein Buch formt ...

»Veralberst du mich gerade?«, rutscht es mir heraus, als ich den Steinquader betrachte, auf dem jemand ein Schild mit der Aufschrift *Varmakelda* angebracht hat.

»Du wolltest doch zu einer heißen Quelle.«

»Nein, nein. Ich hab gefragt, ob es hier heiße Quellen *gibt*. Du hättest mich nicht extra zu diesem ... Stein bringen müssen.« Zur Sicherheit sehe ich mich noch einmal um, doch nirgends kann ich einen der dampfenden Teiche erkennen, wie ich sie aus Island kenne. Stattdessen gibt es hier nur die schmale Straße, an deren Rand Lina geparkt hat. Dazu Hügel, Gras und ein Stück unter uns das immer präsente Meer. Keine heiße Quelle, sondern nur dieser Stein, der vermutlich daran erinnern soll, dass es hier mal eine gab.

»Komm mit.«

Skeptisch folge ich Lina in Richtung Ufer, und obwohl ich nach der Wanderung zum Leuchtturm und einem Spaziergang in Saksun gestern allmählich daran gewöhnt sein sollte, habe ich Mühe, mit ihr Schritt zu halten. Auf dem vom Regen feuchten Gras rutsche ich immer wieder aus und kann mich kaum auf den Beinen halten.

Glücklicherweise dauert der Abstieg dieses Mal nicht lang. Nur ein paar Minuten, dann sind wir auch schon am Ufer. Dort befindet sich tatsächlich eine Art Teich, der von einem Kranz aus Steinen umgeben ist. Dabei tue ich mich schwer, dieses Wort zu verwenden, denn selbst ein Planschbecken ist größer als dieses mit Wasser gefüllte Loch in der Erde.

Auf Linas Nicken tauche ich probeweise meine Hand hinein und stelle fest, dass es nicht heiß, sondern gerade mal lauwarm ist.

»Eine *warme* Quelle«, verbessert sie sich mit einem breiten Grinsen, während ich noch immer kaum glauben kann, was wir hier machen.

»Deshalb sind wir hier rausgefahren? Deshalb musste ich früh aufstehen? Für ... das?«

»Jep. Das war's auch schon. Lass uns nach Hause gehen.«

Anscheinend hoch motiviert, genau das zu tun, greift Lina nach meiner Hand und zieht mich mit in Richtung Auto, was selbst meine winzige Hoffnung, das hier könnte nur ein Umweg zu einem spektakuläreren Ziel sein, zunichtemacht. »Okay, vielleicht auch nicht. Ich wollte nur dein Gesicht sehen, wenn ich dir unsere *heiße* Quelle zeige.«

»Gibt es dazu wenigstens eine Geschichte? Irgendein legendärer Seefahrer, der darin ertrunken ist? War sie früher mal heiß?«

»Nein. Aber angeblich hat die Quelle heilende Effekte. Und sie soll sogar helfen, Liebe und Leidenschaft zu wecken. Ich dachte, das hilft dir vielleicht bei deinem Lektorat oder deiner ominösen neuen Idee.«

»Haha.« Aber ich muss grinsen. Auf so eine seltsame Idee kommt nämlich nur Lina. Mich hier rauszuschleppen nur dafür. Aber ehrlicherweise kann ich ihr das nicht mal übel nehmen. Ich genieße jede Sekunde, die ich nicht in meiner Hütte hocke und über einem Manuskript brüte. Alles, was mich von meinem Handy oder meinem Laptop ablenkt.

»Okay, eventuell habe ich noch einen anderen Plan für dich.« Mit einem Mal bleibt sie stehen, das Grinsen in ihrem Gesicht so breit, dass ihre Zähne mit ihren Augen um die Wette strahlen. Wie meine Geschwister und ich, wenn mein Vater an Eid al Adha die Süßigkeiten rausgeholt hat.

»Und welchen?«, frage ich.

Lina legt den Kopf schief. »Also, ich weiß nicht, wie's dir geht, aber ich könnte langsam was zu essen vertragen.«

»Ja. Ich auch, denke ich.« Ihr Gesichtsausdruck beunruhigt mich. Kein Zweifel, dass sie etwas Besonderes geplant hat. Aber was? »Du hast doch nicht schon wieder ein Picknick auf irgendeiner Klippe organisiert?«

»Nein. Dieses Mal sind wir zu hundert Prozent sicher. Keine Klippe. Kein Wind. Wir haben sogar ein Dach über dem Kopf.« Sie deutet nach oben, wo der Himmel heute schon den ganzen Tag wolkenverhangen ist. Ein paar Mal hat es schon geregnet, und auf den höheren Berggipfeln sammelt sich sogar eine dünne Schneeschicht.

»Und was dann?«

»Wenn ich dir sage, dass ich dich in ein Michelin-Stern-Restaurant einlade, würdest du mir glauben?«

»Nein«, antworte ich ehrlich.

Lina verzieht gespielt empört die Miene und macht sich erneut auf den Weg. »Na, dann lasse ich dich mal in dem Glauben.«

Ich bin umso verwirrter, als wir zurück auf die Insel Streymoy fahren, und frage mich, ob Lina wohl vorhat, mich speziell zu bekochen. Dann, an einem Kreisverkehr, wo wir eigentlich die erste Abfahrt nach rechts nehmen müssten, biegt sie links ab auf die Straße Richtung Flughafen, soweit ich mich erinnere. Wir kommen an zwei Seen vorbei, bis Lina plötzlich auf eine Art Feldweg wechselt, der hinauf in die Berge führt. Mit jedem Meter wird der Untergrund unebener. Pfützen haben Teile des Weges überflutet, und mehr als einmal müssen wir anhalten, weil ein Schaf sich weigert, Platz zu machen. Dann endlich erreichen wir ein kleines, unscheinbares Haus direkt an einem See. Die dunkel gestrichene Holzfassade und das grasbedeckte Dach sind ähnlich wie bei den anderen Häusern auf den Färöern, nur dass wir hier noch abgelegener sind. Weit und breit ist kein anderes Gebäude in Sicht, und das einzige Geräusch ist der Wind, der durch die Berge fegt. Selbst Schafe sind nicht zu sehen. Trotzdem scheinen wir nicht ganz allein zu sein, denn neben dem Haus hat eine Handvoll andere Autos Platz gefunden. Ob Lina das mit dem Restaurant doch ernst meinte? Irgendwie kann ich mir nicht vorstellen, dass sich hier oben mitten im Nirgendwo ein schickes Restaurant befindet, aber gleichzeitig kann ich mir auch nicht erklären, wieso es so viele Leute hierher verschlagen sollte. Selbst an den Sehenswürdigkeiten, die wir bisher besucht haben, haben wir meistens nicht mehr als zwei andere Autos gesehen. Hier allerdings zähle ich ganze vier.

Sobald wir angehalten haben, hebt Lina wissend die Augenbrauen. »Du hast echt keine Ahnung, oder?«

»Nein.«

»Na, dann wird die Überraschung umso größer.«

Das Häuschen scheint tatsächlich unser Ziel zu sein. Warme Luft schlägt uns daraus entgegen, Stimmengemurmel und der Duft von Holz und Essen. Wir betreten einen winzigen Flur, von dem aus eine Tür zur Toilette und eine zweite – dem Lärm nach zu urteilen – in die Küche führt. Zielsicher folgt Lina einer winzigen Treppe in den Dachstuhl, und ich höre bereits ein aufgeregtes »Hej«, noch bevor ich selbst oben angekommen bin.

In diesem Restaurant gibt es nur zwei lange Esstische, an denen sich bereits einige andere Leute eingefunden haben. Als sie mich entdecken, schießen ihre Augenbrauen kurz in die Höhe. Dann begrüßen sie mich lächelnd auf Dänisch, sodass ich mich fast fühle, als würde ich ein paar Freunde zu Hause besuchen und nicht gerade wildfremden Menschen in einem Dachstuhl begegnen. Eilig rücken alle beiseite, um die letzten beiden Plätze an der Wand für Lina und mich freizugeben.

»Ich hoffe, ihr habt Hunger mitgebracht!«, ruft eine

blonde Frau, deren Wangen von der Wärme im Raum bereits glühen.

»Und wie«, antwortet Lina. »Ich habe extra nichts gefrühstückt, damit mehr reinpasst.«

»Das hättest du nicht machen müssen«, wirft ein Mann ein. »Du weißt doch ...«

»Alle Portionen sind genau kalkuliert.« Lina vervollständigt den Satz, als hätte sie das alles hier schon hundertmal durchgespielt, während ich noch dabei bin, das seltsame Sitzarrangement in mich aufzunehmen. Also zwei lange Tische, deren Enden sich an einer Fensterfront befinden. Dazwischen ist ein freier Gang, und die einzigen Sitzplätze sind an den Außenseiten, sodass mein Gegenüber, eine rothaarige Frau in Linas Alter, sich am anderen Tisch befindet.

»Und was genau ist das hier?«, raune ich meiner Begleiterin überfordert zu.

»Ein Restaurant. Ein echt schickes, wenn wir kein Familienessen draus machen. Will, der Chefkoch und Besitzer, ist der große Bruder meiner besten Freundin. Mit vierundzwanzig hat er den Laden eröffnet, und zwei Jahre später hatte er einen Michelin-Stern.«

»Und ... was machen wir hier?«

»Testessen. Zu Beginn jeder Saison arbeitet er ein neues Menü aus und lädt Freunde und Familie zum Probieren ein. Das neben mir sind Linus und Giulia, die Eltern meiner besten Freundin. Und das gegenüber sind Sigrid, Linus' Schwester, ihr Mann Thorben und ihre Tochter Lóa. Lóa spielt mit mir Fußball.«

Als Lina ihr lächelnd zuwinkt, nickt Lóa nur. Dabei fallen ihre langen Haare so, dass ich einen Blick auf die Airpods erhaschen kann, die sie trägt. Unwillkürlich frage ich mich, ob sie wohl gegen ihren Willen hierher geschleppt wurde.

»Das alles hier ist superexklusiv«, fährt Lina fort. »Man muss Wochen im Voraus reservieren. Es gibt nur zwei Menüs, und Will kauft nur das ein, was er zum Kochen braucht. Alle Zutaten sind von der Insel, der Fisch fangfrisch. Er geht sogar selbst raus, um Kräuter zu sammeln.«

»Sehr exklusiv«, stimme ich ihr zu. »Hätten wir uns besser anziehen sollen?«

Ich muss mich nur einmal umsehen, um mir die Frage selbst zu beantworten. Keiner hier trägt besonders schicke Kleidung, und auch die Atmosphäre ist eine andere, als ich sie aus feinen Restaurants kenne. Die anderen unterhalten sich lautstark in der Landessprache, sodass der junge Mann, der eben die Treppe raufkommt, auffordernd in die Hände klatschen muss, um ihre Aufmerksamkeit zu erlangen.

»Das ist Pierre«, raunt Lina mir zu. »Wills Freund.«

»Okay zusammen«, ruft er so lautstark, dass seine Stimme den Raum ebenso erfüllt wie die Gespräche zuvor. »Ich hoffe, ihr habt Hunger mitgebracht.«

Einstimmiges Gegröle.

»Gut. Dann gehen wir noch einmal die Liste durch. Lóa und Sigrid, für euch vegetarisch. Für Linus keine Milchprodukte. Louay kein Schweinefleisch. Korrekt?«

Ich nicke beeindruckt darüber, dass Lina sich augenscheinlich um alles gekümmert hat.

»Alkohol für alle außer Lina, Louay und Giulia.«

Wieder einstimmiges Nicken, woraufhin Pierre zufrieden nach unten verschwindet. Nach wenigen Minuten kommt er mit einer jungen Frau zurück und serviert uns unsere Getränke zusammen mit dem ersten Gang. Jakobsmuschel. Zuerst bin ich etwas überrascht über die winzige, perfekt mit Muschelschalen in Szene gesetzte Portion, weiß aber, dass das hier nur einer von vielen Gängen sein wird.

Und ich behalte recht. Es folgt Filet vom Seehasen. Danach Islandmuschel.

»Islandmuscheln können über fünfhundert Jahre alt werden«, erklärt Pierre, der bisher zu jedem der Gänge eine kleine Geschichte oder Information beigesteuert hat. »Linas zum Beispiel ist fast dreihundertzehn Jahre alt.«

Ich komme aus dem Staunen nicht heraus, als uns als Nächstes je ein Kaiserhummer serviert wird. Ein ganzer, versteht sich, den ich erst aufbrechen muss, um an das zarte Fleisch zu gelangen.

»Du musst das Gehirn raussaugen«, ruft mir Thorben vom Tisch gegenüber zu, als er bemerkt, wie schwer ich mich damit tue, überhaupt an das Fleisch zu kommen. »Das ist der beste Teil.«

Erst glaube ich, dass er mich veralbern will, bis er es tatsächlich selbst tut. Halb fasziniert, halb angewidert sehe ich dabei zu, wie alle anderen seinem Beispiel folgen. Ich überlege, denke daran, dass man alles zumindest einmal probieren sollte, bringe es am Ende aber einfach nicht über mich.

»Du kommst schon noch auf den Geschmack«, sagt Thorben und zwinkert mir verschwörerisch zu.

Es ist seltsam, wie wohl ich mich hier fühle, obwohl

ich als Stadtkind mit meinem Namen und meinem Aussehen aus der sonst ausnahmslos weißen Gruppe heraussteche. Normalerweise vermeide ich solche Situationen, was mir durch meinen Beruf immerhin nicht schwerfällt. Umso mehr überrascht es mich, dass ich gerade nirgendwo anders sein will. Liegt es an der herzlichen Art der Leute? Oder sind sie wegen der Touristen Menschen aus verschiedenen Ländern und Kulturen gewohnt? Lina muss ihnen zumindest ein bisschen etwas über mich verraten haben, denn anders kann ich mir nicht erklären, wieso sich alle so verhalten, als würden sie mich jahrelang kennen.

Nach dem Hummer erwartet uns eine Platte mit traditionellen Färöer Speisen. Windgetrocknetes, luftgesalzenes Lamm und Wurst aus fermentiertem Lammfett. Dazu frittierter Seeigel mit einem Hauch Tapenade. Und zum Schluss salzige Gebäcke und Aioli, um den Geschmack zurückzusetzen.

Dies ist zugleich auch ein stilles Zeichen für eine Pause, die wir alle nutzen, um draußen am See frische Luft zu schnappen.

»Und?«, fragt mich Lina, als wir die Hütte verlassen.

»Ich bin unschlüssig, ob du mir das interessanteste Essen meines Lebens zeigen oder mich vergiften willst.«

»So schlimm?«

»Nein. Nur anders. Die ganzen feinen Restaurants, die ich kenne, sind bei Weitem nicht so familiär. Hast du den anderen erzählt, wer ich bin?«

»Nur dass du ein Gast bist, aber die Leute reimen sich schon ihre ganz eigene Geschichte zusammen. Und ...«

»Lina!«, unterbricht sie die Frau, von der ich meine, dass es sich um Týras Mutter handelt. Sie wechseln ein paar Worte auf Färingisch, bevor sie – vermutlich mir zuliebe – ins Dänische wechseln.

»Will hat sich wie immer selbst übertroffen«, bemerkt Lina.

»Oh ja. Aber Linus ist schon fleißig am Aufschreiben, was ihn alles stört. Er findet echt immer was zu meckern.«

»Oh nein, ich hoffe, Will kommt damit klar.«

»Du kennst ihn ja. Aber dafür hat er Gott sei Dank Pierre. Ich weiß immer noch nicht, wo Will ihn aufgegabelt hat, aber der hat keine Scheu, Linus die Meinung zu sagen.«

Lina lacht. »Bei euch wird es auch nie langweilig.«

»Nein, aber ich würde mich über etwas mehr Ruhe nicht beschweren. Wie ist es bei dir? Týra hat erzählt, dass du dich endlich in Kopenhagen einschreibst.«

Augenblicklich senken sich Linas Mundwinkel. Ihr Gesicht wird blasser, als es ohnehin schon ist. »Hat sie das?«

»Ja. Sie ist der festen Überzeugung, dass sie im nächsten Semester endlich eine weniger unerträgliche Mitbewohnerin hat.«

Unschlüssig vergrabe ich die Hände in den Hosentaschen. Ich komme mir mit einem Mal wie ein Eindringling vor. Wie ein Kind, das etwas hört, das nicht für seine Ohren bestimmt ist. Aber gleichzeitig macht mich Linas offensichtliches Missbehagen auch neugierig. Sie will in Kopenhagen studieren? Davon hat sie mir nie was erzählt.

»Würdest du mich kurz entschuldigen, Giulia?«, fragt Lina hastig. »Ich will nur eben mit Lóa sprechen. Ich bin beim Fußball in sie reingerannt und hatte noch keine Möglichkeit, mich bei ihr zu entschuldigen.«

Sie wartet gar nicht auf eine Antwort, bevor sie auch schon davonmarschiert, als wäre jemand hinter ihr her. Giulia verschränkt nachdenklich die Arme vor der Brust, während ich unschlüssig auf der Stelle trete. Soll ich ihr hinterher? Mich irgendwohin verziehen? So tun, als müsste ich zur Toilette?

Giulia nimmt mir die Entscheidung ab. »Hat sie dir davon erzählt? Vom Studium?«

»Nein …« Ich will hinzufügen, dass ich nur Gast bin und mich das alles gar nichts angeht, aber meine Lippen sind wie zugenäht.

»Lina wollte immer studieren. Irgendwas mit Wirtschaft oder so, Týra weiß das besser. Aber als die beiden ihren Schulabschluss hatten, ist sie einfach hiergeblieben.«

»Wieso das?« Es fühlt sich an, als gehörte meine Stimme nicht mir selbst.

»Weil sie ihren Vater nicht allein lassen will. Sagt sie zumindest.« Giulia mustert mich, und es kommt mir vor, als würde sie abwägen, ob ich würdig bin, diese Information zu erhalten. »Seit Linas Mutter vor ein paar Jahren gestorben ist, ist Brian nicht mehr derselbe. Er verlässt kaum noch das Haus, ist passiv, lehnt aber gleichzeitig jede Hilfe ab. Wir haben alles probiert und sind an den Punkt gelangt, an dem wir uns darauf geeinigt haben, dass nur er selbst sich helfen kann. Aber Lina bringt es nicht über sich, ihn allein zu lassen. Auch wenn das bedeutet, dass ihr ganzes Leben an ihr vorbeizieht.«

Ich nicke nachdenklich. Um ehrlich zu sein, hatte ich so etwas fast vermutet. Die Art, wie sie alle Fragen nach Familie und Studium umschifft hat, war verdächtig genug. Nun habe ich den Beweis, dass etwas im Argen liegt. Nur kann ich nicht nachvollziehen, wieso Giulia das ausgerechnet mir erzählt. Denn wer bin ich schon? Nur ein Gast. Nur ein temporärer Eindruck in Linas Leben.

Aber stimmt das denn? Noch immer meine ich ein Kribbeln zu spüren auf meiner Schulter, dort, wo gestern Nacht ihr Kopf lag, bis sie irgendwann aufgestanden ist und sich ins Bett verabschiedet hat. Nimmt sie alle Gäste mit zu einem Probeessen in einem teuren Restaurant, zu dem nur Freunde und Familie geladen sind? Zeigt sie allen Gästen persönlich die Insel? Würde sie auch allen anderen bei der Recherche für ein Buch helfen?

Als Lina zurückkehrt, stehe ich allein am Ufer des Sees. Nachdenklich betrachte ich die spiegelglatte Oberfläche, die die Reflexionen der umliegenden Berge gefangen hält.

»Ist alles okay?« Linas Stimme klingt so vorsichtig, dass ich mich beinahe ertappt fühle. Und als ich ihr in die Augen sehe, bin ich mir sicher, dass sie weiß, worüber Giulia mit mir gesprochen hat. Ich erkenne eine Warnung im hellen Blau ihrer Iriden. Eine Warnung, dass ich nicht tiefer bohren soll. Eine Warnung, dass mich das alles gar nichts angeht. Aber dazu auch eine Herausforderung.

Lina

Auf diesen Inseln gibt es keine Geheimnisse. Das hätte mir klar sein müssen, als Týra die Idee hatte, Louay mit zum Essen bei Will zu nehmen. Jeder hier weiß über alles Bescheid. Jeder kennt mich. Jeder kennt meinen Vater. Und deshalb ist es eine Selbstverständlichkeit, untereinander darüber zu reden, oft ohne Wertung. Aber Louay ist nicht Teil dieser Welt. Wenn es nach mir gegangen wäre, hätte er das mit meinem Vater nie erfahren, denn er weiß ohnehin schon mehr über mich als gut für uns beide ist. Er ist ein Gast. Nicht mehr. Obwohl die Grenzen mit jeder Sekunde mehr verschwimmen.

Als wir endlich zu Hause ankommen, ist es bereits dunkel, aber zu meiner Überraschung brennt drinnen kein Licht. Ich bin verwirrt, doch ein Blick auf die Uhr lässt mich wissen, dass es noch zu früh ist. Mein Vater kann noch nicht im Bett sein.

Fieberhaft überlege ich, ob ich etwas vergessen habe. Dann erst dämmert es mir. Es ist der zweite Donnerstag im Monat. Einer der wenigen Tage, an denen er überhaupt das Haus verlässt, um mit Ottar in die Kneipe zu gehen. Einer der Tage, an denen er sich zumindest ein bisschen wie mein Vater verhält.

»Ist alles in Ordnung?«

Louays Hand landet auf meiner. Wie gebannt starre ich auf die Stelle, wo seine Haut meine berührt. Und überlege. Und überlege.

Ich habe nicht wenig Lust, den Tag für heute zu beenden, mich zurückzuziehen, damit ich all diese Gefühle in meinem Innern sortieren kann, jetzt, wo ich das Haus für mich allein habe. Aber gleichzeitig will ich auch noch nicht, dass es vorbei ist. Ich will mehr Zeit mit Louay verbringen. Mehr über ihn erfahren. Und ja, jetzt, wo die Tür schon offen ist, will ich ihm auch mehr von mir zeigen.

»Willst du noch mit reinkommen?« Meine Stimme scheint nicht mir selbst zu gehören, doch die Reue über mein Angebot bleibt aus. Stattdessen spüre ich vor allem eines: Nervosität.

Louay zögert mit der Antwort, doch dann sehe ich aus dem Augenwinkel, wie er nickt. »Gern.«

Als wir kurze Zeit später das Haus betreten, leuchten in meinem Kopf zahlreiche Warnsignale auf. Ich fühle mich wie ein Kind, das ein neues Haustier angeschleppt hat, und warte nur darauf, dass mein Vater die Treppe herunterkommt, um mich zu rügen. Doch sein Platz ist verwaist, und nur ein Zettel auf der Küchenzeile bestätigt, was ich schon längst vermutet habe.

Bin mit Ottar im Pub.

Meine Finger zittern, als ich den Papierfetzen in die Hand nehme. Die Worte brennen sich in meine Gedanken ein. Kein *Bin um zwölf wieder da.* Kein *Iss ruhig ohne mich zu Abend.* Und vor allem kein *Hab dich lieb.* Als wären wir nichts weiter als Mitbewohner. Warum macht er sich überhaupt die Mühe, mir zu sagen, wohin er geht?

Ich beiße mir auf die Zunge.

»Lina?«

Ertappt zerknülle ich den Zettel und setze ein Lächeln auf. »Sorry. Fühl dich ganz wie zu Hause.«

Louay betrachtet mich mit einem Gesicht voller Fragen, ohne eine einzige davon zu stellen.

»Willst du was trinken?«

»Klar.«

Ich hole zwei Flaschen Cola aus dem Kühlschrank, bevor ich ihm den Weg in mein Zimmer zeige. Die Treppenstufen knarren unter der ungewohnten Belastung zweier Leute, doch auf halber Strecke bleibt Louay stehen.

»Bist das du?«

Ich muss nicht hinsehen, um zu wissen, dass er die Fotowand meint, die den Treppenaufgang säumt.

»Jep. Mein erster Fußballpokal.«

»Und das da?«

Jetzt drehe ich mich doch um. »Das ist mein Vater.« Wehmütig betrachte ich das Bild, an dem ich selbst immer nur vorbeigehe. Es zeigt ihn in einem Ruderboot, ein stolzes Lächeln auf dem Gesicht, das seine Müdigkeit komplett überstrahlt. »Er war früher Ruderer und ständig unterwegs. Australien, Amerika, er war gefühlt überall. Das Foto entstand kurz nachdem er den Atlantik überquert hatte.«

»Im Ruderboot?«, bohrt Louay verblüfft nach.

»Ja. Kaum zu glauben, was? Mir wird ja schon manchmal schlecht, wenn ich bei stürmischem Wetter die Fähre benutzen muss.«

»Gibt es auch Bilder von deiner Mutter?«

»Nein. Nicht mehr. Mein Vater hat sie alle abgehängt, nachdem ...«

»Das tut mir leid. Giulia hat mir davon erzählt.«

»Ich weiß«, winke ich ab. »Sie erzählt immer allen alles. Hat sie dir auch davon erzählt, wie Týra und ich früher *Twilight* nachgespielt haben?«

Mein Ablenkungsversuch kommt mir lahm vor, aber glücklicherweise springt Louay drauf an. »Nein. Aber das musst du jetzt bitte näher ausführen.«

»Glaub mir. Die Details willst du nicht wissen.«

»Und ob.«

Bei der Erinnerung daran, wie wir huckepack durch den Hain gelaufen sind, der sich auf dem Grundstück von Týras Eltern befindet, muss ich grinsen. Alles ist noch so präsent, dass ich mich sogar an unsere Dialoge erinnere, als ich Týra eröffnet habe, in Wirklichkeit ein Vampir zu sein.

Ich führe Louay hinauf in mein Zimmer, wo ich mich auf meine Matratze fallen lasse, um gar nicht darüber nachzudenken, was hier für ein Chaos herrscht. Ein Berg mit schmutzigen Klamotten. Ein Berg mit sauberen Klamotten, die ich nie eingeräumt habe. Pokale, Nagellack, alte DVDs, Magazine. Meinen Fehler bemerke ich erst, als Louay zielsicher auf meinen Schreibtisch zusteuert, dort, wo ich kurz vor unserer Abfahrt noch ein Paket geöffnet habe.

Verblüfft nimmt Louay den Inhalt in die Hand und fährt mit den Fingern über die geprägten Buchstaben auf dem Einband.

»Ich dachte, du bist eher so der Fan von Action-Büchern«, bemerkt er amüsiert.

»Holz ist auf Dauer echt teuer zum Heizen, daher hab ich mich nach alternativen Brennstoffen umgesehen.« Seine geschockte Miene bringt mich zum Lachen. »Nein, Spaß. Ich war neugierig, um ehrlich zu sein. Nachdem *Lavendelküsse in der Provence* mein Herz quasi im Sturm erobert hat.«

»Hat es?« Louay lässt sich auf meinem Sessel nieder und blättert durch die Seiten, als hätte er das Buch, den exklusiven Sammelband der *Schicksalsklinik*, zum ersten Mal selbst in der Hand.

»Jein?«, erwidere ich überfordert und setze mich in den Schneidersitz. »Ein paar Formulierungen fand ich echt übertrieben kitschig, aber irgendwie konnte ich nicht aufhören zu lesen. Als hättest du Heroin in die Wörter gespritzt.«

»Ich verspreche dir, da waren keine Drogen im Spiel. Auch wenn ich manchmal echt überlege, mit dem Trinken anzufangen, um besser durch einige Dialoge zu kommen.« Er räuspert sich. »*Anneliese ahnte nichts, als sie den langen Flur betrat, der zum Büro von Chefarzt Dr. Sander führte. Denn wie hätte sie auch wissen können, dass das, was sie dort erwartete, den Mann, den sie liebte, in ein völlig anderes Licht rücken würde? Sie war noch so in Gedanken, dass sie von den Geräuschen, die aus dem Raum drangen, keinerlei Notiz nahm. Stattdessen schob sie die Tür, die nur ein Stück weit geöffnet war, ein wenig weiter auf. ›Doktor Sander, ich …‹ Kein weiteres Wort verließ ihre Kehle, als sie ihn erblickte. Ihr Herz setzte einen Schlag aus. ›Ja, Schwester Anneliese?‹«*

Ich bekomme das volle Programm einer dramaturgischen Lesung inklusive verstellter Stimmen. Vor allem der tiefe Bariton von Dr. Sander bringt mich zum Lachen. »Wie geht's weiter?«

Louay grinst. »Tja. Darauf musst du einen Monat warten.« Er hob das Buch an, um mir zu zeigen, dass das Kapitel wirklich an dieser Stelle endete. »Irgendwie muss ich ja mein Geld verdienen.«

»Ja, aber das ist der *Sammelband*, also kannst du ruhig weiterlesen.«

»Glaub mir, so spektakulär ist das nicht.«

»Das kannst du mir nicht antun. Da bekomme ich schon eine exklusive Lesung von *der* Alma Jensen, und dann tut sie mir das an.«

»Streng genommen«, sagt Louay, »bist du sogar der einzige Mensch, der je eine exklusive Lesung von Alma Jensen bekommen hat.«

Ich blinzele überrascht. »Stimmt, darüber habe ich gar nicht nachgedacht. Du kannst ja nicht einfach irgendwo aufkreuzen und aus einem Buch lesen, das offiziell gar nicht von dir ist.«

»Eben.«

»Deshalb kannst du erst recht nicht so schnell aufhören. Jetzt hast du die einmalige Chance, eine Livelesung zu halten.«

»Bitte, tu mir das nicht an.«

»Ach, komm schon.« Ich rutsche an den Rand meiner Matratze und klimpere zuckersüß mit den Wimpern.

»Ich kann dir den Anfang vorlesen«, bietet Louay an.

»Ich will aber wissen, wie es weitergeht.«

»Aber du kennst doch die Charaktere gar nicht.«

»Du schreibst so gut, dass ich die Charaktere nur durch diese Zeilen *gespürt* habe.« Keine Ahnung, woher dieser Satz kommt. Vielleicht aus einer von Týras Buchrezensionen, aber ich schäme mich kein bisschen.

»Nein.«

»Ist Dr. Sander ein Mörder? Experimentiert er heimlich mit Leichen herum? Steckt die Klinik in Schwierigkeiten, oder hat er eine Affäre mit einer anderen Pflegerin?«

Louay schüttelt vehement den Kopf.

»Dann lass es mich wenigstens selbst lesen.« Ich greife nach dem Buch, doch er zieht es von mir weg. »Komm schon.«

Wieder weicht er mir aus, hebt es hoch in die Luft, sodass ich aufstehen muss, um überhaupt ranzukommen.

»Glaub mir, es ist besser, wenn du erst einmal den Rest liest. Vorzugsweise wenn ich nicht dabei bin.«

»Jetzt gib es schon her. Ich hab es immerhin gekauft.«

»Ja, aber *ich* hab es geschrieben«, erwidert er, »und glaub mir, ich habe Geschwister. Ich kann die ganze Zeit so weitermachen.«

Tatsächlich merkt man das. Egal, was ich probiere, um an das Buch zu kommen, es ist fast so, als würde er meine nächste Bewegung voraussehen. Aber so leicht lasse ich mich nicht unterkriegen.

»Guck mal da, ein Flugzeug.«

Lachend verdreht er die Augen. »Keine Chance.«

»Guck mal da, eine Idee für einen Roman?«

»Du kannst doch nicht einfach so mit meinen Gefühlen spielen«, erwidert er empört.

Mittlerweile sitze ich halb auf seinem Schoß, doch seine Arme scheinen aus Gummi zu bestehen. Anders kann ich mir nicht erklären, wie er immer noch die Oberhand behält.

»Wer spielt hier mit wessen Gefühlen? Ich will doch nur wissen, wie es weitergeht. Du bist wie *Netflix*. Einfach so eine Show canceln, wenn sie gerade dabei ist, gut zu werden. Ha!«

Ich falle fast auf den Boden, aber endlich, endlich gelingt es mir, mir das Buch zu schnappen. Womöglich liegt es daran, dass Louay aufgegeben hat, aber meinen Sieg macht das nicht weniger süß.

Triumphierend halte ich ihm das Buch unter die Nase und blättere durch die Seiten, bis ich die Stelle mit dem Cliffhanger finde.

»Glaub mir, das ist es wirklich nicht wert.« Erst seine Stimme an meinem Ohr macht mir bewusst, in welcher Position wir uns befinden. Ich auf seinem Schoß, ihm so nah, dass ich spüren kann, wie sich seine Brust mit jedem Atemzug hebt und senkt.

Ich könnte aufstehen. Könnte das letzte bisschen Anstand, das ich besitze, wahren. Die Grenzen setzen und die Mauer um mich herum wieder aufbauen. Ich könnte, aber ich kann nicht. Mein Körper bewegt sich von allein, lehnt sich noch ein Stück mehr an Louay, bis mein Kopf an seiner Schulter liegt, bis sein Geruch mir auch das letzte bisschen Verstand vernebelt.

Ich spüre, wie er sich kurz anspannt, ehe er die Arme um meine Taille schlingt und mich fester an sich zieht.

Was passiert hier?, will ich fragen, während ich äußerlich so tue, als wäre das hier eine Selbstverständlichkeit. Neugierig gehe ich noch einmal über die letzten Worte, die Louay mir vorgelesen hat, dann blättere ich weiter.

»Oh, shit.« Er vergräbt das Gesicht in meinem Haar, und ich lese weiter, allein schon deshalb, damit er mir weiterhin so nah bleibt.

»Als ich heute Morgen aufgestanden bin, war ich nur eine Schwester. Eine junge Frau voller Hoffnung und Träume«, lese ich, *»aber jetzt realisiere ich zum ersten Mal, was es bedeutet, jemanden zu begehren.«*

»Bitte, lies es mir nicht auch noch vor ...«

Ich tue ihm den Gefallen. Aber nur, weil ich selbst sonst vermutlich in Lachen ausbrechen würde. Ich habe mit vielem gerechnet. Mit einer Affäre, Gewalt, einem düsteren Geheimnis, aber nicht damit, dass der Chefarzt – *aus Gründen* – oben ohne in seinem Büro steht und von Anneliese angesabbert wird.

»Ich wusste nicht, dass es so viele Adjektive gibt, um Bauchmuskeln zu beschreiben.«

»Synonymwörterbücher sind meine besten Freunde.«

»Bitte sag mir, dass sie nicht ...« Ich stocke kurz. »Auf Seite neunzig schon?«

»Nein. Glaub mir, bis dahin dauert es noch sehr lange«, erklärt Louay. »Der Trick, um die Leute bei der Stange zu halten, ist der, alles bis aufs Äußerste hinauszuzögern.«

»Ist das nicht frustrierend?«

»Für Leser, ja. Für mich? Nein. Ich glaube, es gehört dazu, dass man Gefallen daran findet, sein Publikum leiden zu lassen.«

»Ja, davon habe ich gehört. Týra beschwert sich immer über die Cliffhanger in ihren Büchern, würde deshalb aber nie aufhören weiterzulesen. Kommen sie denn zusammen? Anneliese und der Chefarzt?«

»Wer weiß?«

Ich verziehe empört die Lippen. »Du? Großer Schriftsteller?«

»Aber wenn ich dich spoilere, liest du es nicht mehr«, gibt er zu bedenken.

»Ich kann die Antwort auch einfach googeln.«

»Aber wo bleibt dann die Überraschung?«

»Na schön ...« Ich klappe das Buch zu, obwohl ich nicht wenig Lust habe, aus Trotz zur letzten Seite vorzublättern. Aber vielleicht tue ich ihm wirklich den Gefallen und lasse mich überraschen. Ja, vielleicht lese ich sogar das ganze Buch. »Was willst du stattdessen machen?«

Louay schaut mich aus großen Augen an, und ich muss mir Mühe geben, mich nicht sofort in seinem Blick zu verlieren. »Keine Ahnung. Ich war, ehrlich gesagt, überrascht, als du mich reingebeten hast.«

»Ich auch«, gestehe ich. »Es passiert so selten, dass ich das Haus mal für mich allein habe. Mein Vater würde mich umbringen, wenn er wüsste, dass ich einen Gast hereingebeten hab.«

Da ist es wieder. Dieses Wort, das einfach nicht mehr passen will.

»Mag er keine Fremden?«

»Er mag keine *Gäste*«, erkläre ich. »Das alles mit dem B&B war meine Idee. Ich wusste nicht, was ich nach dem Abschluss machen sollte, und dann kam mir der Einfall, dass wir den Schuppen ja nutzen könnten. So müsste ich mir keinen Job in der Stadt suchen.«

»Dein Vater war dagegen?«

»Der Schuppen war das Atelier meiner Mutter.« Ich deute auf ein Gemälde, das an mein verstaubtes Regal gelehnt auf dem Boden steht. Eine bunte, expressionistische Ölmalerei, auf der der Strand von Saksun aussieht, als wäre er aus einer anderen Welt. Selbst aus der Entfernung kann ich die großzügigen Pinselstriche sehen. »Sie war ziemlich erfolgreich. Nicht nur Leute von den Inseln, auch Touristen haben ihre Gemälde gekauft. Dann ist sie gestorben, aber mein Vater wollte den Schuppen am liebsten so lassen, wie er war. Aber wir mussten irgendwie an Geld kommen. Also habe ich mich über ihn hinweggesetzt und alles von Mums Sachen verkauft – Gemälde, Leinwände, Material – und von dem Geld angefangen, das Atelier umzubauen.«

»Ist dir das schwergefallen?«

»Nein. Es tat weh, als sie auf einmal nicht mehr da war, aber das Leben geht weiter, nicht wahr?«

Louay sieht mir in die Augen, als könnte er die Lüge daraus herauslesen. Als wüsste er genau, dass ich nicht weniger leide als mein Vater, nur im Gegensatz zu ihm wenigstens versuche, das Beste aus dieser scheiß Situation zu machen.

»Tut mir leid, das geht mich alles nichts an.«

Ich schüttele den Kopf. »Das war der Grund, weshalb ich dich reingebeten hab. Also, nicht nur. Aber ich hatte das Bedürfnis, mit dir darüber zu reden, jetzt, wo du sowieso schon alles weißt. Hier auf der Insel haben wir keine Geheimnisse voreinander, aber ich behalte die Dinge gern für mich, weil ich sonst das Gefühl habe, eine schlechte Gastgeberin zu sein. Niemand will in seinem Urlaub mit den privaten Problemen des Hosts konfrontiert werden.«

Louay zuckt mit den Schultern. »Das stört mich nicht, wirklich.«

»Es ist trotzdem nicht richtig.« *Das alles hier …* Meine Lippen formen die letzten Worte, ohne dass ein Ton dabei herauskommt. Mir wird mehr denn je bewusst, in welcher Position ich mich befinde, wie nah wir einander sind. Wie viel ich bereits getan und gesagt habe, das *nicht richtig* ist. Doch gleichzeitig kann ich auch nicht leugnen, dass ich das alles hier genieße. Seine Nähe bringt mich zur Ruhe und schafft es, mir Dinge zu entlocken, die ich am liebsten für mich behalten will. Sie befreit mich und hält mich gleichzeitig fest. Vernebelt mir den Verstand und lässt mich dennoch die Dinge klarer sehen.

»Du brauchst dir echt keine Sorgen zu machen«, sagt Louay. »Du bist eine klasse Gastgeberin.«

»Meinst du?« Ich verändere minimal die Position, um

ihn darauf aufmerksam zu machen, in welcher Lage wir uns befinden.

»Ja. Du kochst für mich, zeigst mir die Gegend und hilfst mir mit meiner Recherche.«

»Ich sitze auf deinem Schoß«, mache ich das Problem noch offensichtlicher.

»Ach, echt?« Er grinst. Ein leichter Rotschimmer stiehlt sich auf seine Wangen, der jedoch kein Vergleich zu der Hitze ist, die mir selbst in den Kopf schießt.

»Würde eine gute Gastgeberin das machen?« Mein Körper bewegt sich von allein, rutscht ein Stück näher, bis unsere Gesichter sich so nah sind, dass ich das leichte Beben in seinen Lippen sehe.

»Wie gesagt«, erwidert Louay, die Stimme plötzlich rau, ein dunkler Schatten in seinen Augen. »Alles für die Recherche.«

Ich will ihn darauf hinweisen, dass ich sicher nicht auf seinem Schoß sitze, um ihm Inspiration für die Abenteuer von Schwester Anneliese zu geben, aber ich komme nicht dazu. Jeder Versuch einer Antwort wird im Keim erstickt, als seine Lippen plötzlich auf meinen liegen.

Im ersten Moment frage ich mich, wie das passieren konnte, obwohl mir sehr wohl klar ist, dass ich das alles provoziert habe.

Im zweiten erinnere ich mich daran, dass ich das alles vermeiden wollte.

Im dritten löst sich all mein Denken vollkommen in Luft auf.

Und dann höre ich unten die Tür.

Die Hitze in meinem Körper verebbt, wird zu nackter, kalter Panik, als ich vor Louay zurückweiche. Sofort stehe ich auf und stolpere zusätzlich noch nach hinten. Von unten dringt das Geräusch schwerer Schritte zu mir herauf, und alles, was ich eben noch so leicht habe vergessen können, ist nun mit voller Kraft zurück.

Ich sollte ihn nicht küssen.

Ich sollte mich nicht nach seiner Nähe sehnen.

Verdammt, ich hätte ihn nie hierherbringen dürfen.

Die Fragen in seinem Blick schüren meine Angst nur weiter. Die Vorstellung, dass er denkt, ich hätte nur mit ihm gespielt, ist fast genauso unerträglich.

»Ich glaube, du solltest jetzt gehen.« Jemand anders, ein vernünftigerer Teil meines Selbst, bedient sich meiner Stimme. Und Louay nickt nur.

In diesem Moment bin ich ihm dankbar, dass er nicht wissen will, was los ist. Dass er nicht fragt, ob es an ihm liegt. Er steht auf, richtet sich die Haare, die nach unserer Rangelei vollkommen zerzaust sind, und setzt ein Lächeln auf, das schon beinahe entschuldigend wirkt.

»Bringst du mich noch zur Tür?«

»Ja.«

Ich hole tief Luft, als ich ihm voraus die Treppe nach unten gehe, versuche mich für etwas zu wappnen, für das ich mich nicht wappnen kann.

Mein Vater steht in der Küche, eine Flasche Bier in der Hand. Keine Ahnung, wie viel er getrunken hat, aber als er uns entdeckt, verlässt kein Wort seine Lippen. Stattdessen blickt er nur kurz auf, bevor er sich seinem Abendessen widmet, das in der Mikrowelle fröhlich seine Runden dreht. Louay setzt zu einer Begrüßung an, aber ich schüttele nur den Kopf.

Ich bringe ihn zur Vordertür, um nicht an meinem Vater vorbeilaufen zu müssen, öffne sie und schiebe Louay förmlich nach draußen.

Wieder sind da diese unausgesprochenen Fragen, die aus jedem Zentimeter seines Körpers zu dringen scheinen. Wieder bringe ich nur ein Kopfschütteln zustande, ehe ich die Tür schließe und meine Stirn an das kühle Holz lehne.

Reglos höre ich Louays Schritten zu, die sich entfernen, bis das Summen der Mikrowelle sie irgendwann übertönt. Ein Geräusch, das mir mit einem Mal so laut vorkommt, dass ich das Ding am liebsten aus dem Fenster werfen würde.

»War das dein *Gast*?«

»Ja.«

»Und was wollte er hier?«

»Er hat sich ein Buch ausgeliehen.« Ausgerechnet das fällt mir als Erstes ein. Als ob ich irgendwelche Bücher besäße, die ich verleihen könnte.

»Und dafür musste er reinkommen?«

»Ja.« Ich verschränke die Arme vor der Brust und nehme all meinen Mut zusammen, um meinem Vater ins Gesicht zu sehen. Aber er sieht nicht einmal wütend oder missbilligend aus. Nur seine Stimme und seine Worte verraten, was er wirklich fühlt.

»Wieso hatte er beim Rausgehen dann kein Buch in der Hand?«

Ich beiße mir auf die Lippe. Dafür, dass er sonst immer so teilnahmslos ist, entgeht ihm heute kein Detail. »Spielt das denn eine Rolle?«

»Ich dachte, wir hätten vereinbart, dass mir deine Gäste nicht unter die Augen treten.«

»Ich wusste nicht, dass du so früh nach Hause kommst.«

»Schlimm genug, dass du das Andenken deiner Mutter mit deinem Hobby zerstörst«, murmelt er, ohne auf meine Worte einzugehen.

»Wovon sollen wir denn sonst leben? Deine Rente reicht nicht für uns beide.«

Keine Antwort. Ich balle wütend die Hände zu Fäusten, und fast wünsche ich mir, er würde mich anschreien. Oder überhaupt mit mir reden, diskutieren, nicht nach zwei Sätzen kraftlos in Schweigen verfallen und vergessen, dass ich überhaupt existiere.

Das ist es, was schlimmer für mich ist als alles andere. Die Tatsache, dass ich für ihn nur Luft zu sein scheine, eine flackernde Momentaufnahme, die gelegentlich aufleuchtet und dann wieder verblasst. Dabei ist er derjenige, der immer weiter verschwindet. Der sich mit jedem Tag mehr in die Einsamkeit zurückzieht, in die Welt seiner Gedanken, wo Mum noch am Leben ist und diese Familie noch existiert.

Tränen brennen in meinen Augen, und mein Herz zieht sich schmerzhaft zusammen, als mein Kopf mir Erinnerungen an bessere Zeiten vorsetzt. Zeiten, in denen mein Vater die Welt umschifft hat, Zeiten, in denen ich noch Pläne und Träume hatte, Zeiten, in denen ich einem verlorenen Kampf den Rücken gekehrt hätte, anstatt mich weiter an dem festzubeißen, was einmal gewesen ist.

Ohne ein weiteres Wort gehe ich zurück in mein Zimmer, wo Louays Geruch wie ein unsichtbarer Nebel in der Luft hängt und mich an den Kuss erinnert, an einen kurzen, vergangenen Moment, in dem ich so tun konnte, als wäre mein Leben kein Scherbenhaufen.

Louay

Nachdem ich die letzten Tage einen fast schon vorbildlichen Tagesrhythmus hatte, reicht nun ein einziger Moment, um meinen Fortschritt zunichtezumachen. Ich verbringe den Großteil der Nacht wach auf dem Rücken liegend und an die Decke starrend, während ich versuche, die letzten Stunden zu verarbeiten.

Das Gefühl von Linas Körper haftet an meinem und lässt mich nicht los. Der Kuss, so kurz und flüchtig er auch gewesen ist, hat sich in meine Erinnerung gebrannt, sodass in meinem Denken kein Platz mehr ist für alles andere. Nur dass ich es wieder tun will. Sie wieder küssen. Richtig dieses Mal, ohne …

Ich weiß nicht, wie ich mir Linas Vater vorgestellt habe, aber so, wie er da in der Küche stand, hat er mich an meinen eigenen erinnert. Traurig, verletzt und irgendwie verloren.

Eine Seite, die mein Vater nur zeigt, wenn er denkt, dass niemand ihn sieht, wohingegen Linas Vater sie mit sich herumzutragen scheint wie einen Schatten. Ich weiß, wie ein Mensch aussieht, der etwas verloren hat, und ich kenne das Gefühl der Hilflosigkeit, das Lina gleichermaßen an ihn kettet und von ihm wegstößt.

Die meiste Zeit verbringe ich mit dem Gedanken daran, wie ich sie darauf ansprechen soll, obwohl ich weiß, dass allein der Versuch zum Scheitern verurteilt ist. Lina liebt ihre Geheimnisse, weil sie alles sind, was ihre Fassade aufrechterhält. Die der aufgeweckten Gastgeberin, die einem jeden Wunsch von den Augen abliest. Ja, selbst einen Kuss.

Irgendwann muss ich doch eingeschlafen sein, denn auf einmal fällt das Licht der Morgensonne durch die Fenster meiner Hütte. Verwirrt starre ich gegen die Dachbalken über mir, bis ich realisiere, dass neben meinem Kopf lautstark mein Handy klingelt.

Ich greife danach und bin noch so schlaftrunken, dass ich den Anruf beantworte, ohne aufs Display zu schauen.

»Alter, du lebst?« Ich erstarre, als die Stimme meines Bruders an mein Ohr dringt. Klar, deutlich und im Vergleich zu mir schon hellwach. »Louay, bist du da?«

»Mhm.« Meine Zunge fühlt sich an wie ein Stück Pappe, das in meiner Mundhöhle klebt.

»Lebst du?«

»Nein.«

»Nicht witzig, Mann, wir haben uns Sorgen gemacht.«

Ich seufze und lege meine Hand über meine Augen, um

das stärker werdende Sonnenlicht abzuschirmen. »Braucht ihr nicht.«

»Wo steckst du?«

»Im Urlaub. Hab ich euch doch gesagt.«

»Aber *wo*? Deine Agentin wollte es uns nicht verraten.«

»Warte, warte, was?!«, stammele ich überfordert. »Ihr habt Freja angerufen?«

»Ich nicht. Aber Ma.«

Ich atme tief durch. Das kann doch nicht ihr Ernst sein …

»Also? Wo steckst du?«

»Darf man als erwachsener Mann keine Geheimnisse mehr haben?«, zische ich wütender als eigentlich beabsichtigt.

»Vor unserer Mutter? Nein.« Mounir lacht, aber im Hintergrund kann ich deutlich ein unterdrücktes Fluchen auf Arabisch hören.

Ich bin wenig überrascht darüber, dass ich gleich meine ganze Familie am Telefon habe, aber gleichzeitig auch irgendwie enttäuscht. Wäre ja auch das erste Mal, dass mein Bruder sich dafür interessiert, wie es mir geht, anstatt nur einen Auftrag unserer Eltern auszuführen.

»Morgen, Ma«, zwinge ich mich dennoch zu sagen.

»Was denkst du eigentlich, wer du bist?« Sie spricht so schnell, dass sich die Worte zu einem einzigen Laut zu vermischen scheinen. »Verschwindest hier einfach ohne ein Wort.«

»Ich habe Zeit für mich gebraucht«, entgegne ich müde.

Ich weiß, dass sie sich nur Sorgen macht, aber gerade habe ich nicht die Kraft für Geduld.

»Zeit für dich. Zeit für dich. Du hast doch nur Zeit für dich in deiner Wohnung, mit deinen Büchern und... und ...«

»Ma.« Ich gebe mir alle Mühe, meine Stimme sanft klingen zu lassen. »Ich wollte dir keine Sorgen bereiten. Ich wollte nur Urlaub und ein wenig Ruhe.«

Stille am anderen Ende der Leitung. Wahrscheinlich kann sie selbst über den Atlantik hinweg riechen, dass ich sie anlüge. Ich warte förmlich darauf, dass sie die ›Ist es, weil du uns nicht mehr liebst?‹-Karte spielt, aber sie überrascht mich.

»Ist es wegen dem, worüber wir geredet haben?«, fragt sie umständlich.

»Nein.«

»Louay.«

Ich seufze und begebe mich innerlich bereits in Habachtstellung. »Ja.«

»Ich verstehe dein Problem nicht. Du bist Schriftsteller. Du bist erfolgreich. Du schreibst gute Bücher. Da ist es doch nicht falsch, dass deine Eltern stolz auf dich sein wollen.«

»Niemand verbietet euch, stolz auf mich zu sein.«

»Ja, aber die Nachbarn. Wir können uns doch nicht einfach irgendwelche Ausreden überlegen. Was denken denn da die Leute? Sicher denkt Janusz, dass du irgendwas Illegales machst.«

Ich will sie darauf hinweisen, dass Janusz aus dem dritten Stock selbst seit Jahren Gras verkauft, verkneife es mir aber, weil das unweigerlich zu der Frage führen würde, woher *ich* das bitte schön weiß.

»Oder Bahar«, fährt sie fort. »Oder Olga, Søren. Nicht einmal Onkel Nabeel weiß Bescheid.«

»Onkel Nabeel weiß, dass ich Autor bin«, werfe ich ein.

»Ja, aber er fragt ständig, welche Bücher du geschrieben hast. Wahrscheinlich ist er überzeugt, dass wir uns das nur ausdenken, weil du in Wirklichkeit ...«

»Ma.« Mein Schädel dröhnt bereits von all der unterdrückten Frustration, die mit einem Mal zurück ist. Dabei kann ich dieses Gespräch inzwischen sogar auswendig, denn es ist nicht das erste, zweite oder dritte Mal, dass meine Mutter mich mit meiner Geheimniskrämerei konfrontiert. Von der ersten Sekunde an, seit ich ihr von Alma Jensen erzählt habe, führen wir diese Debatte.

Ma, das ist jetzt mein Job. Ihr dürft den Leuten gern erzählen, dass ich schreibe, nur bitte nicht unter welchem Pseudonym.

Aber wieso nicht? Und was ist mit Onkel Nabeel? Oder Bahar von nebenan? Unsere Vermieterin darf es doch wohl wissen?

Ich habe ihr schon so viele Male erklärt, wieso ich auf ein Pseudonym zurückgreifen muss. Sie weiß das. Sie versteht das. Sie hat Rassismuserfahrungen gemacht, genau wie ich. Jobabsagen, wenn die Leute nur ihren Namen gehört haben, Anfeindungen im eigenen Wohnhaus. Sie kennt das Problem, und doch bedeutet ihr ihr Stolz so viel mehr.

»Du kennst meine Antwort. Mein Pseudonym muss geheim bleiben. Auch vor den Nachbarn. Auch vor Onkel Nabeel. Es geht einfach nicht anders.«

Daraufhin schweigt meine Mutter, aber nicht lange. Ich

höre, wie sie ein paar aufgeregte Worte mit Mounir und meinem Vater wechselt, die ich allerdings nicht verstehe, weil sie die Hand über das Mikrofon hält. Dann wendet sie sich wieder mir zu.

»Wir sprechen darüber, sobald du zurück bist.«

Ich weiß nicht, wer zuerst auflegt. Sie oder ich. Aber ich bin froh, dass es vorbei ist, auch wenn ein Sturm in meinem Inneren tobt. Vor Wut drücke ich mir das Kopfkissen aufs Gesicht und lasse einen Schrei los, der jedoch lange nicht ausreicht, um all den Gefühlen Luft zu machen. Dann schließe ich die Augen und atme durch.

So viel zu meinem Urlaub. So viel zur Recherchereise. So viel dazu, endlich mal Abstand zu gewinnen und den Kopf frei zu bekommen. Denn deshalb bin ich überhaupt erst hergekommen. Eigentlich. Doch jetzt fühlt sich mein Gehirn voller an als noch vor meiner Abreise.

Vor meinem geistigen Auge spiele ich unseren Streit zu Hause noch einmal ab. Immer wieder dieselbe Leier. Immer geht es um mein Pseudonym. Um meine Karriere. Um Stolz. Aber tut es das wirklich?

Ich beiße mir auf die Lippen und presse die Augen zusammen, aber in der Stille der Hütte ist es unmöglich, vor meinen Gedanken davonzurennen. Vor der Wahrheit, dass die Streite mit meinen Eltern nicht die Wurzel des Problems sind, sondern nur ein Symptom. Dass es nicht an ihnen liegt, sondern vor allem an mir.

Dass ich ihnen insgeheim sogar recht gebe.

Energisch schnappe ich mir den Laptop von der freien Seite des Bettes und klappe ihn auf. Das darauf geöffnete

Dokument enthält Notizen für mein neues Projekt, eine vage Idee für einen Krimi, Thriller oder Mystery-Roman, in dem es um eine Serie von verschwundenen Frauen geht, die die Grenzen zwischen Realität und Fiktion vermischt. So zumindest der Pitch, den ich gestern Morgen eilig getippt habe und der mir jetzt wie die schlechteste Idee aller Zeiten vorkommt.

Ich will ihn am liebsten verwerfen. Alles löschen, was ich bisher festgehalten habe, und mein Notizbuch verbrennen, weil ich plötzlich das Gefühl habe, dass es nie genug sein wird. Nicht für meinen Verlag, nicht für mein Publikum und vor allem nicht für mich.

Es wird nie genug sein, weil *ich* nie genug sein werde.

Wie immer in meinem Leben. Ein Zeugnis voller Einsen reicht nicht, wenn in Kunst und Sport nur eine Vier steht. In einem Orchester zu spielen reicht nicht, wenn ich kein Solo habe. Eine erfolgreiche Karriere als Schriftsteller reicht nicht, wenn mein Name auf keinem meiner Bücher steht.

Verbissen widerstehe ich dem Impuls, meinen Laptop aus dem Loft zu werfen, als ein lautes Klopfen an der Tür meine Aufmerksamkeit erregt.

Lina.

Hastig rutsche ich die Leiter hinunter und reiße die Tür auf, als hinge mein Leben davon ab. Und da steht sie. Dunkle Ringe unter den Augen, die von einer ebenso schlaflosen Nacht zeugen. Das schwarze Haar zurückgebunden. Und ein Lächeln auf den Lippen, das mich für kurze Zeit all die negativen Gefühle vergessen lässt.

Auffordernd hält sie mir das Frühstück unter die Nase.

»Gehst du joggen?«, kommentiere ich ihr Outfit.

Sie nickt, und ich nehme das Tablett entgegen.

»Kann ich mitkommen? Ich könnte ein bisschen frische Luft gebrauchen.«

»Ich würde gern Ja sagen, aber ich wollte gleich los. Und ich war schon ein paar Tage nicht mehr richtig joggen.«

»Ah, klar, verstehe. Wollen wir dann heute Nachmittag was machen? Spazieren gehen oder ... eine andere heiße Quelle besuchen?«

Ihr Lächeln verblasst. »Sorry, aber nicht heute.« Damit wendet sie sich auch schon ab, ohne mir überhaupt Gelegenheit zu geben, sie zu fragen, ob zwischen uns alles in Ordnung ist. Oder ob sich die Situation mit ihrem Vater ein wenig beruhigt hat. Stattdessen blicke ich ihr hinterher, wie sie hinab in Richtung Bucht verschwindet. Keine Sekunde später beginnt es zu nieseln.

Ich verbringe den Rest des Tages über meinem Laptop. Nicht wie geplant mit meiner neuen Idee, sondern über dem letzten Stück Lektorat und eintrudelnden E-Mails. Mich erreichen Informationen über die geplante Programmvorstellung. Fotos vom Dreh. Und die panische Nachfrage meines Lektors, wie ich mit dem Text vorankomme, obwohl die Abgabe erst Ende nächster Woche ist.

Ich beantworte sie alle gewissenhaft und leite die Fotos sogar an meine Agentin weiter, die mir prompt ein Daumen-hoch zurückschickt.

Wenigstens eine, die stolz ist, denke ich verbittert und mache weiter mit dem Lektorat.

Normalerweise kann ich damit nicht schnell genug fertig sein, weil ich es hasse, dieselben kitschigen Liebesbekundungen zum vierten Mal zu lesen, aber heute bin ich fast ein bisschen enttäuscht, als ich das Manuskript noch vor der Zeit an den Verlag zurückschicke. Es ist Mittag, noch ein paar Stunden bis Sonnenuntergang, und obwohl mein Schädel von der viel zu kurzen Nacht brummt, weiß ich, dass ich keinen Schlaf finden werde. Mein Kopf ist gleichermaßen zu voll und zu leer.

Ehe ich es realisiere, habe ich meine neue Jacke und Wanderschuhe angezogen und bin nach draußen getreten. Leichter Nieselregen fällt auf mein Gesicht, bringt meine Haut zum Prickeln. Ich atme den Geruch der Berge und des Meeres ein, während ich insgeheim nur darauf hoffe, dass Lina von der Bucht zu mir hochgerannt kommt, um mich zu einem weiteren Ausflug zu zerren. Aber sie kommt nicht. Wahrscheinlich ist sie schon eine ganze Weile zu Hause, oben in ihrem Zimmer, und tut das, was sie sonst tut, wenn sie nicht damit beschäftigt ist, mir den Kopf zu verdrehen.

Ich erwische mich bei einem kurzen Blick in Richtung Dachgeschoss und meine für einen Wimpernschlag, ihre Lippen wieder auf meinen zu spüren. Dann marschiere ich los in Richtung Berge.

Lina

Ruf mich an. Jetzt.

Obwohl es nur eine Nachricht ist, meine ich Týra bis hierher schreien zu hören, als ich mein Zimmer betrete. Kein Wunder, nachdem ich sie gestern Nacht mit sehr vagen, frustrierten Aussagen zugetextet habe, während sie längst geschlafen hat. Aber jetzt habe ich es nicht mehr eilig, mit ihr zu sprechen, sondern bereue ehrlich gesagt, diese Lawine überhaupt losgetreten zu haben.

Es geht mir besser. Kein Grund zur Panik.

Ich seufze, weil mir klar ist, wie sehr ich mich selbst damit belüge. Mir geht es nicht besser – und gut schon gar nicht, denn meine Gedanken halten einfach nicht still. Und heute hat nicht einmal der Sport dabei geholfen, sie zu ersticken.

Ich löse meine Haare aus dem Zopf und streife die völlig durchnässten Klamotten ab, um sie auf den Berg mit schmutziger Wäsche zu befördern. Danach werfe ich mich, eingewickelt in eine Wolldecke, auf meine Matratze und schließe die Augen.

Kälte prickelt auf meiner Haut, hat sich tief bis in meine Knochen durchgegraben. Ich bräuchte dringend eine warme Dusche, doch mir fehlt die Kraft dafür oder für irgendetwas anderes. Nicht einmal Týras Nachricht will ich beantworten, aber ich tue es, weil ich ihr zumindest eine Erklärung schulde.

Hat sich schon erledigt.

Sicher?

Die Antwort kommt so schnell, dass ich den Verdacht habe, sie habe nur darauf gewartet, dass ich mich endlich melde.

Ja. Ich war eben joggen. Geht wieder. Hast du nicht Uni?

Freistunde.

Oh cool. Bist du in deinem Sta

Ich komme nicht dazu, die Nachricht abzuschicken, geschweige denn überhaupt fertig zu tippen, sondern werde von einem eingehenden Facetime-Anruf unterbrochen.

Kurz spiele ich mit dem Gedanken, einfach nicht ranzugehen, doch mir ist klar, dass Týra nicht so schnell aufgeben wird. Sie wird es einfach wieder probieren. Und wieder. Und wieder. Und am Ende meinetwegen ihre ganze Freistunde damit verschwenden.

»Hi«, begrüße ich sie, als ihr Gesicht auf dem Bildschirm erscheint.

»Oh, wow, beim ersten Versuch.«

Ich verdrehe die Augen. »Bist du unterwegs?«

»Jep.« Demonstrativ schwenkt sie ihr Handy, sodass ich ihre Umgebung sehe. Ich erkenne Bäume, einen See, auf dem Enten schwimmen, und den Becher von *Riccos Kaffeebar*, der neben ihr auf der Bank steht, ein eindeutiges Zeichen, dass sie die freie Zeit an ihrem Lieblingsplatz im botanischen Garten direkt gegenüber von der Universität verbringt.

Obwohl bei ihr die Sonne scheint, hat sich Týra einen dicken blauen Wollschal um ihren Hals gewickelt, der die untere Hälfte ihres Gesichts verdeckt.

»Also. Wo brennt's?«

»Nirgends. Ehrlich, ich hatte einfach nur nen anstrengenden Tag gestern. Vergiss, was ich da geschrieben habe.«

»Bist du dir sicher? Oder soll ich dir erst noch einmal vorlesen, *was* du alles geschrieben hast?«

»Nein.« Mir hat die Scham heute Morgen schon gereicht, als ich in unserem Chatverlauf nachgelesen hab, was ich da gestern so von mir gegeben habe. Eine seltsame Mischung aus wütender Tochter, verliebter Teenagerin und betrunkener Katzenlady. Dabei hatte ich keinen Tropfen Alkohol.

»Also der Reihe nach. Was ist gestern passiert?«

Ich lege mich auf den Rücken und platziere das Handy neben mich, während ich die Ereignisse rekapituliere.

»Ich will dabei aber dein hübsches Gesicht sehen.«

»Ja. Gib mir ne Minute, damit ich mich sortieren kann.«

Es wird still am anderen Ende der Leitung. Am liebsten würde ich auflegen und mein Handy ausschalten, nur um dann so zu tun, als hätte mein Akku den Geist aufgegeben, aber das kann ich meiner besten Freundin nicht antun.

»Also«, beginne ich und halte mein Smartphone über mich, sodass Týra mein Doppelkinn bewundern kann. »Ich war gestern bei Will essen.«

»Okay.«

»Mit Louay.«

»Oh, wow, du hast meinen Rat also befolgt.«

»Mhm.«

»Und das lief schlecht?«, bohrt sie nach. »Hat Will wieder irgendwas Seltsames ausprobiert?«

»Nein. Es lief gut. Denke ich. Dann hat mich deine Mum auf die Uni angesprochen.«

»Sorry.« Keine Reue in ihrer Stimme.

»Und danach, als ich kurz weg war, hat sie Louay von meiner Familie erzählt.«

»Oh.«

»Ja, *oh*.«

Týra verzieht missbilligend die Lippen. »Ich weiß nicht, was ich sagen soll. Du kennst meine Mutter, sie ist ...«

»Ich weiß. Es ist auch nicht schlimm. Also, es nervt, aber alles gut. Jedenfalls hatte ich danach das Bedürfnis, mit Louay darüber zu reden, wenn er sowieso schon die halbe Geschichte kennt.«

»Aha.«

»Und mein Dad war nicht zu Hause.«

»Jetzt mach's nicht so spannend.«

Ich hole tief Luft, dann platzen die Worte einfach so aus mir heraus.

»WirsindinmeinZimmerhabenherumgealbertunddann-habenwirunseventuellgeküsst.« Ich drehe das Handy weg, sodass Týra mein Gesicht nicht sieht.

»Ihr habt was?«

»Uns geküsst.«

»Ahhhhhhhhhhhhh!« Ich meine ihren verzückten Schrei nicht nur übers Handy, sondern auch von draußen zu hören. »Aber das ist doch klasse. Oder? Ich meine, du findest ihn interessant. Und heiß. Und ... wie war's? Habt ihr euch nur geküsst? Oder noch mehr? Wonach schmeckt er? Warte, warte, sag's mir nicht. Ich wette, nach ... Büchern, Vanille und einem dunklen Geheimnis.«

Ich schließe entnervt die Augen, während meine Freundin weiter in den blumigsten Worten ihre Begeisterung äußert. Dann wird sie plötzlich still, ihre Stimme besorgt. »Nicht gut?«

Ich schüttele den Kopf und beiße die Tränen zurück, als die Erinnerung an letzte Nacht zurückkehrt. »Mein Vater kam nach Hause. Danach habe ich Louay rausgeworfen.«

»Autsch.«

»Mhm. Wem sagst du das?«

»Hattet ihr Streit?«

»Nein.«

»Und Louay?«

Ich zucke mit den Schultern, obwohl sie es nicht sehen kann. »Scheint mir die Sache nicht übel zu nehmen. Zumindest hat er vorhin gefragt, ob wir was gemeinsam unternehmen wollen.«

»Aber das ist doch gut, oder? Dann kannst du ihm in Ruhe erklären, was Sache ist, und ihr könnt genau da ansetzen, wo ihr gestern aufgehört habt.«

»Týra«, sage ich ruhig.

»Ja?«

»Nein. Es geht nicht.«

»Weil du nicht willst, oder weil du Angst hast?«

Ertappt presse ich die Lippen zusammen. »Ich mag ihn jetzt schon viel zu sehr. Das wird nur wieder in einem Desaster enden.«

»Mit der Einstellung sicher«, knurrt sie. »Aber das muss es nicht. Ihr müsst ja nicht gleich mit Vollgas in eine Fernbeziehung starten. Es könnte ja auch erst mal was Körperliches sein. Freundschaft. Mit Extras. Eine Urlaubsromanze. Keiner schreibt dir hier vor, wie dein Liebesleben abzulaufen hat, außer meine blumige Fantasie.«

»Ja, eben.«

»Was ich damit sagen will: Du kannst dein Herz nicht bis in alle Ewigkeit einsperren. Wenn du das Gefühl hast, dass es zwischen euch funkt, dann lass es zu und schau, wohin es dich bringt.«

»Schmerz, Trauer, Einsamkeit?«, schlage ich vor.

»Die große Liebe, ein Haus am Meer mit riesiger Bibliothek und ein Gästezimmer für deine beste Freundin.«

»Ich weiß nicht«, murmele ich, »ich verstehe, was du meinst. Wirklich. Aber ich glaube, ich kann das im Moment nicht. Ich hab schon so viel im Kopf, da ist mir das Risiko, verletzt zu werden, einfach zu hoch. Auch auf die Gefahr hin, dass ich etwas verpasse.«

»Okay, Lina …« Etwas in Týras Stimme verändert sich, lässt mich aufhorchen. »Das wird jetzt ein bisschen gemein, aber: Wie viel ist bei dir wirklich los?«

»Na ja, das B&B, mein Vater …«

»Und?«

»Reicht das nicht?«, zische ich genervt.

»Siehst du, worauf ich hinauswill? Du bist so darauf fixiert, nicht verletzt zu werden und deinen Status quo beizubehalten, dass du gar nicht merkst, wie sehr du wirklich feststeckst.«

»Fußball habe ich noch«, fällt mir ein.

»Ach, sag bloß, ihr seid in die Champions League aufgestiegen.«

»Was ist eigentlich dein verdammtes Problem? Ich tue doch schon, was ich kann. Mache das Beste aus dieser scheiß Situation. Was willst du noch von mir?«

»Dass du aufhörst, auf der Stelle zu treten. Dass du endlich mal deine Probleme in Angriff nimmst, statt nur neben ihnen her zu leben. Rede mit deinem Vater. Tritt ihm von mir aus in den Arsch, dass er sich eine Therapie sucht, oder such Abstand, wenn gar nichts funktioniert. Schreib dich in der Uni ein, such dir einen Job, bereis die Welt und verlieb dich, ohne einen Gedanken daran zu verschwenden, was passieren könnte, bevor du es überhaupt versucht hast. Aber ändere was!«

Ich balle die Hände zu Fäusten, grabe meine Fingernägel tief in meine Haut, bis es schmerzt. Ich kneife die Augen zusammen und atme, atme immer weiter, um die Tränen zurückzuhalten. Doch es klappt nicht. Neue Wut vermischt sich mit all den angestauten Emotionen, tobt in mir wie ein Orkan, der alles niederreißt, was noch übrig ist.

Ohne noch etwas zu sagen, lege ich auf und schalte mein Handy aus. Zitternd ziehe ich meine Beine an den Körper und schlinge meine Arme darum. Mache mich klein, während die Tränen unaufhaltsam meine Wangen hinablaufen. Ich schmecke Salz, Blut und die Bitterkeit der Enttäuschung. Fühle mich gleichermaßen verletzt und hintergangen.

Wie kann sie es wagen? Wie kann sie es wagen, sich derart in mein Leben einzumischen? Was glaubt sie, wer sie ist? Sie ist nicht ich. Sie hat keine verdammte Ahnung, was es bedeutet, ich zu sein. Was es bedeutet, in diesem Haus zu leben, jeden Tag in das ausdruckslose Gesicht meines Vaters zu blicken, jeden einzelnen Tag dieselbe Strecke zu rennen, bis ich meine Beine nicht mehr spüre.

Sie hat keine Ahnung.

Eilig schnappe ich mir meine noch immer nasse Kleidung und schlüpfe hinein. Scheiß auf die Kälte. Scheiß auf das Wetter. Scheiß auf den Schnupfen, den ich mir damit sicher hole. Ich muss hier raus.

Ich fliege die Treppe geradezu nach unten. Vorbei an den Bildern meiner Kindheit. Vorbei an meinem Vater, der auf dem Sofa schläft. Trete hinaus in den späten Nachmittag, wo der Wind mit dem Sturm in meinem Innern um die Wette tobt.

»Lina!«

Ohne hinzusehen, mache ich mich auf den Weg. Laufe. Renne. Stolpere. Lande schmerzhaft auf dem Kiesweg, wobei der harte Untergrund nur um Haaresbreite meine Lippen verfehlt. Ich will aufstehen und weitermachen, aber mein Körper weigert sich, meine Befehle auszuführen. Als wüsste er wie alle anderen, was das Beste für mich ist.

»Lina?«

Louays Hand landet auf meinem Rücken, mit der anderen umfasst er meinen Oberarm, um mir aufzuhelfen. Meine Beine zittern.

»Was ist passiert?«

Ich schüttele nur vehement den Kopf, bin unfähig, auch nur ein Wort herauszubringen. Meine Gedanken befinden sich auf einer Höllenspirale, die mich bis ganz nach unten zieht. Tiefer, als ich es je gewesen bin.

Dann spüre ich seine Hände an meinen Wangen und bin gezwungen, ihn anzuschauen. Ausgerechnet jetzt wird mir bewusst, wie furchtbar ich aussehen muss, völlig durchnässt, verheult, verzweifelt. Aber Louay lächelt. So wie man lächelt, wenn man etwas verloren Geglaubtes wiedergefunden hat. Ein Erinnerungsstück aus der Kindheit. Oder einen alten Freund.

Und komischerweise ist das alles, was ich brauche, um

die Spirale zu verlassen. Mit einem Mal ist alles erschreckend klar. Klar wie der Ausdruck in seinen Augen. Deutlich wie die grünen Sprenkel im Braun seiner Iris.

Ich will ihn küssen.

Ich will sehen, wohin das mit uns führt.

Ich will ihn. Jetzt und hier.

Und dann gebe ich einfach nach.

In meinem Kopf ist kein Platz mehr für die Zweifel, die Ängste, die Sorge, was morgen sein wird. Da ist nur *er*. Der sanfte Druck seiner Lippen. Sein Geruch. Seine Hände, die zärtlich über meinen Rücken streichen.

Ich erlaube mir kein Zögern, sondern schließe die Augen und lasse mich fallen, mitten in das Feuer, das er in mir entfacht. Schnell verliert der Kuss die ursprüngliche Scheu, wird gieriger, verlangender, als hätte Louay seit seiner Ankunft nur darauf gewartet.

Und ich kann es verstehen. Dieser Kuss fühlt sich wie die Antwort an, obwohl er vermutlich ein gutes Dutzend Fragen aufwirft. Wie die Lösung, obwohl er meine Probleme nicht löst. Wie alles, das ich jemals wollte. Ich spüre, wie Louay die Arme um mich schlingt und mich so fest an sich drückt, dass selbst der Regen zwischen uns keinen Platz mehr findet. Keine Ahnung, was hier gerade passiert, aber ich will nicht, dass es endet.

Irgendwie schaffen wir es in die Ferienwohnung. Die Tür fällt lautstark hinter uns ins Schloss, doch meine Lippen sind immer noch auf seinen. Er drückt mich gegen die Wand, während ich nun meinerseits die Hände in seinen Nacken lege, nur um meine Finger in seinen dunklen, feuchten Locken zu vergraben. Hitze treibt meinen Herzschlag an, sorgt dafür, dass sich meine Mitte sehnsuchtsvoll zusammenzieht und sich meine Gefühle wie in einer Explosion entladen.

»Lina …«, flüstert Louay gegen meine Lippen.

»Hm?«

»Was tun wir hier?«

Ich halte einen Moment inne, bis mein Blick seinen findet. Noch immer ist dort diese Verträumtheit, aber auch Überraschung und dieselbe Gier, die mich befallen hat. In den letzten Tagen ist so viel passiert, und Louay ist gleichermaßen das Gift wie auch das Gegengift. Er ist der Grund dafür, dass ich mein Leben infrage stelle, aber auch die Droge, die mich jetzt genau diese Fragen vergessen lässt. Und gerade will ich nichts mehr als zu vergessen.

»Wir küssen uns«, raune ich gegen seinen Mundwinkel.

»Ich weiß, aber …«

»Wenn du aufhören willst …«

»Nein! Um Gottes willen, nein.«

Erneut treffen unsere Lippen aufeinander. Noch heftiger, noch fordernder, bis auch der letzte Gedanke in meinem Kopf verpufft und ich nur noch fühle. Spüre, wie die Hitze von Louays Haut auf mich übergeht, als ich meine Hände unter sein Shirt schiebe.

Währenddessen wandern seine Lippen meinen Kiefer entlang zu meiner Halsbeuge. Ein heiseres Stöhnen entweicht mir, als er an dieser einen empfindlichen Stelle saugt, während er langsam den Reißverschluss meiner Trainingsjacke öffnet.

Keine Sekunde später landet sie auf dem Boden, zusammen mit meinem Shirt, dann folgt seines. Atemlos sehe ich Louay an, betrachte fasziniert seinen dünnen, aber definierten Oberkörper. Er öffnet meinen BH und umfasst mit seinen Händen meine Brüste, umkreist meine vor Kälte und Erregung harten Nippel.

Er küsst mein Schlüsselbein, dann meine Brust, und überall dort, wo seine Lippen meine Haut berühren, entsteht ein Prickeln, das so intensiv ist, dass es schon beinahe schmerzt. Aber ich will mehr. So viel mehr.

Dieses Mal umfasse ich sein Gesicht mit meinen Händen, damit er mich weiter küsst und die Leere in mir mit seiner Nähe füllt. Meine Hände rutschen seinen Rücken hinab zu seiner Hose, die ich ihm am liebsten sofort ausziehen würde. Weg mit der Kleidung. Weg mit den selbst auferlegten Grenzen. Ich will nur ...

»Lina ...« Er schiebt mich ein Stück von sich. Genug, um mich anzusehen, aber immer noch so nah, dass ich in seiner Nähe ertrinken könnte. Louays Blick ist forschend und jetzt allmählich auch besorgt, ein Ausdruck, der mich endlich zurück in die Realität holt.

Ich will ihn wieder küssen, um der Wirklichkeit zu entkommen, doch dieses Mal landen meine Lippen auf seinen Fingern. Ich blinzele verwirrt und kann sein Seufzen auf meinem Gesicht spüren.

»Entschuldige, habe ich etwas falsch gemacht?«, frage ich zögernd.

»Nein.« Er schüttelt den Kopf und zieht mich an sich, vergräbt das Gesicht in meinem Haar.

»Dann willst du … nicht?«

»Natürlich will ich. Verdammt, ich denke seit Tagen an nichts anderes. An dich, die Dinge, die ich mit dir anstellen will. Aber nicht so. Ich sehe doch, dass es dir nicht gut geht, und ich will nicht, dass du deshalb etwas tust, das du am Ende bereust.«

»Ich würde es nicht bereuen …« Meine Stimme ist so schwach, dass ich mir nicht einmal selbst glaube. Was nicht bedeutet, dass ich nicht mit ihm schlafen will, nur, wie er schon sagte, *nicht so*.

Ich atme geschlagen aus und lehne mich ihm noch ein Stück mehr entgegen, gebe mich ganz dieser Umarmung hin und dem Gefühl seiner warmen Haut an meinem kalten Körper. Allmählich kehrt die Kälte zurück. Ein Zittern erfasst mich. Die Tränen brennen schon wieder in meinen Augen.

»Komm«, murmelt Louay. »Wir wärmen dich auf. Danach können wir reden – wenn du möchtest.«

Louay

Ich kann mir nicht erklären, wie das alles passiert ist. Eben noch habe ich das Gefühl, den Boden unter den Füßen zu verlieren, und jetzt liege ich hier mit Lina. Ihr Körper, so dicht an meinen gedrängt, dass ich gerade nicht mehr weiß, wer wen eigentlich hält.

Ohne ein weiteres Wort sind wir ins Loft geklettert, haben uns gehalten, bis die Sonne untergegangen ist. Ich bin mir sicher, dass sie zuerst eingeschlafen ist, aber es hat nicht lange gedauert, bis mich ebenfalls die Müdigkeit übermannt hat. Und als sich am Morgen die ersten Sonnenstrahlen ins Zimmer stehlen, spüre ich, wie sie sich neben mir rührt. Still hoffe ich darauf, dass sie sich wieder zu mir dreht und sich an meine Seite kuschelt, doch stattdessen richtet sie sich auf. Ich spanne mich an, unsicher, ob ich etwas sagen soll oder abwarten, was sie tut. Die Frage, ob es ihr besser geht, kommt mir genauso banal vor wie eine Einladung, zum Frühstück zu bleiben. Am Ende nimmt Lina mir die Entscheidung ohnehin ab, bevor ich zu einem Ergebnis komme. Ohne ein Geräusch zu verursachen, klettert sie nach unten in den Wohnbereich des Ferienhauses und verschwindet so schnell, wie sie gekommen ist.

Danach bleibe ich liegen, lange, und versuche einzuordnen, was da gerade passiert ist. Was ich da gefühlt habe, was ich immer noch fühle. Eigentlich bin ich niemand, der sich schnell auf andere Menschen einlässt, One-Night-Stands habe ich nie verstanden. Aber mit Lina ist das irgendwie anders. Ich kenne sie kaum, und doch vertraue ich ihr, als wären wir schon Jahre miteinander befreundet.

Es hat sich richtig angefühlt, sie zu küssen, sie zu halten, für sie da zu sein. Aber gleichzeitig auch wie ein Fehler. Was, wenn es nur an ihrer Überforderung lag? Was, wenn sie – wenn überhaupt – nur auf einen Urlaubsflirt aus ist? Was, wenn ihr nicht die gleichen Gedanken durch den Kopf gehen wie mir?

Wie seltsam es doch ist, plötzlich selbst in dieser Zwickmühle zu stecken, in die ich sonst meine Charaktere stecke. Eine, aus der sie nur herauskommen, indem sie mutig sind. Aber im Vergleich zu Schwester Anneliese bin ich alles außer das.

Als ich aufstehe, ist es nicht einmal neun Uhr. Die Sonne ist gerade erst aufgegangen, und die Welt ist so still, dass mir der Lärm meiner Gedanken erdrückend vorkommt, weshalb ich dort weitermache, wo mich Linas plötzliches Erscheinen gestern unterbrochen hat. Ich trete nach draußen und hoffe halb, dass sie es wieder tut. Dass sie wieder um die Ecke gestürmt kommt, wieder stolpert, sich mir wieder in die Arme wirft und mich küsst, als gäbe es nur uns beide auf der Welt. Aber ich bleibe allein, und auch in der Bucht kann ich ihre Silhouette nicht ausmachen.

Heute ist der Himmel so klar, dass mich das strahlende Blau fast blendet. Ich folge der Straße, die an Linas Haus vorbeiführt, weiter um die Bucht herum in Richtung Berge, begleitet vom Rauschen der Wasserfälle, die sich ins Tal ergießen. Wenn ich die Augen schließe, kommt mir das Geräusch surreal vor wie eine weit entfernte Autobahn oder ein Regenschauer. Mit jedem Meter bereue ich mehr, nicht öfter rausgegangen zu sein, denn erst jetzt wird mir bewusst, wie magisch dieser Ort wirklich ist. Das goldene Gras auf den Hängen, das allmählich einen grünen Unterton bekommt. Die Ruhe. Und die Einsamkeit, die sich gleichermaßen geborgen anfühlt.

Ich atme den einzigartigen Geruch des Tals ein und stelle mir vor, wie die noch namenlose Protagonistin meines Romans genau diese Straße entlangläuft, ahnungslos die Sonne genießt und die Natur in sich aufsaugt, bis ...

»Ist dir langweilig, Junge?«

Ich blinzele verwirrt und realisiere zu spät, wo ich mich befinde. Linas Haus habe ich lange zurückgelassen, stattdessen stehe ich am Ende der Straße, dort, wo ein Haus idyllisch auf einem Hügel neben dem großen Wasserfall sitzt. Ein alter Mann, dessen wettergegerbtes Gesicht ich noch nicht kenne, mustert mich abschätzend.

»Du bist der, der bei den Gásdals wohnt, oder?«

Ich nicke überfordert. »Louay.«

»Ottar. Freut mich, dich mal kennenzulernen. Bisher hab ich dich immer nur von Weitem gesehen.«

Mir liegen Fragen auf der Zunge, vor allem danach, wann und wo er mich gesehen hat. Aber vermutlich ist das gar nicht so schwer, denn selbst ohne ein Fernglas kann ich den Hof der Gásdals genau erkennen, sogar den Platz, wo ich bei sonnigem Wetter frühstücke.

»Die Aussicht hier oben ist unglaublich«, erwidere ich, noch immer überfordert, weil ich nicht damit gerechnet habe, jemandem zu begegnen.

»Ja, ist ganz schön hier. Lina sagt das auch immer und droht mir damit, dass sie irgendwann mein Grundstück kauft und ein Hotel draufstellt.« Er zwinkert.

»Es gibt bestimmt schlechtere Orte.«

»Ja, aber die ganzen Touristen. Nix für ungut, ein paar stören mich nicht, aber im Sommer wird's ein bisschen zu voll für meinen Geschmack.«

»Das kann ich verstehen.«

»Also. Bist du nur hier, um die Aussicht zu bewundern, oder hilfst du mir jetzt?«

Ich kann mich nicht erinnern, ihm meine Hilfe angeboten zu haben oder überhaupt danach gefragt zu haben, was er tut. Ich erinnere mich nur vage, dass Lina mal vorgeschlagen hat, ich könnte bei Ottar vorbeischauen, aber sie wird ja wohl kaum geahnt haben, dass ich mich heute hierher verirre.

»Klar.«

»Dann komm mal mit.«

Sein Haus ist ein Stück größer als das der Gásdals, und dazu gehört noch ein weiteres Gebäude, bei dem es sich dem Geruch nach zu urteilen um einen Stall handelt. Ich atme tief ein und fühle mich für einen kurzen Moment in meine Kindheit zurückversetzt, in eine winzige Ferienwohnung auf einer Farm in Schweden, den ersten Urlaub mit meiner Familie, der deshalb umso unvergesslicher ist.

»Gehört das alles Ihnen?«, frage ich.

»Familienbesitz. Seit was weiß ich wie vielen Generationen schon. Meine Familie hat hier schon Schafe gehütet, da beherrschten die Wikinger noch das Meer.«

Ich nicke anerkennend.

»Aber jetzt bin ich allein. Eine Handvoll Schafe sind mir noch geblieben. Und die Fischerei.«

Ich verkneife mir die Frage nach dem Warum. Ottar ist alt, weit älter als meine Eltern, und strahlt eine Weisheit aus, als hätte er Hunderte Leben gelebt.

Mit einem schiefen Grinsen führt er mich in den Stall. Ich sehe Boxen, doch von den vielen Tieren, die hier einmal Platz gefunden haben, sind nur noch die Schafe übrig, die draußen auf der Weide grasen. Ehe ich mich's versehe, bekomme ich eine Mistgabel in die Hand gedrückt.

»Über Nacht lasse ich die Schafe um diese Jahreszeit drin«, erklärt Ottar. »Das Wetter ist mir zu unberechenbar. Hast du schon mal ausgemistet?«

Ich nicke schwach. »Ich war als Kind mal auf einem Bauernhof.«

»Dann sollte das keine Herausforderung sein. Das dreckige Heu bringst du hinters Haus – du siehst dann schon, wo.«

Ich bin versucht, ihn zu fragen, was er währenddessen macht, aber Ottar ist schnell verschwunden, als hätte er Angst, dass ich mir das mit dem Helfen noch einmal anders überlegen könnte. Sobald ich allein bin, betrachte ich argwöhnisch die Mistgabel. Noch vor ein paar Minuten war ich fest entschlossen, in den umliegenden Bergen zu wandern, um mich auf andere Gedanken zu bringen. Jetzt bin ich hier. Keine Ahnung, wie das passieren konnte, doch mir ist gerade jede Form von Ablenkung recht.

Tatsächlich hat das Ausmisten etwas beinahe Meditatives. Die ständig gleichen Bewegungen, während ich schmutziges Heu in einen Schubkarren lade, den ich alle paar Minuten auf dem Misthaufen hinterm Hof leere. In dieser Ruhe fließen meine Gedanken, doch statt sich im Kreis zu drehen und mir nur unnötige Dinge einzureden, habe ich zum ersten Mal die Kontrolle über sie. Ich denke über meine Buchidee nach, über das mysteriöse Verschwinden der Frauen, und spiele mit den neuen Ideen. Was, wenn es alles Frauen aus einer Familie sind? Quasi ein generationenübergreifendes Rätsel. Es könnte auf einer Farm wie dieser spielen, irgendwo am Ende der Welt. Und eine Frau aus der jüngsten Generation will dem Fall auf den Grund gehen …

»Bist du fertig?«

Ich war so in Gedanken, dass ich gar nicht gemerkt habe, wie die Zeit verstrichen ist. Gerade bin ich dabei, den letzten halb vollen Schubkarren durch den Hof zu fahren.

»So gut wie.«

»Klasse, dann habe ich gleich die nächste Aufgabe für dich.«

So wird aus meiner Wanderung eine Art Praktikum auf Ottars Farm. Ich lege neues Heu aus und begleite ihn anschließend auf einen kurzen Spaziergang, um zu sehen, wo sich die Schafe herumtreiben. Ottar erkennt seine an der pinken Markierung auf ihrem Rücken, und ich stelle mir die lächerliche Frage, ob die Wolle beim Scheren wohl pink bleibt.

»Die Markierung ist dazu da, sie auseinanderzuhalten«, erklärt Ottar. »Normalerweise machen die Farmer das nur zur Paarungszeit, aber hier im Tal laufen alle Schafe frei herum, deshalb hat jeder von uns eine eigene Farbe.« Er deutet auf eine Stelle weiter unten im Tal neben der Straße, wo eine weitere Gruppe Schafe grast. Diese haben einen blauen Kreis auf dem Rücken.

»Könnte mir Schlimmeres vorstellen, als hier ein Schaf zu sein«, bemerke ich.

»Oh ja. Den ganzen Tag nur fressen und die Aussicht genießen. Keine einzige Sorge auf der Welt.« Ottar grinst. »Du bleibst doch noch zum Mittagessen, oder?«

Das Innere seines Hauses riecht *alt*, anders kann ich es nicht beschreiben. Der Geruch ist so eigentümlich, Holz gemischt mit Landluft und zahlreichen anderen Aromen, die alle eine Erinnerung mit sich tragen. Ein Haus, das viele Geschichten zu erzählen hat.

Ottar führt mich in die Essküche, wo ein Holzofen für Wärme sorgt. Unter normalen Umständen wäre es mir zu heiß hier drin, doch nach der Arbeit bin ich dankbar, meine Arme und Beine auftauen zu können.

Ich setze mich auf einen Stuhl direkt am Fenster und muss beinahe lachen, als ich die weiße Spitzentischdecke entdecke, die der meiner Mutter nicht unähnlich sieht. Generell erinnert mich die Einrichtung sehr an die alte Küche meiner Eltern, die sie erst vor ein paar Jahren ersetzt haben. Das dominante Eichenholz der Schränke, die cremefarbenen Fliesen und die PVC-Arbeitsplatte, die vermutlich noch aus den Achtzigern stammt.

»Du musst entschuldigen, ich bekomme nicht oft Besuch.«

Ich lächele nur, noch immer überfordert mit der Situation, während Ottar uns eine Brotzeit auftischt. Ich erkenne Butter und Ziegenkäse, aber auch etwas, das ich nur von meinem Essen im Restaurant kenne.

Hier auf den Färöern sind wir darauf angewiesen, das Essen lange haltbar zu machen. Deshalb haben schon unsere Vorfahren frischen Fisch und Lamm in Salz eingelegt oder an der Luft getrocknet, erinnere ich mich an den kleinen Vortrag. *Skerpikjøt ist so etwas. Es ist luftgetrocknetes, fermentiertes Lamm.*

Ich sehe Ottar dabei zu, wie er sich jede Menge Butter aufs Brot schmiert und anschließend den Skerpikjøt darauflegt, und tue es ihm gleich. Der salzige, eigentümliche Geschmack ist gewöhnungsbedürftig, aber mein leerer Magen stört sich nicht so sehr daran wie mein Kopf.

Während ich auf dem Fleisch herumkaue, wandert mein Blick nach draußen. Von Ottars Küche aus hat man einen wundervollen Blick ins Tal und in die Bucht, auf den schwarzen Sand, über den sich langsam, aber sicher das Meer schiebt.

»Das Mädchen wird's nie lernen, was?«

Fragend runzele ich die Stirn, bis ich Lina selbst entdecke. In der schwarzen Kleidung verschmilzt sie beinahe mit ihrer Umgebung, doch jetzt, wo ich sie einmal ausgemacht habe, ist sie kaum zu übersehen. Ungewollt macht mein Herz einen Satz.

»Jeden Tag, immer dieselbe Route«, murmelt Ottar. »Würde dir das reichen?«

»Nein.« Meine Zunge ist schneller als mein Gehirn. »Ich meine, die Landschaft ist traumhaft, aber nein.«

Ottar nickt wissend.

»Hat sie dir erzählt, was passiert ist?«

Ich nicke.

»Hat sie dir auch erzählt, wieso sie noch hier ist?«

»Nein. Nicht wirklich.«

»Verstehe.« Ottar seufzt. »Als Lina noch ein Kind war, da konnte sie es gar nicht erwarten, von hier zu verschwinden. Sie wollte raus, die Welt entdecken. Nach Italien, in die Türkei, Indien, Thailand – jeden Tag hatte sie einen neuen Plan. Erst wollte sie am anderen Ende der Welt studieren, um dann eines Tages ihr eigenes Hotel aufzumachen.«

»Ist ein B&B kein guter Anfang?«

»Nein. Nicht für sie. Nicht für ihren Vater. Aber egal, was man auch versucht, sie will einfach nicht zuhören. Sagt, sie kann den alten Brian nicht allein lassen. Und ich versteh's, ich versteh's wirklich …« Ottar macht eine kurze Pause. »Meine Lærke, sie konnte hier auch nicht weg. Hat sich einmal in einen Flieger gesetzt und musste vor lauter Angst noch vor dem Start raus. Immer wieder hat sie mir gesagt, dass ich mich nicht von ihr zurückhalten lassen soll, aber ich bin geblieben. Und jetzt ist sie fort und …« Er bricht ab, ballt die Hände zu Fäusten, bis seine Knöchel so weiß werden wie die Tischdecke. »Tschuldige. Ignorier die Leiden eines alten Fischers.«

»Hast du es bereut?«, höre ich mich sagen. »Bei Lærke zu bleiben?«

Eine Weile bleibt Ottar still. Gedankenverloren verschränkt er die Arme vor der Brust, während er weiter Lina dabei beobachtet, wie sie das Ende der Bucht erreicht und dem schmalen Pfad zur Straße folgt. Gerade als ich denke, dass das Thema für ihn beendet ist, schüttelt er schließlich den Kopf. »Nein. Ich würde lügen, wenn ich sage, ich hätte nicht drüber nachgedacht, aber nein. Ich bereue keine einzige Sekunde, die ich mit meiner Lærke verbracht hab.«

Ich lächele, um darüber hinwegzutäuschen, dass seine Worte mich beinahe zu Tränen rühren. Sie erinnern mich an meine Eltern, die ebenso alles nur gemeinsam machen. Die zusammen ihre vom Bürgerkrieg zerstörte Heimat verlassen haben, um sich in einem fremden, neuen Land eine bessere Zukunft aufzubauen. Um eine Familie zu gründen.

»Aber Lina ist nicht ich«, fährt Ottar fort. »Sie liebt ihr Zuhause, aber nicht so, wie wir anderen es tun. Und ihr Vater … sie liebt ihn, aber gleichzeitig sind die beiden einfach nicht gut füreinander. Ellinors Tod hat zu viel kaputt gemacht. Und Lina muss verstehen, dass sie Brian nicht reparieren kann. Dass vielleicht niemand ihn reparieren kann.«

Ich nicke nachdenklich.

»Jemand sollte mit ihr reden ...«

Sofort spüre ich Ottars intensiven Blick auf mir wie Nadelstiche, die sich in meine Haut bohren. Mein Herz macht einen Satz.

»Ich?«

»Wer denn sonst, Junge?«, knurrt er, plötzlich überraschend mürrisch, dass es beinahe so wirkt, als hätte er mir diese ganze Geschichte nur erzählt, um auf diesen Punkt hinauszukommen.

»Ich verstehe ja, dass *jemand* mit ihr reden sollte, aber ich bin mir sicher, es gibt genug Leute, die besser geeignet sind.«

»Haben es alle schon versucht.«

»Aber ich bin doch nur ...« *Nur ich.*

»Sie mag dich«, stellt Ottar klar, als wäre es eine absolute Selbstverständlichkeit. »Es braucht nicht viel, um das zu erkennen. Und glaub mir, ich bin der Letzte, der einen Touristen in diese Geschichte mit reinziehen will, aber wir haben alles andere versucht.«

Ich presse die Lippen zusammen, dabei verstehe ich, was Ottar meint. Die Verzweiflung ist aus seinem Blick herauszulesen, und ich bin mir sicher, er würde nicht ausgerechnet mich fragen, wenn er einen anderen Weg wüsste.

»Hast du mich deshalb zum Helfen eingespannt?«, frage ich. »Um mich in deinen Plan einzuweihen?«

Er lacht. »Nein. Der Plan kam erst später. In erster Linie hatte ich nur keine Lust aufs Ausmisten.«

Lina

Vier Tage. Vier Tage, in denen ich es schaffe, ihm auszuweichen und gleichzeitig doch in seine Gedankenwelt einzudringen. Ohne Týra fehlt mir auch die letzte Beschäftigungsmöglichkeit, weshalb ich dazu übergegangen bin, etwas zu tun, das ich schon lange nicht getan habe: Ich lese ein Buch. Zugegebenermaßen ziemlich langsam. Ich hab mich schon immer damit schwergetan, weil ich ständig das Gefühl habe, die Buchstaben würden einfach so die Plätze vertauschen. Aber mit nichts anderem, das ich tun könnte, komme ich gut voran und tauche tief ein in eine seltsame neue Faszination, die zuletzt nur *Stranger Things* bei mir auslösen konnte.

Die Schicksalsklinik hat eine Sogwirkung, der ich mich kaum entziehen kann. Nur ein paar Seiten und ich war mittendrin, obwohl ich nicht einmal zur Zielgruppe gehöre.

Anneliese ist eine junge Schwester, die wegen einer Affäre sämtliche Zelte abbrechen musste. Sie hofft auf einen Neuanfang in der Seeklinik St. Johanna auf der Nordseeinsel Rømø, findet sich dort allerdings schon bald in einer stürmischen Romanze mit Chefarzt Dr. Sander wieder. Aber der hütet ein Geheimnis, und ich muss unbedingt herausfinden, was es ist.

Ich bin sogar so besessen davon, dass ich zeitweise alles um mich herum vergesse. Meinen Vater, meinen Streit mit Týra, Louay. Allerdings nur, bis ein weiterer Einkaufstrip ansteht.

Ich kann Louay förmlich ansehen, dass er Fragen hat und nicht so recht weiß, wie er sich in meiner Gegenwart verhalten soll. Dabei geht es mir, ehrlich gesagt, nicht anders. Denn wie verhält man sich, wenn man zuletzt die Nacht zusammen verbracht hat, ohne zu klären, wie man zueinander steht? Ist die Sache für ihn erledigt? Will er mehr? Will er viel mehr? Zieht sich sein Herz genauso zusammen wie meins, wenn er mich sieht, oder macht er sich überhaupt Gedanken?

Ich könnte fragen. Ich könnte hier und jetzt mitten im Supermarkt die Büchse der Pandora aufbrechen und fragen, was genau zwischen uns ist. Mehrmals öffne ich dafür den Mund, doch ich sage nichts. Zu groß ist meine Angst vor dem, was danach kommt. Mein Leben ist im Moment sowieso schon ein Drahtseilakt, da brauche ich nicht noch einen Sturm, der mich endgültig in die Tiefe reißt.

Am Ende ist es Louay, der den Mut findet, allerdings

erst, als wir längst im Auto sitzen und im Begriff sind, uns auf den Rückweg zu machen.

»Ich hab nachgedacht.«

Unwillkürlich zucke ich zusammen. Wann hat jemals ein positives Gespräch mit diesen Worten begonnen?

»Okay?«

»Und ich glaube, ich habe endlich eine konkrete Idee für ein eigenes Buch. Der Pitch steht, und ich muss mir nur noch einen genauen Plot dafür überlegen.«

»Oh, aber das ist ja fantastisch!« Ich verstehe nicht, wieso ich mich so falsch anhöre. Ich freue mich ernsthaft für ihn, aber meine Stimme klingt, als würde mir jemand ein Messer an die Kehle halten.

»Ist es. Ehrlich gesagt bin ich richtig gehypt auf die Geschichte. Ich arbeite gerade noch das Grundgerüst aus, Figuren, Setting, und habe mir gedacht, dass ein bisschen mehr Inspiration nicht schaden könnte.«

Ich nicke und kralle meine Hände unmerklich ins Lenkrad. Vor mir legt sich der Regen in feinen Tropfen auf die Windschutzscheibe, die das Meer und die Berge dahinter verschwimmen lassen.

»Also habe ich ein wenig recherchiert und wollte dich fragen, ob du eventuell noch einmal Zeit hättest, mir die Gegend zu zeigen.«

Nein, liegt es mir bereits auf der Zunge, so schwer, dass ich mich selbst dafür hasse. Weil ich weiß, dass es nicht gut für mich ist, Zeit mit ihm zu verbringen, ich aber gleichzeitig gerade nichts mehr will. »Okay«, erwidere ich diplomatisch. »Schwebt dir etwas Bestimmtes vor, oder soll ich mir was überlegen?«

»Ich dachte an die Drangarnir-Felsen.«

Ich blinzele überrascht. Louay scheint nicht nur seine Hausaufgaben gemacht zu haben, er hat sich auch zielsicher den einen Ort ausgesucht, zu dem wir gut drei Stunden wandern müssen. Im Sommer gibt es ein Boot, das rausfährt, aber um diese Jahreszeit führt nur der lange Fußweg zu den Klippen, von denen aus man die Felsformation sehen kann.

»Willst du dir echt schon wieder Klippen anschauen?«, frage ich.

»Ich bin für Gegenvorschläge offen.«

Ich beiße mir auf die Unterlippe und überlege. Es gibt jede Menge Orte, die wir uns ansehen könnten, aber alle haben ausschließlich etwas mit der Landschaft zu tun. Ob nun eine Klippe oder einen Wasserfall spielt keine Rolle, weil ich so oder so mindestens den halben Tag mit Louay verbringen müsste.

Mein Herz macht bei dieser Vorstellung einen freudigen Hüpfer, doch durch meinen Kopf schießt schon wieder nur die Angst. Dann jedoch kommt mir ein Gedanke: Was, wenn Louay mir hiermit sagen will, dass sich nichts zwischen uns verändert hat?

Unsicher sehe ich ihm ins Gesicht, um nach der Antwort zu suchen, irgendetwas, das seine Absicht verrät. Aber er lächelt nur auf diese Art, bei der mein Herz einen weiteren Hüpfer vollführt. Ich hasse es dafür. Dafür, dass es mir das antut, dass es sich schon längst entschieden hat, dafür, dass es selbst jetzt darauf hofft, dass diese ganze Geschichte uns nicht vollkommen am Boden zerstört zurücklassen wird.

»Drangarnir ist gut«, antworte ich schulterzuckend und starte den Motor. »Aber ich muss dich warnen, die Wanderung ist echt anstrengend. Und lang.«

»Damit komme ich mittlerweile klar.«

Mir liegt ein stichelnder Kommentar auf der Zunge, doch selbst das käme mir inzwischen leichtsinnig vor. Ich muss Louay auf Abstand halten, wenn ich retten will, was noch zu retten ist. Wenn ich nicht wieder nur einer Idee hinterherjagen will, um am Ende verletzt zu werden.

Die Sonne ist kaum aufgegangen, als wir aufbrechen. Allein bis Sørvágur auf der Insel Vágar, wo wir unser Auto parken, ist es eine gute Stunde Fahrt. Eine, die wir weitestgehend schweigend verbringen. Im Café Kai holen wir uns unseren Proviant für die Wanderung, und von dort geht es direkt hinauf in die Berge.

Das Wetter wechselt gefühlt im Sekundentakt. Regenwolken ziehen über uns hinweg, gefolgt von strahlendem Sonnenschein, Wind, dann wieder Regen. Nicht das beste Wetter für diese Strecke, aber es könnte schlimmer sein. Einzig die Stille wird mit jedem Augenblick unerträglicher.

Die meiste Zeit versuche ich, mich davon abzulenken, aber wenn mir das nicht gelingt, überlege ich fieberhaft, welches Thema ich anschneiden könnte, um nicht in die falsche Richtung abzudriften – oder awkward zu klingen. *Siehst du das da unten im Wasser? Das sind Austernnetze*, kommt mir ebenso unpassend vor wie ihm zu sagen, dass ich seit ein paar Tagen *Die Schicksalsklinik* lese.

Am Ende erreichen wir unser Ziel in peinlicher Stille, weil ich in keinem Moment den Mut dazu gefunden habe, den Mund aufzumachen. Doch plötzlich spielt das keine so große Rolle mehr. Wie auch mit Kallur ist es Jahre her, seit ich zum letzten Mal hier draußen war, weshalb die Aussicht umso atemberaubender ist. Wir befinden uns auf einer Klippe, die sich nach links noch ein gutes Stück weiter aus dem Meer erhebt, während auf unserer rechten Seite die idyllische Bucht von Sørvágur liegt. Gegenüber befindet sich das Dorf Bøur, und ein Stück weiter draußen erkenne ich den Skarðsáfossur, der von einer weiteren Klippe in die Tiefe stürzt.

Doch weder die Klippen noch der Wasserfall sind die Hauptattraktion hier. Vor uns, nur hundert Meter entfernt, erhebt sich ein Fels aus dem Wasser, in dessen steilen Hängen sich Papageientaucher angesiedelt haben. Seine Form erinnert ein wenig an ein schiefes Dach, auf dem Gras wächst, doch noch viel beeindruckender ist das tiefe Loch, das die Gezeiten in den Fels gekerbt haben, sodass er jetzt wie ein gigantischer Torbogen aussieht. Ich lasse mich erschöpft ins feuchte Gras sinken und kann gar nicht genug von dem unglaublichen Anblick bekommen.

Irgendwann setzt sich Louay neben mich. »Gibt es dazu auch eine Legende wie mit der Robbenfrau?«

»Nicht, dass ich wüsste. Das vor uns ist Stóri Drangur, und dahinter versteckt sich noch ein kleinerer Fels namens

Lítti Drangur. Die Namen bedeuten nichts anderes als großer und kleiner Brandungspfeiler.«

»Ach so.« Beinahe klingt Louay enttäuscht darüber, aber da fällt mir etwas ein.

»Siehst du die Insel dahinter? Die große.«

»Ja.«

»Das ist Tindhólmur. Das Eiland ist komplett unbewohnt, aber das war wohl nicht immer so. Man erzählt sich, dass einmal ein Farmer namens Rasmus dort gelebt hat. Ursprünglich kam er aus Sørvágur, aber er hat sich so mit den anderen Dorfbewohnern zerstritten, dass sie ihm ein Stück Land auf der Insel angeboten haben, nur um ihn loszuwerden. Dort hatte er ein angenehmes Leben, aber dann änderte sich alles ...«

» ... als die Feuernation angriff.«

»Was?«

Louay lacht leise. »Nur mein innerer Nerd. Erzähl weiter.«

»Nein, jetzt hast du mir den Moment ruiniert«, erwidere ich empört. »Wie würdest du dich fühlen, wenn du das Finale einer epischen Geschichte schreibst und deine Mutter dich zum Essen ruft?«

»Wäre nicht das erste Mal.«

Ich verdrehe die Augen, und Louay stupst mich ganz sacht in die Seite. Doch die Berührung, kaum mehr als ein Windhauch, reicht, um mir seine Nähe wieder ins Bewusstsein und die verdrängten Erinnerungen direkt vor mein geistiges Auge zu rufen.

»Eines Tages«, erzähle ich weiter, um mich davon abzulenken, »schnappte sich ein Adler Rasmus' zweijährigen Sohn und flog mit ihm zum höchsten Gipfel der Insel. Die Mutter rannte ihm hinterher, aber als sie oben ankam, war es zu spät, und der Adler hatte längst die Augen des Kindes herausgepickt und gegessen. Den Gipfel nennt man seither Ørnatindur – den Gipfel des Adlers.«

Louay erschaudert. »Ihr Färinger habt echt ein Faible für makabre Legenden.«

»Was diese ›Legende‹ noch viel besser macht: Auf der Insel stehen immer noch die Überreste von Rasmus' Anwesen und seinem Bootshaus.«

»Uff. Dein Ernst?«

»Google Earth würde sicher nicht lügen.«

Louay verzieht das Gesicht, wahrscheinlich weil ihm gerade derselbe Gedanke durch den Kopf geht wie mir damals, als ich zum ersten Mal die Geschichte von Tindhólmur gehört habe: gruselig.

»Habt ihr denn auch schöne Legenden?«

»Einige, ja. Dafür musst du unbedingt zur Sommersonnenwende vorbeikommen. Dann wird getanzt, und es werden alte Balladen gesungen. All unsere Geschichten und Legenden werden über Lieder überliefert.«

»Im Sommer, hm?«

Erst jetzt wird mir bewusst, was ich damit impliziert habe. Eigentlich sage ich meinen Gästen ständig, dass sie dann und dann noch einmal wiederkommen müssen, um etwas zu sehen, aber normalerweise ist es nur eine PR-Strategie. Ein Mittel zum Zweck, um mich beschäftigt zu halten und meinen Lebensunterhalt zu verdienen.

Aber was ich gerade zu Louay gesagt habe, war keine Werbung. Sondern ein Wunsch. Denn mit einem Mal wird mir schmerzlich bewusst, dass es gar nicht mehr so lange dauert, bis er wieder abreist. Wieder stehen mein Herz und mein Verstand im Krieg miteinander. Ich will darüber erleichtert sein, aber stattdessen fühlt es sich einfach nur an, als hätte ich eine Chance verspielt. Die Vorstellung, ihn wiederzusehen, ist gleichermaßen erschreckend wie auch berauschend.

Ich ziehe die Knie an den Oberkörper und folge mit dem Blick einem Mauersegler, der über uns hinweggleitet.

»Würdest du mich überhaupt wieder reinlassen?«, fragt Louay auf einmal, seine Stimme hörbar angespannt.

»Ja, klar. Solange du zahlst.«

Wir wissen beide, dass er das nicht gemeint hat und eigentlich auf etwas ganz anderes hinauswollte. Aber ich schaffe es, mich nicht dieser Tatsache zu stellen, nicht auf das einzugehen, was er *wirklich* ansprechen will.

»Juni oder Juli ist vermutlich die beste Zeit. Da sind die großen Feiertage. Die Sommersonnenwende. Oder Jóansøka, das Festival zu St. Johannes – da gibt es eine Ruderregatta und Kunstausstellungen. Oh, und der St.-Olaf-Tag Ólavsøka, das ist sozusagen unser Nationalfeiertag mit Konzerten, Umzügen, Sportveranstaltungen und natürlich den Tänzen mit den Balladen. Dann ist das Wetter auch ein bisschen beständiger, das Gras ist grün, und du kannst die Mitternachtssonne erleben.«

»Also habe ich mir eine schlechte Zeit ausgesucht?«

»Nicht zwangsläufig. Der Sommer ist schön, aber immer ein bisschen zu voll für meinen Geschmack. Frühjahr und Herbst sind da besser. Das Wetter ist meistens nicht ideal, aber die Chancen stehen gut für Polarlichter.«

Verträumt betrachte ich den Felsen vor mir, denn der Frühling ist auch meine Lieblingsjahreszeit. Mir gefallen die Farben, vor allem das goldbraune Gras auf den Bergen und die ersten Sonnenstrahlen auf meiner Haut nach dem langen Winter. Wenn die dichte Wolkendecke aufbricht und der Himmel das Wasser dunkelblau färbt. So wie jetzt.

»Klingt, als könnte man das ganze Jahr hier verbringen.«

»Könnte man.« *Wenn man denn wollte.*

»Vielleicht schaue ich wirklich noch mal im Sommer vorbei«, sagt Louay vorsichtig. »Wer weiß, vielleicht kommt nach dem *Grandhotel der Träume* ja die *Schicksalsinsel*. Besser, ich fange bald mit der Recherche an.«

»Da muss ich dich enttäuschen. Ich bin jetzt schon bis September restlos ausgebucht.«

»Schade.«

Es fühlt sich falsch an, dieses Gespräch. Alles daran. Wir tanzen um das eigentliche Thema herum, als bestünde der Boden aus Lava, und klingen dabei wie ein altes Ehepaar, das sich seit Jahren nichts mehr zu sagen hat. Und verdammt, ich kann das einfach nicht.

Ich hole tief Luft, ehe ich mich umdrehe, um Louay anzusehen. Der frische Wind hat ihm die dunklen Locken ins Gesicht geweht, doch sein Blick findet meinen, als hätte er nur darauf gewartet, dass ich ihn ansehe. Und nur dieser winzige Moment reicht aus, um mich die Warnungen in meinem Kopf vergessen zu lassen.

»Aber ich würde mich freuen, wenn du wieder vorbeikämst.«

Wie kann ein Satz gleichzeitig so aufrichtig und so gelogen sein? Die Wahrheit und doch ein absolutes Understatement. Ich würde mich nicht nur freuen, wenn Louay öfter hier vorbeischauen würde, es würde einfach alles ändern. Denn wenn er in meiner Nähe ist, kommt mir mein Leben auf einmal ein bisschen weniger langweilig vor. Ein bisschen weniger unspektakulär. Ein bisschen weniger am Ende. Und meine Heimat fühlt sich wieder wie ein Zuhause an.

»Lina?«

Mein Name aus seinem Mund bringt mein Herz zum Stolpern. »Ja?«

»Was ich noch sagen wollte ...« Er hadert mit sich. Ich sehe deutlich, wie sein Kiefer sich anspannt. Ein Rotschimmer legt sich auf seine Wangen. »Du kannst mir ruhig sagen, wenn du nichts von mir willst.«

»Was?!«, entfährt es mir.

»Ich verkrafte das, ehrlich. Ich will nur nicht, dass zwischen uns alles so seltsam ist, weil wir beide ein bisschen zu emotional waren und ...«

Es wäre so einfach. So verdammt einfach mitzuspielen. Ihm recht zu geben, zu sagen, dass wirklich alles nur ein Ausrutscher war. Dass ich nichts von ihm will. Und dass mir die Sache leidtut.

Es wäre die perfekte Lösung für ein Problem, das mich seit Tagen nicht loslässt. Aber es wäre auch eine Lüge.

»Nein.«

Louay hält inne und betrachtet mich mit schief gelegtem Kopf. »Nein?«

»Nein«, wiederhole ich.

»Nein, ich will nichts von dir? Nein, nichts ist seltsam?«

Auf einmal scheine ich vergessen zu haben, wie Worte überhaupt funktionieren. Aber wie soll ich das, was da in mir vorgeht, auch in Worte fassen? Diese Mischung aus Angst, Hoffnung, Resignation und Aufregung, für die ich keinen Namen habe. *Nein* ist definitiv nicht die richtige Antwort, aber eine bessere fällt mir auch nicht ein.

»Nein, es war nicht das«, versuche ich es. »Also ja, ich war ziemlich emotional, aber das bedeutet nicht, dass ich es nicht ernst gemeint habe, als ich dich geküsst habe. Es ist nur so, dass ... ich dich ganz schön okay finde, dafür, dass du so ziemlich das Gegenteil von mir bist.«

Louay runzelt die Stirn. »Soll das ein Kompliment sein?«

»Pscht.« Ich lege ihm die Hand auf die Lippen. Wenn er mehr redet, komme ich nur noch mehr durcheinander. »Ich bin bloß scheiße darin, Sachen zu formulieren.«

»Mhm.«

»Aber ich ...« Worauf will ich hinaus? »Ich hab die *Schicksalsklinik* gelesen!«

»Okay.«

»Und ... und ... Ach, verdammt.«

Ich kapituliere. Ich gebe auf, werfe hier und jetzt das Handtuch. Ich kann das nicht mehr, habe schon viel zu viel Zeit damit verschwendet, mich gegen mich selbst zu wehren. Ich bin niemand, der große Worte verschwendet, ich bin niemand, der zu viel nachdenkt. Ich bin jemand, der handelt. Also verkralle ich meine Finger im Kragen von Louays Jacke, ziehe ihn zu mir und küsse ihn.

Louay

Der Regen setzt ein, als Linas Lippen auf meine treffen, und bildet einen angenehm kühlen Kontrast zu der Hitze, die im selben Moment in mir aufsteigt.

Wie beim letzten Mal sind ihre Lippen weich, und wie beim letzten Mal schmeckt der Kuss gleichermaßen süß und verzweifelt. Es ist ein Kuss wie ein Hilferuf. Als wäre Lina eine Ertrinkende und ich die einzige Rettung weit und breit. Eine innere Stimme warnt mich, dass ich vorsichtig sein sollte, doch es dauert nur Sekunden, bis alle meine Gedanken erstickt sind und nur noch Linas Nähe zählt. Instinktiv schlinge ich die Arme um ihren Oberkörper und ziehe sie genauso fest an mich wie die Male davor. Irgendwie rutscht sie dabei auf meinen Schoß. Ihre Haare fallen neben mein Gesicht, wie ein Vorhang, der uns vorm Rest der Welt abschirmt, und nichts spielt mehr eine Rolle.

Weder mein Job, meine Zweifel, noch diese Landschaft. Es gibt nur noch uns. Diesen Kuss. Das, was er mit mir macht.

Lina nannte die Färöer-Inseln die Islands of Maybe, und nach zwei Wochen hier verstehe ich allmählich, wieso man diesem Ort ausgerechnet diesen Namen gegeben hat. *Vielleicht* ist so ein wundervolles Wort, das gleichzeitig alles und nichts bedeuten kann.

Vielleicht regnet es.

Vielleicht schneit es.

Vielleicht scheint die Sonne.

Vielleicht beginne ich gerade, mich in Lina Gásdal zu verlieben.

Der Rückweg verläuft genauso schweigend wie der Hinweg, nur ist es dieses Mal keine peinliche Stille, sondern eine angenehme. Ich habe nicht das Bedürfnis, etwas zu sagen, und verbringe auch nicht die ganze Zeit damit, mir zu überlegen, was ich sagen könnte. Stattdessen genieße ich es einfach, Zeit mit Lina zu verbringen, ihre Hand zu halten, während wir über die weite Graslandschaft dem Trampelpfad entlang der Küste folgen.

Ich würde nicht sagen, dass sich das zwischen uns geklärt hat oder wir genau wissen, was das hier alles wird. Aber es fühlt sich zumindest so an, als hätten wir einen Weg eingeschlagen. Wohin er führt, kann ich unmöglich sagen, aber ich versuche, jeden Meter davon zu genießen, solange ich kann. Und sobald Linas Auto in Sichtweite ist, realisiere ich, dass wir womöglich schneller an seinem Ende ankommen, als mir lieb ist.

Es war keine Lüge, dass ich Drangarnir zu Recherchezwecken sehen wollte, aber auch nicht die ganze Wahrheit. Nachdem ich lange über mein Gespräch mit Ottar nachgedacht hatte, kam ich zu dem Schluss, dass ich zumindest versuchen könnte, das Thema »Zukunft« bei Lina anzusprechen. Nur hatte ich keine Ahnung, wie ich das am besten anstellen sollte. Ich konnte ja schlecht an ihrer Haustür klopfen und sie einfach so fragen. Mein Vorhaben wurde umso unmöglicher, als ich realisiert hatte, dass sie mich meidet. Also brauchte ich einen Plan, um überhaupt an Lina heranzukommen und normal mit ihr reden zu können. Daher der Ausflug. Und der Gedanke war eigentlich, sie danach im Auto darauf anzusprechen, wenn sie mich hoffentlich wieder leiden könnte.

Als ich mich auf den Beifahrersitz fallen lasse, fühlt sich mein Körper seltsam steif an. Die Erkenntnis, dass ich den kleinen Erfolg von eben sofort wieder zunichtemachen könnte, trifft mich wie ein Schlag. Ohne Zweifel wird sie sich kaum für das Thema begeistern können, aber wie sieht die Sache aus, wenn *ich* es anspreche? Ist sie, wie Ottar hofft, eher gewillt, mir zuzuhören? Oder setzt sie mich zur Antwort irgendwo an einer Raststätte aus? Gibt es auf den Färöern überhaupt eine Raststätte?

»Ist irgendwas?« Natürlich entgeht Lina mein emotionales Desaster nicht. Und jetzt, wo sie etwas ahnt, wird es schwer, dieses Gespräch aufzuschieben.

Ich seufze. »War das vorhin ernst gemeint? Also, dass ich vielleicht mal im Sommer vorbeikommen könnte?«

»Klar«, antwortet sie und startet den Motor. »Nur wie gesagt, ich bin dieses Jahr echt schon komplett ausgebucht.«

»Oh ja, klar, verständlich. Dieses Jahr hab ich auch überhaupt keine Zeit. Deadlines, die Verfilmung – es ist ein Wunder, dass ich überhaupt ein paar Tage weggekommen bin.«

»Mhm.«

»Also nächstes Jahr?«

»Ich muss in meinen Terminkalender schauen, aber ja.«

Die Unverbindlichkeit in ihrer Stimme verunsichert mich. Aber jetzt ist es zu spät, einen Rückzieher zu machen.

»Also führst du das B&B weiter?«

»Wieso sollte ich nicht?«

Ich beiße die Zähne zusammen und starre aus dem Fenster. »Ich hab mich nur gefragt, ob du nicht studieren willst, wenn du erst einmal etwas Geld angespart hast.«

»Nein.« Selbst ohne hinzusehen bemerke ich ihre Anspannung. Nur eine Sekunde, und die Luft im Auto scheint unter Strom zu stehen.

»Nein, du willst nicht studieren?«, bohre ich wider besseres Wissen weiter.

»Doch, schon. Aber ich kann hier nicht einfach so weg. Du hast meinen Vater gesehen. Wer weiß, was er anstellt, wenn ich nicht zu Hause bin.« Sie überspielt es mit einem Lächeln, doch mir entgeht der warnende Unterton in ihrer

Stimme nicht. Das Eis, auf dem ich mich bewege, ist dünn, sehr dünn, und entwickelt bereits erste Risse.

Trotzdem mache ich weiter. »Hast du denn Angst, dass er ...«

»Ich hab keine Ahnung, wovor ich Angst habe, okay?«, unterbricht sie mich heftig. »Habt ihr euch jetzt etwa alle gegen mich verschworen? Erst Týra, jetzt du.«

»Was ist mit Týra?«

Lina krallt die Finger ins Lenkrad. »Wir hatten vor ein paar Tagen ziemlich genau dasselbe Gespräch. Aber meine Antwort ändert sich nicht. Nein, ich kann hier nicht einfach weg.«

Ich seufze. »Lina, ich verstehe, dass es ein schwerer Schritt ist, aber denkst du nicht, es wäre vielleicht besser für dich *und* deinen Vater, wenn ihr erst einmal auf Abstand geht?«

»Was weißt du schon? Du kennst mich doch gar nicht. Du hast keine Ahnung, was in mir vorgeht.«

Die Antwort sitzt, denn Lina hat recht. Wer bin ich schon, mich in ihr Leben einzumischen? Nur ein Tourist, der durch eine Kurzschlussreaktion überhaupt auf dieser Insel gelandet ist. Jemand, der sie kaum zwei Wochen kennt, auch wenn mein Herz mir gern etwas anderes einreden würde.

»Ich weiß«, murmele ich. »Es geht mich nichts an ... Ich wollte nur ... wollte nur ...«

»Was?«

»Nichts. Vergiss, was ich gesagt habe.«

Ich könnte weitermachen, ihr sagen, dass ich ein wenig

verstehen kann, was sie durchmacht, dass ich die Situation von meinem eigenen Vater kenne, aber ich bringe keinen Ton mehr heraus. Linas Wut und Verzweiflung formen einen Strick, der mir die Kehle zuschnürt und jedes noch so vernünftige Argument im Keim erstickt.

Wortlos fahren wir zurück nach Saksun, und als wir ankommen, verschwindet Lina ohne Abschied ins Haus. Ich kann mich nicht einmal für den Ausflug bedanken – oder mich dafür entschuldigen, dass ich das Thema überhaupt angeschnitten habe. Sie ist einfach weg.

Die Gewissheit, dass ich es mir mit ihr verbaut habe, schmerzt mehr als gut für mich ist. Ich war gerade dabei, etwas zwischen uns zu sehen, etwas zu spüren, aber jetzt bin ich vollkommen desillusioniert.

Still kehre ich in meine Ferienwohnung zurück, wo ich endlich das tue, was ich schon seit Monaten hätte tun sollen. Ich schreibe. Keine E-Mail. Keinen Pitch, den ich sofort wieder verwerfe. Nicht mal das Exposé, an das ich mich die Tage setzen wollte. Sondern den Anfang einer Geschichte.

Ohne einen Gedanken an irgendetwas zu verschwenden, lasse ich meine Finger über die Tasten wandern, während die Worte wie ein Sturzbach aus mir herausfließen. Auf einmal ist es, als wäre ein Damm gebrochen. Ich hinterfrage nicht jeden einzelnen Satz, und selbst Alma Jensen ist in meinem Kopf still – es gibt nur mich, meinen Laptop und die Magie einer brandneuen Idee.

Lina

Ich falle. Komme hart auf dem Boden auf. Zerberste in Millionen Scherben. Schon seit Tagen hing mein seelisches Gleichgewicht nur am seidenen Faden, doch nun ist es endgültig ruiniert. Dank Louay.

Wie hatte ich mir auch einreden können, dass es mit ihm besser werden könnte?

Wie hatte ich mir einreden können, dass mit ihm alles andere in den Hintergrund rückt?

Ich hätte es besser wissen müssen, denn das tut es nämlich nie. Er ist nicht der Erste, der versucht hat, mir ins Gewissen zu reden, aber komischerweise tut es bei ihm fast genauso weh wie bei Týra. Vielleicht, weil ich nicht glauben kann, dass meine desaströse Lage inzwischen schon so offensichtlich ist. Er ist erst seit zwei Wochen hier und wusste trotzdem, was er fragen musste, um genau die falschen Knöpfe bei mir zu drücken.

Energisch stehe ich von meinem Sessel auf und lege mich stattdessen auf mein Bett. Es war alles ein Riesenfehler. Ihm so nahezukommen. Ihn hierherzubringen. Selbst jetzt habe ich das Gefühl, seinen Duft im Raum wahrzunehmen.

Wie konnte ich nur?

Wie konnte *er* nur?

Wütend balle ich die Hände zu Fäusten und hole mein Handy aus der Tasche. Der Impuls, Týra anzurufen, ist groß, bis mir klar wird, dass ich das gar nicht kann. Denn wenn ich ihr sage, was mich so verletzt hat, würde sie sich nur auf seine Seite stellen. Sie würde ihm recht geben. Mir wieder ins Gewissen reden, ohne zu verstehen, dass ich wirklich keine Optionen habe. Es gibt nichts, das ich tun kann.

Ich kann meinen Vater nicht allein lassen. Es geht einfach nicht. Ohne mich hat er niemanden mehr.

Wieso will das nur keiner verstehen?

Frustriert werfe ich mein Handy zur Seite und klammere mich stattdessen an mein Kissen. Schlagartig wird mir bewusst, wie allein ich wirklich bin, wie gefangen. Es gibt niemanden mehr, mit dem ich reden kann. Es gibt nichts mehr, das mich noch ablenken könnte.

Tränen schießen mir in die Augen, aber ich mache mir nicht einmal die Mühe, sie zu unterdrücken. Ich habe keine Kraft mehr zu kämpfen. Und so lasse ich zu, dass der Schmerz mich überrollt, lege mich hin, ziehe die Decke über mich und warte darauf, dass es vorbei ist.

Nach dem Regen muss schließlich irgendwann die Sonne scheinen, oder? Nein. Nicht bei mir. Wenn es einmal regnet, ist der Donner nicht weit.

Louay

TysBookPalace möchte dir eine Nachricht senden.

Verwirrt schaue ich auf das Pop-up auf meinem Handy, ohne so recht zu glauben, was ich da sehe. Meinen Instagram-Account habe ich eigentlich nur, um die Storys meines Bruders zu verfolgen und seine Posts zu kommentieren, um seine Reichweite zu erhöhen, weshalb ich umso überraschter bin, plötzlich eine Nachricht zu bekommen.

Überrascht und auch leicht panisch, als ich mir den dazugehörigen Account anschaue. Eine ganze Kollektion an pastelligen Bildern, auf denen die neuesten Bestseller und einige Indie-Titel in Szene gesetzt werden. Die Besitzerin des Kanals ist offensichtlich eine Buchbloggerin und hat mit ihren vierzigtausend Followern eine beachtliche Größe. Wieso sie plötzlich mit einem »Hey!« in meinen DMs gelandet ist, ist mir nicht wirklich klar. Unter den gezeigten Büchern ist zumindest kein Foto der *Schicksalsklinik*, was meine Nervosität allerdings nicht im Geringsten lindert. Wenn jemand mit so einer Reichweite herausfinden sollte, wer hinter Alma Jensen steckt, würde es nicht lange dauern, bis auch der Rest des Landes Bescheid weiß.

Zunehmend beunruhigt, swipe ich durch ihre Highlights. Darunter hauptsächlich Clips, in denen eine blonde junge Frau amerikanische Selfpublishing-Bücher mit Chilischoten bewertet. Ihr Gesicht kommt mir nicht bekannt vor, doch dann, als ich ihr letztes Highlight-Reel erreiche, macht es *klick*.

Home Sweet Home lautet der Titel einer Kollektion an Storys mit Fotos von den Färöer-Inseln. Ich erkenne den Kallur-Leuchtturm wieder, das Einkaufszentrum in Tórshavn, das Restaurant in den Bergen mit seinem Chefkoch Will und dann auch ein Foto von Lina, bei dem sich mein Herz schmerzhaft zusammenzieht. Ich bleibe einen Moment zu lange an dem Bild hängen, das sie und die Buchbloggerin Týra am Strand von Saksun zeigt. Eine sorglosere Version von Lina, als ich sie vor einigen Tagen noch gesehen habe.

Seufzend gehe ich zurück in meine DMs und antworte.

Hey.

Fast so, als hätte sie darauf gelauert, dauert es nur eine Sekunde, bevor Týra zu tippen anfängt.

Omg. Bitte sag mir, dass du der richtige Louay bist.

???

Bist du doch, oder? Du machst gerade Urlaub auf den Färöern. Im B&B der Gásdals.

Shit.

Sorry. Das klingt, als wäre ich die schlimmste Stalkerin ever. Sorry. Sorry. Sorry.

Ich mein das nicht böse. Oder gruselig. Aber bist du's?

Skeptisch betrachte ich die schiere Flut an Nachrichten, die mich erreicht. Unter normalen Umständen fände ich die Situation wirklich gruselig, aber immerhin weiß ich in etwa, wer Týra ist.

Ja, bin ich. Und kein Problem. Wie hast du meinen Account gefunden?

Willst du die lange oder die kurze Fassung?

Kurz.

Ich verbringe zu viel Zeit im Internet und habe

früher immer mal wieder irgendwelche Kerle für meine Freundinnen im Internet ausfindig gemacht.

Findest du mich jetzt gruselig?

Minimal.

Sehr gut. Aber das tut nichts zur Sache. Ich will dich gar nicht stören, nur fragen, ob du in den letzten Tagen was von Lina gehört hast. Das ist alles.

Ich runzele die Stirn und frage mich unwillkürlich, *wie viel* sie weiß, dass sie ausgerechnet mir diese Frage stellt.

Ich sehe sie immer nur kurz, wenn sie mir Essen vorbeibringt.

Redet sie mit dir?

Ich überlege, wie viel ich sagen soll. Sie ist Linas beste Freundin und macht sich sicher nur Sorgen, aber gleichzeitig fühle ich mich nicht wohl dabei, einfach auszuplaudern, was vorgefallen ist. Dann wiederum würde mir Týra sicher nicht aus reiner Laune schreiben. Nein. Irgendwas muss sie dazu veranlasst haben.

Nicht wirklich. Ich glaube, sie ist wütend auf mich.

Wütend, wieso denn das?

Nein. Sag nichts.

Hast du sie nach dem Studium gefragt?

Woher weißt du das?

Story of my life. Wir hatten letzte Woche einen Streit deshalb. Seither hab ich nichts von ihr gehört. Normalerweise renkt sich das schnell wieder ein, aber dieses Mal ist sie echt hartnäckig.

Auf einmal ergibt mein letztes Gespräch mit ihr umso mehr Sinn. *Erst Týra, dann du.* Der Streit, von dem Týra spricht, muss kurz vorher passiert sein. Wahrscheinlich hat sie deshalb so schnell so heftig reagiert.

Davon wusste ich nichts. Aber das würde passen. Sie war sofort sauer und redet seither nur das Nötigste mit mir.

Diese askoidfdasw.

Sorry.

Also das alles. Und dass du überhaupt da mit reingezogen wurdest.

Nein, ich hab mich quasi selbst eingemischt.

Trotzdem. Ich versuche sie schon seit über einem Jahr dazu zu überreden, endlich mal etwas zu machen. Keine Chance.

So schlimm?

Du hast ja keine Ahnung.

Aber egal.

Danke dir auf jeden Fall für die Rückmeldung. Und noch mal sorry, dass ich dich so überfallen habe, aber ich wusste echt nicht, wen ich sonst fragen sollte.

Alles gut. Ich versuche noch mal, mit ihr zu reden.

Mach dir keine Mühe. Solange sie nicht von selbst auf dich zukommt, hat das keinen Zweck. Ihr Schädel ist aus Granit.

Immer noch einen Versuch wert.

Das ist sehr süß von dir. ♡

Ich lasse die letzte Aussage unkommentiert und bleibe stattdessen an meinen eigenen Worten hängen. Das, was ich da eben geschrieben habe. Dass ich noch mal mit Lina sprechen möchte. Als ob ich das nicht schon längst versucht hätte. Jedes Mal, wenn ich sie sehe, frage ich, ob sie noch kurz reinkommen oder zumindest reden will, aber jedes Mal ist die Antwort dieselbe.

Sorry, heute nicht. Ich hab schon was vor.

Einmal war ich versucht nachzuhaken, was sie vorhat, aber das käme mir übergriffig und gemein vor, weil ich die Antwort darauf sowieso kenne. Also habe ich es dabei belassen und bin jetzt so weit mit meinem Latein am Ende, dass ich gar nicht mehr weiß, was ich überhaupt noch tun soll.

Es ist nicht so, dass Lina nicht weiß, was schiefläuft, sie realisiert nur nicht, dass sie etwas tun muss, um aus diesem Teufelskreis herauszukommen. Nur können weder Týra noch ich sie dabei an die Hand nehmen. Vor allem weil sie sich verzweifelt an die Situation klammert.

Ich komme nicht dazu, mir weiter den Kopf darüber zu zerbrechen, weil mein Handy sich erneut zu Wort meldet. Dieses Mal ein Anruf, was mich nur noch mehr aus dem Konzept bringt. Wann bin ich auf einmal so beliebt geworden?

Ich runzele die Stirn, als ich den Namen meiner Agentin auf dem Display erkenne. Erst gestern Abend habe ich ihr die ersten Rohseiten meines neuen Projekts und den Pitch geschickt, aber ich habe nicht damit gerechnet, dass sie sich so schnell zurückmeldet. Vor allem telefonisch.

»Ja?«

»Louay?«

»Wer sonst?«

»Gut, dass ich dich erreiche.« Sie klingt völlig außer Atem, als wäre sie gerade gerannt.

»Ist etwas passiert? Hast du die Leseprobe schon gesehen?«

»Ja, aber ich hab sie noch nicht gelesen. Das ist aber auch gerade nicht wichtig. Viel wichtiger: Hast du in letzter Zeit irgendwelche Nachrichten verfolgt? Oder dir ein Klatschmagazin gekauft?«

»Ich lese morgens immer die News, aber sonst? Geht es um irgendwas Bestimmtes?«

»Liest du die BT?«

»Gelegentlich, wieso …«

Ich werde von einer eingehenden E-Mail auf meinem Laptop unterbrochen. Absenderin ist meine Agentin, kein Betreff und nur ein einziger Link, bei dem allein mir schon die Haare zu Berge stehen.

»Ich ruf dich gleich zurück.«

Ich höre Protestlaute, aber ich kann jetzt unmöglich mit ihr reden, nicht, bevor ich überhaupt realisiert habe, was ich hier sehe.

www.bt.dksamfund/bestsellerforfatter-alma-jensen-afsloeret

Bestsellerautorin enttarnt. Ich kann gar nicht zählen, wie viele solcher Artikel ich in meinem Leben schon gelesen habe. Große Schlagzeilen, die alle dasselbe behaupteten, sich dann im Laufe des Textes aber als falsch entpuppt haben. Am Ende waren es, wenn überhaupt, nur vermeintliche Hinweise auf Alma Jensens wahres Leben, von denen kein einziger auch nur in die Nähe der Wahrheit kam.

Doch dieser hier ist anders. Das weiß ich allein schon deshalb, weil Freja ihn mir geschickt hat. Es ist nicht das erste Mal, aber normalerweise tut sie das höchstens, um sich mit mir über die Regenbogenpresse lustig zu machen. Normalerweise ruft sie mich erst recht nicht deswegen an.

Mit zitternden Händen klicke ich auf den Link. Mein Browser öffnet sich, und die Seite lädt so gähnend langsam, als wollte sie es spannend machen, aber gleichzeitig nicht langsam genug.

Dieselbe Headline schlägt mir in Großbuchstaben entgegen. Darunter ein Titelbild mit zwei Fotos. Links das offizielle Autorinnenfoto von Alma Jensen, rechts ein Bild von mir, das Profilbild meines Facebook-Accounts, in den ich mich seit einem Jahr nicht mehr eingeloggt habe. Es ist ein Familienfoto, aber wer auch immer es gefunden hat, hatte zumindest so viel Anstand, meine Geschwister wegzuschneiden. Stattdessen liegt der Fokus ganz auf mir, meinem vorsichtigen Lächeln, dem Pullover, der mir ein bisschen zu groß ist.

Mir wird schlecht. Furchtbar schlecht.

Zögernd scrolle ich weiter, obwohl ich alles andere als

bereit bin, mich diesem Artikel zu stellen. Schon der erste Satz lässt mich erschaudern.

War alles nur eine Farce? Wer in den letzten Monaten einen Buchladen betreten hat, wird an Alma Jensen (Foto links) kaum vorbeigekommen sein. Mit über 100 000 verkauften Exemplaren, einem Spin-off und einer TV-Serie in der Produktion ist sie aktuell der Star am Autorenhimmel. Doch selbst der hellste Stern verbirgt ein dunkles Geheimnis, eines, das so gewaltig ist, dass der Verlag FL jahrelang alles darangesetzt hat, es zu hüten.

Traut man ihrer Biografie und zahlreichen Interviews, dann begann Alma Jensens Leben 1979. Aufgewachsen ist sie in einem ungenannten, aber malerischen Küstenort in Dänemark, bevor sie der Liebe wegen nach Kopenhagen zog.

Schon seit Jahren ranken sich Mythen um die Star-Autorin und ihr Leben (wir berichteten), doch nun hat uns ein Whistleblower exklusiv verraten, wer wirklich hinter der talentierten Feder steckt – eine Geschichte, fast so unglaublich wie die, die Alma Jensen aufs Papier bringt.

Louay Saeed (Foto rechts) ist ein unscheinbarer junger Mann aus Libyen, der mit seinen Eltern als Geflüchteter in unser Land kam. Mit der Sprache musste er lange kämpfen, aber das hat ihn nicht daran gehindert, sich schon in frühen Jahren eigene Geschichten auszudenken.

Ich will meinen Laptop gegen die Wand werfen. Ich will den Verfasser dieses Artikels für diese Lügen zur Rede stellen, weil sie nur auf rassistischen Vorurteilen basieren. Meine

Eltern kommen aus dem Libanon. Ich war nicht einmal auf der Welt, als sie hierherkamen. Dänisch ist eine meiner Muttersprachen.

Ich will heulen. Aber stattdessen lese ich weiter.

Während seines Studiums kam dann der erste Durchbruch: Ein Schreibwettbewerb sollte die Karriere des jungen Mannes voranbringen. Es folgte ein Vertrag bei der renommierten Literaturagentur Norgaard, dann mit der Veröffentlichung bei FL der erste Durchbruch. Mit Die Schicksalsklinik, *einer Serie monatlich erscheinender Kurzromane, gelingt Louay Saeed / Alma Jensen schließlich das Unglaubliche. Nie gesehene Rekordverkäufe, ein Hype, den wir zuletzt nur bei den Büchern großer amerikanischer Autoren wie Colleen Hoover gesehen haben. Sicherlich ein wahr gewordener Traum für einen jungen Mann, der es im Leben so schwer hatte.*

Doch warum die Farce? Unserer Quelle zufolge standen bei der Entscheidung für ein Pseudonym vor allem die Zielgruppe und Vermarktbarkeit im Vordergrund, aber unsere Promi-Experten vermuten, dass diese Enthüllung erst die Spitze des Eisbergs sein könnte.

Ich klappe den Laptop zu und atme tief durch. Langsam ein. Und aus. Dann nehme ich mein Smartphone und wähle Frejas Nummer.

»Louay.«

»Wie schlimm ist es?«

»Auf einer Skala von eins bis zehn? Zweiundsiebzig.«

»So schlimm, ja?« Ich lache leise. Meine Verzweiflung

und Wut sind schierer Überforderung gewichen, weil mein Verstand nicht mehr hinterherkommt. Keine Ahnung, was ich noch sagen soll.

»Herr Birky ist außer sich, aber ich habe ihn jetzt darauf vertröstet, dass du erst reflektieren musst, bevor du dich äußerst.«

»Danke.«

»Hast du irgendjemandem von deinem Pseudonym erzählt?«

»Nein. Meine Familie weiß Bescheid, aber sonst …« Ich stocke, als ich mir der Lüge bewusst werde. Es gibt auf dieser Welt noch einen anderen Menschen, der vor diesem Artikel über Alma Jensen Bescheid wusste.

»Es ist jetzt auch egal«, sagt Freja entschieden. »Wichtig ist nur, dass wir die Situation in den Griff bekommen und uns etwas einfallen lassen.«

»Mhm. Hast du schon einen Plan?«

»Herr Birky und ich arbeiten etwas aus. Mach du dir da keinen Kopf, wir bekommen das hin.«

»Alles klar.«

»Falls du irgendwelche nervigen Mails von der Presse bekommst, ignorier sie oder leite sie an mich weiter.«

»Okay.«

»Wir kriegen das hin.«

»Okay.«

»Louay?« Meine Agentin klingt plötzlich besorgt.

»Sorry. Ich muss das, glaube ich, erst mal verarbeiten.«

»Verständlich. Wir können morgen oder übermorgen noch mal telefonieren. Und sobald sich die Sache gelegt hat, stürze ich mich auf deine Leseprobe. Du hast mich mit dem Pitch echt neugierig gemacht.«

»Okay.«

»Dann bis später.«

»Okay.«

Okay. Es ist okay. Mein Gehirn klammert sich an dieses Mantra in dem verzweifelten Versuch, mich von einem völligen Zusammenbruch abzuhalten. Doch ich spüre jetzt schon, dass er kommt. Vielleicht nicht jetzt sofort, aber sobald ich wirklich, *wirklich* realisiert habe, dass das gerade passiert, werde ich mich wahrscheinlich heulend irgendwo zusammenrollen. Oder meinen Frust laut in die Welt hinausschreien. Das entscheide ich dann, wenn es so weit ist.

Lina

Als ich Louay sein Abendessen bringe, wirkt er anders als in den letzten Tagen. Fast so, als hätte er einen Geist gesehen. Er bedankt sich fahrig, und seine Hände zittern, während er sein Essen entgegennimmt. Selbst die beinahe schon obligatorisch gewordene Frage, ob ich mit reinkommen will, lässt er dieses Mal aus.

Schade, denke ich mir, als hätte ich heute ausnahmsweise mal Ja gesagt. Und vielleicht hätte ich das auch. Meine Wut ist mittlerweile verpufft – sowohl ihm als auch Týra gegenüber. Ich weiß, dass die beiden es nicht böse gemeint haben, dass sie sich nur Sorgen machen und die Frage nach der Uni absolut gerechtfertigt ist, auch wenn sie mir langsam, aber sicher zum Hals raushängt.

»Ist alles in Ordnung?« Die Frage ist schneller über

meine Lippen, als ich mir darüber im Klaren bin, was genau ich hier tue.

Louay schüttelt abwesend den Kopf, und ich könnte es dabei belassen. Ihn einfach mit seinem Abendessen allein lassen und mich wieder in mein Zimmer verkriechen. Ich könnte, aber leider hat diese scheiß Nummer mit der Umkehrpsychologie schon immer bei mir gezogen.

»Darf ich mit reinkommen?«

Nun sieht er endlich auf. Er mustert mich skeptisch, aber dann zuckt sein Mundwinkel, fast so, als hätte er sich an etwas erinnert, und er nickt. »Klar. Tee?«

»Nein, danke«, antworte ich und stelle das Tablett auf dem Tisch ab.

Louay bleibt wie angewurzelt im Raum stehen.

Er wendet sich mir zu, die Lippen zu einem schmalen Strich zusammengepresst und die Hände in den Taschen seiner Jogginghose versenkt. Obwohl die Ferienwohnung winzig ist, wirkt er hier drin wie verloren.

Was ist los?, forme ich mit den Lippen.

»Zu viel.«

Dann bewegt mein Körper sich von allein, überbrückt die Distanz zwischen uns, sodass ich ihn in eine Umarmung ziehen kann. Sofort steigt mir sein Geruch in die Nase, und ich kann nicht leugnen, dass mir das alles hier, seine Nähe und die Wärme, die von ihm ausstrahlt, in den letzten Tagen gefehlt hat.

Doch plötzlich verkrampft er sich.

»Louay?«

Er weicht vor mir zurück und schüttelt den Kopf. »Können wir kurz raus und ein Stück gehen?«

Die Frage danach liegt mir auf der Zunge, aber er wirkt so bestürzt, dass ich nur nicke. Unsicher, was ich von seiner Stimmung halten soll, beobachte ich ihn dabei, wie er eilig in Schuhe und Jacke schlüpft, als ginge es um Leben und Tod. Dann öffnet er auch schon die Tür.

Draußen herrscht stürmisches Wetter. Kein Regen, keine Wolken, aber der Wind ist so stark, dass ich selbst noch mal nach drinnen flitze, um mir meinen eigenen Mantel zu holen. Meinen Mantel und eine Taschenlampe, denn auch wenn der Himmel klar ist, spenden die Sterne und der Mond kaum genug Licht, damit wir uns zurechtfinden können. Ich hoffe, Louay hat keine lange Wanderung geplant und braucht wirklich nur ein bisschen frische Luft.

Wortlos folgen wir der Straße hinunter zur Kirche und von dort dem Trampelpfad in Richtung Bucht. Im feuchten Grund erkenne ich noch meine Fußabdrücke von vorhin, als ich joggen war, aber statt hinab in die Bucht zu gehen, bleibt Louay auf halber Strecke stehen.

Ich warte kurz, dann mache ich die Taschenlampe aus. Erwartungsvoll blicke ich in seine Richtung, wobei das schwache Sternenlicht gerade ausreicht, um die Konturen seines Profils in die Nacht zu malen.

»Wir müssen reden.« Über das Tosen des Windes und der Brandung in der Meerenge kann ich seine Stimme kaum hören.

Okay? »Worüber?«

Stille. Statt mir zu antworten, legt er den Kopf in den

Nacken und zieht scharf Luft ein. Über uns sind die Sterne so klar zu sehen, dass ich die Milchstraße als weißes Band am pechschwarzen Himmel erkenne, und der Mond ist nur eine schmale Sichel, die halb hinter den umliegenden Bergen verschwindet. Beinahe könnte dieser Spaziergang romantisch sein, wäre da nicht die Kälte, die sich auch in Louays Stimmung widerspiegelt.

Nach einer Weile kramt er sein Handy aus der Tasche. Sofort fallen mir die unendlich vielen Benachrichtigungen auf seinem Sperrbildschirm auf, aber er klickt auf den Browser und dann auf eine gespeicherte Seite. Die Überschrift springt mir selbst auf die Distanz sofort ins Auge.

»Bestsellerautorin enttarnt.«

Neugierig trete ich näher an ihn heran und sehe dabei zu, wie Louay nach unten scrollt. Bei den Titelfotos wird mir heiß und kalt zugleich.

»Das bist du, oder?«

»Wer sonst?«

Wer sonst, ja? Es hätte ja sein können, dass er verwechselt wurde. Oder dass das alles hier ein riesiges Missverständnis ist. Aber obwohl er auf dem Bild ein gutes Stück jünger aussieht, erkenne ich ihn. Dieselben grün-braunen Augen, dasselbe dunkle Haar. Augenscheinlich ein Familienfoto, denn ich kann im Anschnitt das Oberteil einer weiteren Person erkennen.

»Woher haben sie das Foto?«

»Facebook.«

»Aber was, wie …« Mir fehlen die Worte. Ich muss den Artikel nicht einmal lesen, um zu wissen, worum es geht.

Louays größtes Geheimnis, seine Identität, wurde an die Öffentlichkeit getragen.

»Ich habe gehofft, dass du mir das sagen könntest.«

Schockiert sehe ich ihn an, versuche im Halbdunkel, aus seinen Augen zu lesen, ob er gerade wirklich auf das hinauswill, was ich denke. »Glaubst du etwa, dass ich …?«

»Wer sonst? Außer dir weiß niemand Bescheid.«

»Was ist mit deiner Familie?«

»Denkst du ernsthaft, meine Familie würde mich derart hintergehen?« Louay spannt den Kiefer an, und die pure Feindseligkeit, die mir plötzlich entgegenschlägt, macht mich kopflos.

»Aber ich?«, erwidere ich empört über den Lärm des aufbrausenden Windes hinweg. »Warum zur Hölle sollte ich das machen? Ich wusste bis vor Kurzem nicht einmal, dass Alma Jensen existiert.«

»Geld? Vielleicht auch ein bisschen Werbung, wenn morgen dann auch mein aktueller Standort bekannt wird?«

Ich schüttele vehement den Kopf. »Das würde ich niemals tun.«

»Dann hat die Presse nur zufällig rausbekommen, wer hinter Alma Jensen steckt, was? Jemand hat, keine Ahnung, mithilfe von KI die Bücher von Alma Jensen mit meinen Artikeln aus der Schülerzeitschrift abgeglichen und ist daher zufällig darauf gestoßen? Das ist doch absurd!«

»Ich sage ja nicht, dass ich eine bessere Erklärung habe«, zische ich. »Aber das ändert nichts daran, dass ich es nicht war.«

Louay seufzt und schüttelt den Kopf. »Du kannst es mir einfach sagen. Jetzt ist es sowieso zu spät.«

»Aber ich war's nicht, verdammt. Als ob ich es nötig hätte, dir dein Leben zu ruinieren für ein bisschen Werbung oder Geld.«

»Ich hab gehört, BT zahlt gut.«

»Ist das dein scheiß Ernst?! Ich hab keinen Grund, dich zu verraten, das musst du doch sehen. Es muss jemand anders gewesen sein. Vielleicht war es ja wirklich deine Familie oder dein Verleger oder, keine Ahnung, jemand aus der Schule, der dir auf die Schliche gekommen ist und sich dafür rächen will, dass du ihn nicht hast abschreiben lassen.«

»Lina, verdammt, merkst du eigentlich, wie lächerlich das klingt?«

»Ach was. *Ich* klinge lächerlich? Hör dir doch mal selbst zu mit deinen Anschuldigungen. Denk doch nur eine verdammte Sekunde logisch über die Sache nach.« Wieder nur ein Kopfschütteln. Kann er überhaupt noch etwas anderes? »Oh, mein Gott, du bist echt lost.«

»Lina, warte!«

Aber ich höre nicht mehr zu, sondern werfe ihm nur die Taschenlampe vor die Füße und stürme in die Nacht davon. Der Wind zerrt an meiner Kleidung, meinen Haaren. Über mir funkeln die Sterne – Orion, Kassiopeia –, die durch den Schleier an Tränen langsam zu einem Band verschwimmen.

Soll Louay von mir halten, was er will. Soll er sich einreden, das alles hier wäre meine Schuld, nachdem ich nicht einmal Týra davon erzählt habe. Soll er doch machen, was er will. Ich habe die Schnauze voll. Von ihm. Seiner Sturheit. Seinen ganzen Geheimnissen.

Keine Ahnung, was ich in ihm gesehen habe, wieso ich gedacht habe, eine Verbindung zwischen uns zu spüren, wenn er mir jetzt so schnell in den Rücken fällt. Und selbst wenn ich wirklich mies genug gewesen wäre, zur Presse zu rennen, wäre es immer noch seine Schuld, dass er mir überhaupt davon erzählt hat.

Nicht, dass das überhaupt eine Rolle spielt. Er scheint ja ganz darauf versessen zu sein, mich für seine Probleme verantwortlich zu machen. Was ein Arsch, ey.

Aber so leicht es mir in Gedanken auch fällt, ihn zu verurteilen, die Tränen wollen einfach nicht aus meinen Augen verschwinden. Der Schmerz in meiner Brust hört nicht auf, auch dann, als ich das Haus erreiche. Ich komme mir verraten vor und hasse mich selbst dafür, dass mich das so mitnimmt.

Dabei hätte ich es verdammt noch mal wissen sollen, weil es jedes Mal die gleiche Leier ist. Weil mein Herz einfach nicht vorsichtig sein kann. Jemand reicht mir den kleinen Finger, und ich klammere mich daran, als hinge mein Leben davon ab.

Ich ignoriere den fragenden Blick meines Vaters, poltere die Treppe nach oben und stürme in mein Zimmer. Dort lasse ich mich auf mein Bett fallen, das in den letzten Tagen zu meinem Zufluchtsort geworden ist, wo ich mich mit Serien und der *Schicksalsklinik* von allem anderen abgelenkt habe.

Aber dieses Mal spendet mir nichts davon Trost. Die

Tränen hören einfach nicht mehr auf, und mit jeder Sekunde, die verstreicht, wird mir mehr bewusst, wieso mich diese Situation so mitnimmt.

Louays Verrat tut weh, ja, aber nicht so weh wie die Erkenntnis, dass all das, was ich ihm gerade vorgeworfen habe, auch auf mich zutrifft. Ich bin diejenige von uns beiden, die stur ist. So wie Louay an der Idee festhält, dass ich sein Pseudonym geleakt haben könnte, halte ich an meiner Lage fest, obwohl ich es eigentlich besser wissen sollte. Ich halte daran fest, weil es die einfachste Lösung ist, weil es bedeutet, dass ich nichts tun muss, vor allem kein Risiko eingehen.

Es ist so viel einfacher, einer halb Fremden die Schuld in die Schuhe zu schieben als der eigenen Familie.

Es ist so viel einfacher, nach dem Verlust eines geliebten Menschen alles zu ignorieren, statt zur Therapie zu gehen.

Es ist so viel einfacher, an dem festzuhalten, was man hat, als loszulassen und endlich weiterzumachen.

Louay

»Mounir, ich hab zu tun.«

»Ich war's.«

Ich weiß nicht, wie lange, aber für einen Moment scheint die Zeit stillzustehen. Zwei Worte nur, und trotzdem braucht mein Verstand eine Ewigkeit, um sie zu verarbeiten.

»Was warst du?«, frage ich zur Sicherheit nach und lehne mich im Stuhl zurück.

»Das mit deinem Pseudonym«, gesteht mein Bruder. »Ich bin damit zur Presse gegangen.«

»Okay.« Ich fasse mir an die Stirn und starre aus dem Fenster hinab auf die Bucht von Saksun. Das hier fühlt sich an wie der Höhepunkt eines Fiebertraums. Einer, der sich für meinen Geschmack schon viel zu lang hinzieht, dabei ist gerade mal ein Tag vergangen.

Mittlerweile haben alle Klatschblätter die News mitbekommen und verbreiten wilde Spekulationen, während von Alma Jensen aka mir noch kein Wort zu hören war. Wenn ich Freja trauen darf, klingeln bei ihr im Büro und bei Herrn Birky im Minutentakt die Telefone. Etwas, wofür ich sie normalerweise bemitleiden würde, wäre ich nicht so verdammt erleichtert darüber, dass die Presse bisher noch nicht an meine Handynummer gekommen ist.

»Wiederhol das noch mal«, fordere ich Mounir auf.

»Ich habe eine E-Mail an BT geschrieben und ihnen verraten, wer du bist.«

»Und das erzählst du mir, weil?«

Ich höre ein Seufzen vom anderen Ende der Leitung. »Weil Ma mir gesagt hat, dass ich es dir sagen soll.«

»Verstehe.«

»Du nimmst das verdammt gut auf.«

»Nein. Ich habe nur gerade keine Energie, um nach Kopenhagen zu schwimmen und dir den Kopf abzureißen.« Und das ist nicht einmal gelogen. Ich fühle mich vollkommen ausgebrannt. Sämtliche Wut, die ich gestern noch verspürt habe, ist verpufft, seit Lina zur Tür raus ist. Jetzt spüre ich nur noch Resignation und das schlechte Gewissen, weil ich sie überhaupt beschuldigt habe.

Ich hätte es wissen müssen.

»Willst du denn gar nicht hören, warum ich es getan habe?«

»Waren es deine Komplexe, weil dein kleiner Bruder mehr verdient als du?«, frage ich müde. »Oder trägst du mir immer noch nach, dass ich dir deine Chance mit Marie aus der Parallelklasse verdorben hab?«

»Nein, Mann, ich hab es für dich getan.«

»Für mich. Aha. Du hast also mir zuliebe meine Karriere ruiniert. Verstehe ich das richtig?«

»Was? Nein. Ich wollte nur nicht länger dabei zusehen, wie du dich unter Druck setzt.«

Daher weht also der Wind. »Sorry, aber ich tue mich gerade schwer damit zu sehen, was das damit zu tun haben soll.«

»Ach, wirklich? Du reagierst nur generell so heftig auf das Thema Pseudonym und verlässt wegen einer Diskussion das Land, weil ...?«

»Ich es leid bin, ständig von meiner eigenen Familie ausgefragt zu werden. Weil ich es leid bin, dass unsere Eltern nicht einfach stolz sein können.«

»Sie sind stolz. Das weißt du genau. Sie sind stolz auf dich. Auf mich. Auf Amal. Der Einzige, der nicht stolz auf dich ist, bist du selbst, weil du dir einredest, alles hinge davon ab, dass dein Name auch auf deinen Büchern steht.«

»Tut es nicht. Und selbst wenn es so wäre, gäbe dir das noch lange nicht das Recht, dich einzumischen und mir mit dieser Scheißidee alles zu verderben, was ich mir in den letzten Jahren aufgebaut habe. Verstehst du überhaupt, wieso ich ein Pseudonym benutzt habe? Hast du irgendeine Ahnung? Denkst du, ich mache das nur aus Spaß? Oder weil ich gern leide? Nein, verdammt! Ich mache es, weil es für mich keine andere Möglichkeit gibt, mit meinen Geschichten Erfolg zu haben. Weil wir in einer scheiß unfairen Welt leben, in der ein Louay Saeed nicht dieselbe Chance hat wie eine Alma Jensen.«

»Ich wusste nicht, dass ...«

»Doch, wusstest du. Du weißt es genauso gut wie ich. Wie unsere Eltern, wie alle anderen.«

»Ana assef.«

»Fürs Entschuldigen ist es jetzt ein bisschen spät, meinst du nicht?«

»Louay ...«

»Lass mich einfach in Ruhe, okay?«

»Aber ich ...«

»Ruf mich nicht mehr an.«

Ich lege auf und blockiere gleich auch seine Nummer. Ich hätte es wissen müssen. Ich hätte auf Lina hören müssen.

Ich raufe mir frustriert die Haare, während ich fieberhaft überlege, wie es jetzt weitergehen soll. Binnen eines Tages hat sich mein Leben um hundertachtzig Grad gewendet, und der Berg an Problemen droht mich unter seinem Gewicht zu ersticken. Ich erwische mich dabei, wie ich mir die Zeit zurückwünsche, als Ideenlosigkeit scheinbar meine einzige Sorge war. Jetzt habe ich so viele davon, dass ich gleich mehrere Bücher damit füllen könnte. *Being Alma Jensen* – wäre das nicht ein toller Name für ein Biopic? Ich sollte Freja schreiben, damit sie mir *Netflix* ans Telefon holt.

Frustriert beiße ich die Zähne zusammen und lasse meinen Kopf wieder aufs Kissen fallen. Ich fühle mich müde, furchtbar müde, aber gleichzeitig bin ich viel zu aufgewühlt, um auch nur ans Schlafen zu denken. Das Gespräch mit

Mounir setzt mir zu, aber aus den falschen Gründen. Ich müsste wütend auf ihn sein, auf ihn, die Tatsache, dass er immer das tut, was er für richtig hält, ohne auch nur eine Sekunde darüber nachzudenken, was die Konsequenzen sein werden.

Das Richtige, denke ich und beneide Mounier darum, dass er die Dinge wesentlich unkomplizierter sieht, als ich es tue. Für ihn standen nur der Streit mit unseren Eltern und meine Situation im Vordergrund. Alma Jensen. Über die Jahre, die ich bereits diesen Namen mit mir herumschleppe, habe ich mir eingeredet, dass es seine Richtigkeit hat. Dass ich ihm meinen Erfolg zu verdanken habe. Und Louay Saeed nur weiter der Student geblieben wäre, dessen Manuskriptideen reihenweise von Verlagen und Agenturen abgelehnt wurden. Alma Jensen zu werden, war der logische Schritt, um meine Karriere voranzutreiben. Aber gleichzeitig hat es mich immer frustriert, dass es scheinbar auch der einzige war. Mein Bruder weiß das. Meine Eltern wissen das. Deswegen haben sie das Thema immer wieder aufgeworfen. Nicht, weil sie nicht hinter meiner Entscheidung stehen, sondern weil sie mir vor Augen führen wollten, wie sehr ich selbst daran zweifele.

Seufzend öffne ich mein E-Mail-Programm und werde von der Flut an neuen Nachrichten beinahe erschlagen. Meine Agentin hat recht behalten, es hat nicht lange gedauert, bis jemand an meine E-Mail-Adresse gekommen ist, und jetzt werde ich mit Anfragen für Interviews geradezu überschüttet. Zuerst habe ich sie noch an Freja weitergeleitet, aber dann hieß es, ich solle sie einfach löschen.

Herr Birky und ich arbeiten da an etwas.

Die Nachricht von Freja ist von heute Morgen, aber noch habe ich nicht den leisesten Schimmer, was die beiden vorhaben. Irgendein Statement in meinem Namen? Oder eine Pressekonferenz, damit ich mich noch mehr fühle wie der Promi, der ich nie sein wollte? Keine Ahnung.

Unter die Frustration mischt sich nun langsam auch ein anderes Gefühl. Reue. Schon gestern habe ich mich furchtbar gefühlt, weil ich Lina einfach so beschuldigt habe, doch jetzt, wo ich den Beweis habe, dass sie dichtgehalten hat, fühle ich mich deswegen noch furchtbarer. Dass ich mich entschuldigen muss, steht vollkommen außer Frage, doch nach dem ganzen Auf und Ab zwischen uns bin ich mir fast sicher, dass ich es gar nicht erst zu versuchen brauche.

Ich habe es mit Lina vermasselt. Nicht nur ein bisschen. Denn das, was ich getan habe, geht tiefer, als sie nur über ihre Zukunftspläne auszufragen. Ich habe ihr in nur einem einzigen Gespräch gezeigt, dass ich ihr nicht vertraue. Und das Schlimmste ist: Es stimmt nicht einmal.

Ich vertraue ihr. Habe ich schon, bevor diese ganze Shitshow begonnen hat. Aber ein kurzer, unachtsamer Moment, in dem ich meine Emotionen nicht unter Kontrolle hatte, hat alles zunichtegemacht. Und jetzt sitze ich hier und weiß überhaupt nicht, was ich noch machen soll.

Glücklicherweise nimmt ein eintrudelnder Google-Alert mir die Entscheidung ab. Keine Ahnung, ob es Masochismus oder Vorsicht war, was dafür gesorgt hat, dass ich die Benachrichtigungen für jegliche News zu Alma Jensen gestern eingerichtet habe, um keine Gerüchte zu verpassen. Aber gerade merke ich, was für ein großer Fehler das Ganze war.

Exklusives Interview mit Bestsellerautorin Alma Jensen – jetzt auf bt.dk.

Die Situation ist so grotesk, dass ich lachen muss. Das hier muss ein Fiebertraum sein, es gibt sonst keine andere Erklärung dafür, dass all diese Dinge passieren. Oder bin ich inzwischen so durch den Wind, dass ich mich nicht daran erinnere, ein Interview gegeben zu haben? Obwohl ich es eigentlich besser wissen sollte, klicke ich auf den Link und bin eigentlich darauf gefasst, nur wieder auf Clickbait hereingefallen zu sein, doch ich lande tatsächlich auf einem Video. Und allein bei dem Thumbnail gefriert mir das Blut in den Adern. Das Bild zeigt eine blonde Frau, die der auf Almas Autorinnenfoto nicht unähnlich sieht. Blond, blaue Augen, helle Haut. Sie trägt ein teures Kostüm und sogar den gleichen Schal von Hermès, den ich mir von meiner ersten großen Auszahlung gegönnt habe.

Was für ein Witz. Was für ein verdammter Witz. Ich hätte doch Mathelehrer werden sollen. Dann müsste ich mir diesen Albtraum nicht antun.

Ich drücke auf Play, und Fake-Almas Lächeln lässt mich erschaudern.

»Frau Jensen«, leitet die Interviewerin das Gespräch aus dem Off ein.

»Bitte nennen Sie mich Alma.«

»In Ordnung. Alma. Es freut mich, dass Sie sich die Zeit genommen haben, uns heute ein paar Fragen zu beantworten. So klar im Licht der Öffentlichkeit zu stehen, ist sicher eine neue Erfahrung für Sie.«

»Und wie«, antwortet Fake-Alma. »Sicher kein leichter Schritt, aber ein notwendiger in Anbetracht der Umstände.«

»Wie fühlt es sich an, dass plötzlich alle Augen auf Sie gerichtet sind, statt nur auf Ihre – und ich spreche da meine ganz persönliche Meinung aus – wundervollen Werke?«

»Danke, danke. Sie schmeicheln mir. Und ja, was soll ich sagen. Womöglich ist *bewegt* das richtige Wort.« *Bewegend*, verbessere ich sie in Gedanken. »Wissen Sie, als ich damals an diesem Schreibwettbewerb teilgenommen habe, hätte ich nie mit all dem hier gerechnet.«

»Das kann ich mir vorstellen. Ihr beruflicher Werdegang wird in der Literatur-Szene nicht umsonst mit einer Cinderella-Story verglichen.«

»Das höre ich öfter. Und sicher war da auch ein bisschen Glück im Spiel, aber am wichtigsten ist es vor allem, dranzubleiben und an sich selbst zu glauben.«

Ist es das? Schon jetzt würde ich das Video am liebsten abbrechen. Wer auch immer ihr das Skript für das Interview gegeben hat, hat sich offenbar keinerlei Mühe gegeben, die Schauspielerin nach mir klingen zu lassen. Glaube kann Berge versetzen, aber für die meisten Menschen reicht er meistens nicht einmal dazu aus, Essen auf den Tisch zu bringen. Ich hatte einfach nur Glück.

»Eine schöne Botschaft«, bestätigt die Interviewerin. »Nun aber zu der Frage, die uns alle hier brennend interessiert: Wieso haben Sie ausgerechnet jetzt beschlossen, an die Öffentlichkeit zu gehen?«

»Was in den letzten Tagen passiert ist, ist sicherlich jedem hier bekannt. Als Prominente hat man immer wieder mit spekulativer Presse zu tun, doch die letzte Entwicklung ging zu weit. Ich weiß nicht, welcher Fan sich den Spaß erlaubt hat, solche Lügen über mich zu verbreiten, aber ich hoffe, dieser Person ist bewusst, dass sie nicht nur mich, sondern auch den jungen Mann, der angeblich hinter meinem Namen steckt, schädigen. Deshalb bin ich heute hier, um die Situation aufzuklären.«

»Das ist sehr nobel von Ihnen. Und nach all der Zeit sicherlich kein leichter Schritt.«

»Nein, absolut. Erst kürzlich habe ich mit meinem Verleger, Herrn Bohr« – *Birky* – »über mögliche Lesungen gesprochen und das Angebot schweren Herzens abgelehnt. Ich möchte meinen Lesern gern alles geben, nachdem sie mir so viel ermöglicht haben, aber das ändert leider nichts an der Tatsache, dass ich ziemlich öffentlichkeitsscheu bin.«

»Dafür schlagen Sie sich hier aber ziemlich gut.«

»Oh, nach außen hin. Sie haben ja keine Ahnung, wie sehr mein Herz gerade rast.«

Und meines erst.

Ich tue es mir an. Das ganze verdammte Interview, obwohl mir mit jedem Satz mehr nach Heulen zumute ist. Es ist eine Sache, dass mein Verlag und meine Agentur es offenbar für nötig erachtet haben, die Situation mit einer mittelmäßigen Schauspielerin zu klären, die sich ständig verhaspelt und nicht einmal den Namen ihres Verlegers kennt.

Aber eine komplett andere, dass sie sich dabei nicht einmal die Mühe gegeben haben, mich einzubeziehen, damit Fake-Alma weiß, wovon sie redet. Damit die Wortwahl der Schauspielerin zu der von Alma Jensen passt. Und dass sie zumindest meine eigenen Werte mit einbringt.

Hast du das Interview schon gesehen?

Frejas Nachricht bestätigt, was ich schon längst weiß. Dass sowohl sie als auch Herr Birky hinter dieser Scharade stecken.

Wolltet ihr das Skript vorher nicht mit mir durchgehen?

Keine Zeit. Wir mussten uns so schnell wie möglich darum kümmern.

Aha.

Ich gebe mir nicht einmal die Mühe, mein Missfallen zu verbergen, und meine Finger verharren ein paar Sekunden zu lange über dem Mittelfinger-Emoji, den ich am liebsten auch an meinen Bruder schicken und in meinen Facebook-Status stellen will. Aber was würde das schon bringen?

Mein Handy klingelt, doch dieses Mal nehme ich Frejas Anruf nicht an. Ich bin zu müde, zu frustriert, um mich jetzt mit ihr auseinanderzusetzen. Und so, wie ich mich kenne, würde ich mich eh nur zum Einknicken breitschlagen lassen. Also warte ich, bis sie aufgibt, um mich dann durch die bereits zahlreichen Kommentare unter dem Video zu klicken.

Schön, dass man sie endlich mal zu Gesicht bekommt.

Ahh, omg. Alma Jensen, so eine Queen!!! 🔥

Gut, dass wir das geklärt haben. Hätte mich auch echt gewundert, wenn an der Geschichte was dran gewesen wäre.

Lol. Wir wussten doch alle, dass der Bericht vorher fake war.
– DANKE. Ich dachte, ich bin die Einzige, die das so sieht.
– Ja xDDDD Als ob ein MANN solche Bücher schreiben könnte.

Fand nur ich, dass das Interview total gestelzt klang?
– Wo denn bitte?
– Fand ich auch. Passt gar nicht zu Alma.
– Vielleicht war sie nur nervös? Dass ihr Aluhutträger euch immer auf alles stürzen müsst.
– 100%. Schau mal bei 3:32 wie lange sie da überlegen muss.
– Ich hab eben mal gegoogelt und bei FL gibt es überhaupt keinen Herrn Bohr??
– Darf die Frau sich nicht mal verhaspeln?
– Schon, aber doch nicht den Namen ihres Verlegers vergessen.

Beinahe im Sekundentakt trudeln neue Kommentare ein, und es dauert nicht lange, bis immer mehr Leute auf den

Zug aufspringen, dass irgendwas faul an der Sache ist. Einige versuchen, Fake-Alma dagegen mit teils rassistischen Kommentaren bis aufs Äußerste zu verteidigen. Denn wie soll ein »Ausländer, der vermutlich nicht mal richtig Dänisch kann«, solch bezaubernde Romane schreiben? Aber es spielt keine Rolle, denn von beidem wird mir einfach nur schlecht.

Irgendwann schalte ich mein Handy aus und finde mich in einer Stille wieder, die schon beinahe geisterhaft ist. Selbst der sonst immer präsente Wind fehlt, sodass mir meine Gedanken umso lauter vorkommen.

Was jetzt?, frage ich mich in Gedanken. Habe ich überhaupt noch eine Option, außer zu akzeptieren, was passiert ist, und einfach weiterzumachen? Sicher, das Interview war eine Katastrophe, aber es ist bestimmt nur eine Frage der Zeit, bis die Zweifler verschwinden oder das Thema unter den Tisch rutscht. Und nach unserem Telefonat bin ich mir sicher, dass selbst Mounir nichts mehr versuchen wird.

Ich könnte es also dabei belassen. Ich könnte Freja und Herrn Birky für ihre Mühen danken und die Google-Alerts deaktivieren. Ich könnte einfach weiter Alma Jensen sein, mich weiter hinter diesem Namen verstecken, der mir so viel ermöglicht hat.

Aber irgendwie will ich das nicht mehr. Nicht, nachdem ich so sehr über- und hintergangen wurde. Ich habe keine Lust mehr, einfach nur eine Art Textmaschine zu sein, mit der mein Verlag ein Vermögen verdient. Die Situation hat mich vor allem eins realisieren lassen: Alma Jensen hat weit mehr Macht und Einfluss, als ich bisher gedacht habe. Vermutlich mehr, als meinem Verlag und meiner Agentur bewusst ist. Warum diesen also nicht nutzen? Warum nicht diese Situation als Anstoß nehmen, um endlich über meinen Schatten zu springen, statt mein Leben von anderen Menschen kontrollieren zu lassen?

Ja, warum eigentlich nicht?

Und ich weiß auch schon, wie.

Lina

Wie fängt man ein Gespräch an, für das es eigentlich längst zu spät ist?

Der Regen prasselt leise aufs Dach, während ich auf meinem Bett sitze und versuche nachzuvollziehen, wo in den Jahren seit dem Tod meiner Mutter mein Vater und ich falsch abgebogen sind. Ich erinnere mich deutlich, was für ein Schock der Verlust für uns war, aber auch an die Zeit danach, in der Papa für mich da gewesen ist, in der er an meinem Bett geblieben ist, bis ich endlich einschlafen konnte, in der er derjenige war, der zugesehen hat, dass ich esse, trinke und ab und zu das Haus verlasse. Bis sich etwas verändert hat.

Ich kann nicht mehr genau sagen, wann es war oder ob ich es damals überhaupt bemerkt habe, aber irgendwann habe ich gelernt, mit Mamas Tod umzugehen. Ich habe viel

Zeit mit Týra verbracht, bin wieder zum Fußball gegangen und hatte kaum noch Albträume. Aber mein Vater ... mein Vater ging irgendwo verloren. Anders kann ich es nicht beschreiben.

Vielleicht weil seine Wunden nicht so schnell heilen wie meine.

Vielleicht weil ihm ein Ziel fehlt, seit ich wieder auf eigenen Beinen stehe.

Oder vielleicht weil manche Dinge einfach nicht besser werden.

Ich war in dieser Zeit viel bei Týras Familie. Der Abstand von zu Hause hat mir geholfen, nach und nach mit dem Verlust abzuschließen. Aber er hat auch dazu geführt, dass ich zunächst nicht mitbekommen habe, wie schlecht es meinem Vater wirklich geht. Und dann war es irgendwann zu spät.

Ich weiß nicht, wie oft ich mit ihm geredet habe deshalb. Zuerst noch hoffnungsvoll habe ich ihm vorgeschlagen, dass er öfter rausgehen und etwas mit Ottar unternehmen sollte, aber nichts hat gefruchtet. Dann habe ich nachgedacht, recherchiert und bin auf ein ganzes Forum hilfreicher Tipps gestoßen, von denen kein einziger geholfen hat. Am Ende blieb nur eines: Therapie. Doch selbst diesen Gedanken hat mein Vater sofort verworfen, egal, wer von uns mit ihm geredet hat.

Und so habe ich aufgegeben, akzeptiert, dass ich ihm nicht helfen kann, es aber gleichzeitig nicht über mich gebracht, ihn allein zu lassen. Weil ich Angst habe, dass es nur noch schlimmer wird, wenn ich nicht mehr da bin. Weil ich mir gern einrede, dass er mich braucht. Dabei habe ich ihn nicht einmal gefragt.

Und da wird mir klar: Ich habe ihn nie gefragt, was er braucht. Genauso wie ich ihm nie gesagt habe, was ich brauche.

Als ich die Entscheidung getroffen habe, Mamas Atelier umzubauen, habe ich ihn vor vollendete Tatsachen gestellt. Ich habe ihn nicht um Erlaubnis gebeten. Und ich habe mir nicht die Mühe gemacht, ihm zu erklären, warum ich das brauche. Warum ich denke, dass es für uns beide der richtige Schritt sein könnte.

Vielleicht war das mein Fehler. Einer von vielen, die ich in den letzten Jahren gemacht habe und die alle dazu geführt haben, dass die Situation mit jedem Tag festgefahrener wurde, bis zu dem Punkt, an dem ich scheinbar keine Möglichkeiten mehr hatte.

Ich brauche viel zu lange, um mich endlich aufzuraffen und nach unten zu gehen. Mein Herz schlägt so ängstlich, dass ich das Gefühl habe, mir wird schwindelig, als ich die steile Treppe betrete. Wie in Zeitlupe lege ich die Stufen zurück, wo ich doch sonst nicht schnell genug in mein Zimmer oder nach draußen verschwinden kann.

Mein Vater sitzt auf dem Sofa vor dem Fernseher, aber der Ton ist so leise, dass ich unter dem Knarren der Treppe nicht einmal höre, um was es geht. Ich würde ja raten, was er schaut, aber ich habe keine Ahnung mehr, wofür sich mein Vater überhaupt interessiert.

Ich schleiche in die Küche und setze Wasser auf. Dann warte ich. Und warte. Auf ein unsichtbares Zeichen. Eine

Idee. Darauf, dass sich das alles irgendwie von allein klärt. Aber das wird nicht passieren.

Das Wasser kocht, und ich mache nicht wie sonst einen, sondern zwei Tees, die ich beide auf den Couchtisch stelle. Danach lasse ich mich in den freien Sessel fallen. Ich komme nicht umhin, mich wie eine Fremde zu fühlen, weil ich diesen Teil des Hauses sonst immer meide. Keine Ahnung, wann ich zum letzten Mal hier gesessen habe, keine Ahnung, wann ich zum letzten Mal ferngesehen habe.

»Was schaust du?«, frage ich unverfänglich.

»*The Bridge*«, antwortet mein Vater schlicht.

Ich blinzele, überrascht darüber, dass er seinen *Netflix*-Account nutzt, aber das kommt wohl davon, wenn man nicht miteinander redet. Etwas, womit ich langsam wirklich anfangen sollte, wäre meine Kehle nicht wieder wie zugeschnürt. Ich spüre, wie die irrationale Wut über seinen Zustand wieder hochkocht, weil er mich weder ansieht noch irgendetwas zu dem Tee sagt, den ich direkt vor seiner Nase abgestellt habe. Aber ich kann mich jetzt nicht von meinen egoistischen Gefühlen leiten lassen. Es ist wichtig, dass ich das hier nicht vermassele.

»Ich wollte mit dir reden«, beginne ich vorsichtig.

»Mhm.«

»Über dich, mich, alles.«

»Mhm.«

»Papa?«

»Hm.«

»Bitte«, flüstere ich.

Endlich sieht er mich an. Oder eher durch mich hindurch. Frustriert stehe ich auf und bin eigentlich schon im Begriff, nach oben zu verschwinden, reiße mich jedoch im letzten Moment zusammen. Stattdessen schnappe ich mir nur die Fernbedienung und schalte den Fernseher aus, sodass es jetzt noch stiller im Raum ist als ohnehin schon. Mein Vater beschwert sich nicht einmal.

»Papa. Reden. Jetzt.«

»Ich hör dir doch zu.«

»Tust du das wirklich? Denn es ist mir echt wichtig, dass du es tust.«

»Okay.« Er seufzt. »Ich höre dir zu. Versprochen.«

Und dann schaut er mich an. Richtig. Das Blau seiner Augen trifft auf das meiner eigenen, und der Schmerz darin jagt mir einen kalten Schauer über den Rücken. Ich mag inzwischen erwachsen sein, aber für meinen Vater ist es so, als sei kein Tag vergangen, seitdem meine Mutter gestorben ist. Und diese Gewissheit macht das bevorstehende Gespräch nur umso angsteinflößender.

»Wir müssen etwas ändern«, setze ich vorsichtig an. »Du, ich. Wir müssen wieder mehr miteinander reden, statt einfach nur nebeneinanderher zu leben.«

»Mhm.«

»Oder findest du das nicht?«

»Doch, doch.«

»Papa, verdammt.« Tränen schießen mir in die Augen. »Ich kann das nicht mehr. Ich kann nicht länger hier leben und so tun, als wäre es das Normalste der Welt, dass mein Vater nur ein Geist in seinem eigenen Haus ist. Ich brauche dich. Jetzt und hier. Weil ich nicht mehr weiterweiß. Weil ich sonst einfach zusammenbreche. Weil ich … weil ich …« Die Tränen ersticken meine Stimme, ertränken die Worte, die ich mir vorhin noch zurechtgelegt habe. All meine Selbstkontrolle, all meine Vorsätze, all meine Pläne fallen wie ein Hochhaus in sich zusammen, weil ich nicht mehr die Kraft habe, es allein zu tragen. Ich bin am Ende. Mit meinem Wissen, meinen Ideen, meiner Hoffnung, dass ich den Karren noch aus dem Dreck ziehen kann.

Ich bin allein. Und mein letzter verzweifelter Versuch, alles doch wieder in Ordnung zu bringen, ist zum Scheitern verurteilt.

Ich vergrabe das Gesicht in meinen Händen und breche einfach zusammen. Wie hatte ich mir auch einbilden können, irgendetwas zu richten, wenn ich erst jetzt auf die Idee komme, überhaupt etwas zu tun? Ottar, Týra, Louay. Sie hatten recht. Sie hatten alle recht. Ich hätte längst mit meinem Vater reden sollen. Und wenn es nicht klappt, einfach alle Zelte abbrechen.

Dazu hätte ich noch Zeit. Nichts und niemand hält mich davon ab, meine Sachen zu packen und einfach zu verschwinden. Nicht einmal mein Vater. Vor allem nicht mein Vater. Vermutlich wäre es besser. Vielleicht würde es ihn sogar zur Vernunft bringen. Doch allein der Gedanke lässt mich nur noch mehr weinen. Weil sich die Vorstellung anfühlt, als würde ich meinen Vater aufgeben und im Stich lassen. So wie er mich all die Jahre im Stich gelassen hat.

Und das kann ich einfach nicht übers Herz bringen.

Es dauert lange, Ewigkeiten, bis ich mich beruhige – so lange, dass ich die Hand auf meiner Schulter zunächst nicht bemerke. Erst als ich endlich die Kraft finde, aufzustehen und auf mein Zimmer abzuhauen, öffne ich die Augen und blicke in das traurige Gesicht meines Vaters. Er steht vor mir, gleichermaßen hilflos und unsicher.

Seine Finger zittern, als er mir eine Haarsträhne hinters Ohr streicht. Dann fällt er auf die Knie und zieht mich in eine Umarmung, die mir die Luft zum Atmen raubt. Es ist nicht die heiß ersehnte Lösung meiner Probleme, nicht das Gespräch, das wir so dringend brauchen, aber es ist das erste Mal seit Jahren, dass mein Vater mich in die Arme nimmt. Er drückt mich an sich, so fest, dass ich eigentlich gleich zerbrechen müsste, aber ausnahmsweise fühlt es sich nach dem Gegenteil an. Als würde zumindest ein Teil von mir wieder zusammengesetzt werden.

Ich lehne meinen Kopf an seine Schulter und lege ebenfalls meine Arme um ihn. Er ist mir so nah, dass ich seine Worte nicht nur hören, sondern auch spüren kann.

»Es tut mir leid.«

Eine ganze Weile verharren wir in dieser Position, stillschweigend, aber gerade braucht es keine Worte. Ausnahmsweise ist die Stille genug.

Und dann irgendwann kehrt mein Vater an seinen Platz zurück, trinkt den Tee, der längst kalt geworden ist, und nimmt die Fernbedienung in die Hand. Als er den Fernseher wieder einschalten will, zögert er jedoch. Er sieht mich an, räuspert sich.

»Willst du ... äh ... Willst du einen Film schauen?«

Es ist seltsam, wie vertraut und fremd zugleich sich eine Situation anfühlen kann. Kurz nachdem Mama gestorben ist, haben mein Vater und ich jeden Tag zusammen einen Film geschaut, sind sogar irgendwann dazu übergegangen, die IMDb-Top-100 durchzugehen, um neue Streifen kennenzulernen, die wir uns sonst nie angesehen hätten. Einer dieser Filme war *Alien*. Und genau den suche ich mir heute aus.

Wie immer muss ich die Augen verdrehen, als die Crew die Nostromo betritt, ohne das Quarantäneprotokoll zu befolgen, aber dieses Mal stimmt er meinem Missfallen mit einem lauten Brummen zu. Und auch wenn es nur ein winziger Schritt ist, gibt er mir Hoffnung, dass wir das schon irgendwie hinbekommen.

Eine Benachrichtigung auf meinem Handy lenkt mich kurzzeitig ab.

TysBookPalace ist live.

Reflexartig klicke ich darauf, weil ich ihr sonst immer einen View dalasse, auch wenn ich gerade keine Zeit habe, den Stream zu verfolgen. Doch als ich den Titel sehe, werde ich stutzig.

Tea Spilling ◈ Big Drama Incoming | Special Guest #youheardithere first #buchdrama #teaspilling #almajensen

»Äh, können wir kurz Pause machen?«, frage ich meinen Vater. »Týra will gerade etwas, sie sagt, es ist dringend.«

»Klar«, antwortet mein Vater.

»Gib mir fünf Minuten. Vielleicht auch zehn. Keine Ahnung. Aber ich komm wieder.« Ich stürme bereits die Treppe nach oben, bevor ich ausgesprochen habe. Mit rasendem Puls werfe ich mich auf meinen Sessel.

Louay und Týra?

Ich schalte den Ton an, und die Stimme meiner besten Freundin schallt durchs Zimmer. »Okay, warten wir noch eine Minute, damit sich nachher niemand beschwert, er hätte nicht genug Zeit gehabt.«

Die Zuschauerzahl springt im Sekundentakt nach oben. 924, 941, 987, 1004 … Ich kann nur fassungslos zuschauen, weil ich nie verstanden habe, wie Týra mit ihrem Buchcontent so viele Menschen begeistern kann.

»Okay. Also, Bookies, schön, dass ihr so zahlreich erschienen seid. Ich sehe schon, ihr fragt alle nach dem Tea, und glaubt mir, den bekommt ihr auch. Aber lasst mich erst einmal einleiten, okay? Glaubt mir, es lohnt sich.«

Sie macht eine kunstvolle Pause und lehnt sich dabei in ihrem Lesesessel zurück, sichtlich begeistert über die ganze Flut an Kommentaren. Für den Livestream heute hat sie sich extra in Schale geworfen, sich mehr geschminkt als sonst, sogar mit dunkelrotem Lippenstift, der ihren herzförmigen Mund betont.

»Also, wo fange ich an? Wir hier auf #bookstagram haben ja alle ganz unterschiedliche Geschmäcker. Die einen lesen New Adult, die anderen Fantasy, die anderen Krimis, manche Elfen-Smut und manche auch querbeet. Aber meistens bewegen wir uns dabei in etwa in unserer Alterszielgruppe. Heute werden wir diese allerdings verlassen – also, wenn ihr gehofft habt, dass ich hier gleich meine Affäre mit

Kaz Brekker bekannt gebe, sorry, ich bin mindestens genauso heartbroken wie ihr. Aber zurück zum Thema. Wir verlassen heute unseren YA- und NA-Cosy-Space und streifen in unserem imaginären Buchladen rüber in eine Abteilung, wo wir das finden, was irgendwelche weißen, alten Dudes als *Frauenunterhaltung* bezeichnen. Und bevor ihr jetzt die Augen rollt und wegklickt: Lasst mich ausreden. Der TEA ist nämlich HOT. In dieser Abteilung werdet ihr an einem Buch kaum vorbeikommen, und das ist dieses hier.«

Sie hält die *Schicksalsklinik* in die Kamera.

»Ich skippe am besten den Teil, in dem ich euch sage, was ich von diesem Cover halte, denn dann sitzen wir noch bis morgen hier. Was ihr aber wissen müsst: *Die Schicksalsklinik* ist ein Bestseller. Ein MEGA-Bestseller, und damit meine ich mehr verkaufte Exemplare in Dänemark als CoHo herself, ja, ihr habt richtig gehört. Wo ist jetzt das Drama? Das verrate ich euch: Bisher wusste nämlich niemand so recht, wer die mysteriöse Alma Jensen eigentlich ist. Es gab ein Autorinnenfoto, eine Vita, aber Lesungen? Öffentliche Auftritte? Fehlanzeige. So war es zumindest, bis jemand zur Presse gegangen ist und die Person hinter dem Pseudonym exposed hat. Ich spar euch die Details, nur so viel – das hier ist der mysteriöse Kerl, der angeblich dahintersteckt.«

Sie hat sogar ein ausgedrucktes Foto von Louay. Wie lange hat sie diesen Livestream geplant?

»Merkt euch das Gesicht, könnte gleich wichtig werden. Aber erst mal fast forward. Direkt heute erschien ein Interview mit der Autorin auf BT, die diese ganze Verwechslung aufklären will und behauptet, Alma Jensen zu sein. Blöd nur, dass sie sich dabei nicht nur ständig verhaspelt, sondern auch nicht mal den Namen ihres eigenen Verlegers zu kennen scheint. Sehe ich da ein ›sus‹ in den Kommentaren?«

Die Frage ist rhetorisch, denn der ganze Kommentarfeed ist voll von dem Wort oder den irritierten Augen-Emojis.

»Ich bin mir sicher, ihr seid genauso neugierig wie ich, was hinter dieser Heimlichtuerei steckt, und glücklicherweise musste ich gar nicht lange nach der Antwort suchen, denn die kam gleich in meine DMs. Louay, schick mir mal bitte eine Anfrage für den Co-Stream.«

Kurz herrscht Stille, in der Týra etwas auf ihrem Handy tippt, dann huscht ein Lächeln über ihre Lippen, und der Bildschirm wird zweigeteilt. Auf der unteren Hälfte ist nun Louay zu sehen mit vollkommen zerzausten Haaren und eindeutig der Wand in der Ferienwohnung als Hintergrund.

»Liebe Bookies, bitte begrüßt mit mir Louay Saeed – oder auch: den mysteriösen, attraktiven Mann, der angeblich hinter dem Pseudonym einer der erfolgreichsten dänischen Romance-Autorinnen steckt. Hallo, Louay.«

»Hey.« Er wirkt sichtlich überfordert. Vermutlich ist auch ihm die Viewerzahl bewusst, die sich verdoppelt hat, seit ich sie das letzte Mal gecheckt habe. »Danke, dass du so kurzfristig Zeit hattest.«

»Kein Thema. Für TEA hab ich immer Zeit. Also, Louay, erzähl mal, wie geht's dir?«

Er grinst. »Muss ich darauf aufrichtig antworten?«

»Nein«, antwortet Týra lachend. »Ehrlich gesagt würde

ich nicht gern mit dir tauschen wollen, nach dem, was die letzten Tage so passiert ist. Aber ich habe gehört, du bist heute hier, um das endlich aufzuklären?«

»Genau.«

»Na dann. Die Bühne gehört dir.«

Louay presst die Lippen zusammen, schluckt und räuspert sich. Vermutlich schießen ihm gerade tausend Sachen durch den Kopf, und obwohl ich eigentlich immer noch wütend auf ihn sein will, tut er mir gerade leid. »Hallo, Bookstagram, danke, dass ihr so zahlreich hier seid, um euch den Tea zu holen. Mein Name ist Louay Saeed, und ich bin der Mann, der hinter dem Pseudonym Alma Jensen steckt. Ihr denkt euch jetzt sicher ›Das kann jeder behaupten‹, schließlich kennt ihr ziemlich sicher weder mich noch meine Bücher, aber um das zu verifizieren, habe ich hier meine Verträge.«

Er hält ein Tablet in die Kamera, auf dem deutlich sein Name, sein Verlag, seine Agentur und der Titel *Die Schicksalsklinik* zu lesen sind. Dann wechselt er zu einem anderen Dokument, bei dem es sich ziemlich sicher um einen weiteren Vertrag handelt, dieses Mal für *Das Grandhotel der Träume*.

»Louay«, meldet sich Týra zu Wort, »in den Kommentaren kam gerade die Anmerkung, dass das nicht als Beweis reicht.«

»Ja, das stimmt. Ich kann nicht beweisen, dass ich mich nicht hingesetzt und mit Photoshop einen Verlagsvertrag gefälscht habe, aber warum sollte ich das tun? Wenn ich nur ein unbeteiligter Typ wäre, der nichts mit Alma Jensen oder ihren Büchern zu tun hat, würde mir das nichts bringen. Die Presse habe ich sowieso schon am Hals.«

»Touché. Aber das ist nicht alles, oder?«

»Nein. Der Grund, wieso ich Týra kontaktiert habe, wieso ich mich auf diesen Livestream eingelassen habe, obwohl ich lieber einfach nur Bücher schreiben will, ist folgender: Aktuell kursieren da draußen Tausende Gerüchte darüber, was nun die Wahrheit ist. Was das Ganze aber schlimmer macht: Mein Verlag hat gegen meinen Willen und ohne Absprache das Interview mit BT in die Wege geleitet. Die Frau, die sich dort als Alma Jensen ausgibt, ist eine Schauspielerin. Ich muss nicht extra betonen, wie fassungslos ich über diesen Schritt bin, der nicht nur meinen Ruf zerstört, sondern die Unsichtbarmachung von POCs in der Buchbranche noch schlimmer macht, als sie ohnehin schon ist.

Ich wollte das Bekanntwerden meines Pseudonyms nutzen, um endlich öffentlich zu meinen Werken zu stehen – auch auf die Gefahr hin, dass manche Leute meine Bücher nicht mehr lesen werden. Mit der Aktion des Verlags ist mir das Recht auf diese Entscheidung genommen worden.«

»Ziemlich miese Nummer, findet ihr nicht?«, bemerkt Týra. »Aber definitiv nicht der erste Fehltritt aus der Verlagswelt – daher wisst ihr auch, was jetzt kommt. Das hier ist mein Aufruf: Nutzt eure Accounts und nutzt eure Reichweite, um die Wahrheit ans Licht zu bringen. Teilt diesen Livestream, kommentiert unter dem Interview mit Fake-Alma und tut alles, was ihr könnt, damit diese Geschichte nicht untergeht. Ach, und lest die *Schicksalsklinik* und lasst euch nicht von dem hässlichen Cover abschrecken. Louay, willst du noch etwas sagen?«

»Nur eines: Ich danke euch allen für jede Form der Unterstützung, möchte euch aber an dieser Stelle bitten, die Privatsphäre von mir und meiner Familie zu respektieren. Mit der Wahrheit in die Öffentlichkeit zu treten, war nur ein erster Schritt, und um ehrlich zu sein, habe ich selbst keine Ahnung, wie es jetzt weitergehen wird.«

»Glaub mir, das geht uns nicht anders. Also, Leute, ihr habt den Mann gehört. Lasst den Leuten von BT etwas Liebe da, und mit Liebe meine ich: Tretet ihnen für diese Nummer in den Hintern.«

Louay

Ich starre eine Weile auf das Display meines Handys, selbst dann noch, als der Livestream schon lange vorbei ist. Beinahe im Sekundentakt trudeln neue Benachrichtigungen ein, hauptsächlich neue Follower, aber auch ein Anruf meiner Agentin lässt nicht lange auf sich warten. Und das, obwohl es inzwischen schon Abend ist.

Ich ignoriere ihn wie auch alles andere und mache mein Handy irgendwann aus. Dann setze ich mich an den Esstisch und starre aus dem Fenster. Regen prasselt leise gegen die Scheibe, hat die Nacht schneller hereinbrechen lassen, aber das Geräusch beruhigt meine angeschlagenen Nerven. Ich kann nicht glauben, was ich da gerade getan habe. In den letzten Jahren habe ich immer wieder vorsichtig mit dem Gedanken gespielt, mein Pseudonym zu lüften, aber das war nie mehr als eine vage Idee. Es sollte keine regelrechte Arschbombe in die kalte Realität der Buchwelt werden. Mir ist klar, dass der Livestream Konsequenzen haben wird, dass ich vermutlich irgendeine Klausel irgendeines Vertrags gebrochen habe, doch das ändert nichts daran, wie gut es sich anfühlt. Wie ein lange überfälliger Befreiungsschlag.

Es wäre töricht, mir einzubilden, dass jetzt alles besser wird. Vermutlich erst mal schlimmer. Aber sobald ich den Sturm ausgesessen habe, kann ich endlich neu anfangen. So, wie ich es mir immer gewünscht habe. Keine Ahnung, was mit Alma Jensen wird oder meinem Verlag oder Freja. Am liebsten würde ich auf der Stelle sämtliche Verträge auflösen, aber mir ist klar, dass das alles nicht so einfach ist. Geschweige denn klug – schließlich muss ich ja von irgendetwas leben. Falls denn überhaupt noch jemand meine Bücher kauft. Wobei ich mir darüber gar nicht mal so große Sorgen mache. »Es gibt keine schlechte PR«, sagt Herr Birky immer, und wenn ich mich daran erinnere, wie viele Menschen Týras Livestream geschaut haben, kann ich sogar glauben, dass da etwas dran ist.

Ein Klopfen an der Tür durchbricht die Stille und reißt mich aus meinen Gedanken. Verwirrt stehe ich auf und realisiere erst, als Lina vor meiner Tür steht, dass es schon Zeit fürs Abendessen ist.

Es ist das erste Mal, dass ich sie sehe, seit ich ... ja ... Und ehrlich gesagt überrascht es mich, dass sie überhaupt gewartet hat, bis ich ihr die Tür aufmache, statt wie heute Morgen einfach das Tablett vor der Ferienwohnung abzustellen.

»Hey«, murmele ich.

Ohne etwas zu sagen, schiebt sie sich an mir vorbei und stellt mein Essen auf dem Tisch ab. Dann wendet sie sich mir mit verschränkten Armen zu.

»Wusste gar nicht, dass du Týra kennst«, bemerkt sie spitz.

»Erst seit ein paar Tagen. Sie hat mir geschrieben, weil sie sich Sorgen um dich gemacht hat.«

Lina beißt sich auf die Unterlippe. »Mich zu fragen, war wohl zu umständlich?«

»Keine Ahnung. Sag du's mir.«

Stille. Ich verschränke meinerseits die Arme vor der Brust und lehne mich an die Tür, um sie davon abzuhalten, einfach wegzurennen, bevor ich mit ihr geredet habe. Nur ist Letzteres leichter gesagt als getan. Ein einfaches »Sorry« kommt mir heuchlerisch vor. »Hör mal ...«

»Ich hab den Livestream gesehen«, unterbricht sie mich. »Das war ziemlich radikal.«

»Aber notwendig nach dem, was mein Verlag abgezogen hat.«

»Ich hab's gehört. Dann muss ich mich wohl bei dir bedanken, dass du meiner Freundin zu so viel Reichweite verholfen hast? So viele Viewer hatte sie noch nie.«

»Nein«, stelle ich klar, auch wenn das zugegebenermaßen ein kleiner Teil meines Planes war. Ein positives Zeichen setzen, indem ich Linas bester Freundin helfe. »Es tut mir leid.«

»Was genau?«

»Dass ich dich beschuldigt habe. Ich war wütend und

überfordert, aber das rechtfertigt nicht, dass ich dir unterstellt habe, zur Presse gegangen zu sein. Du hattest keinen Grund dazu, und es war nicht fair von mir, das Schlimmste anzunehmen.«

»War es wirklich nicht«, stellt Lina klar. »Das war sogar verdammt mies.«

»Ich weiß.« Seufzend gehe ich einen Schritt auf sie zu. »Und ich verstehe auch, wenn du keine Lust mehr auf mich hast. Nur wäre es mir lieber, du hasst mich nicht, wenn ich übermorgen zurückfliege.«

Linas Augen weiten sich. »Übermorgen?«

»Ja. Es gibt eine Menge Dinge, die ich regeln muss. Sowohl beruflich als auch privat. Deshalb hab ich meinen Flug umgebucht.«

»Verstehe.« Sie sieht mich nicht mehr an, fixiert stattdessen einen Punkt irgendwo neben mir.

»Es war mein Bruder«, erkläre ich. »Der zur Presse gegangen ist.«

»Was?!« Obwohl sie selbst vorgeschlagen hat, dass es jemand aus meiner Familie gewesen sein könnte, ist Lina genauso überrascht über diese Wendung, wie ich es war. »Aber … aber wieso?«

»Lange Geschichte …«

Nachdenklich verschränkt sie die Hände ineinander. Ich kann ihr den Zwiespalt förmlich ansehen. Wahrscheinlich ist sie zu stolz, meine Entschuldigung zu akzeptieren, realisiert aber gleichzeitig, dass sie nicht mehr lange Zeit haben wird, es zu tun.

»Ich hab Zeit, weißt du?«

»Willst du dich setzen?«

Ich schiebe mein Abendessen beiseite. Gerade ist mir sowieso nicht danach zumute, und ich kann es auch einfach später in der Mikrowelle aufwärmen. Stattdessen schalte ich den Wasserkocher an. Lina setzt sich an den Tisch, das Gesicht in die Hände gestützt und der Blick so neugierig, als würde ich ihr gleich eine epische Heldensage erzählen und nicht meine traumatische Kindheit vor ihr aufrollen. Still beobachtet sie mich dabei, wie ich den Tee koche, bis ich mich mit zwei vollen Tassen zu ihr setze.

Ich weiß nicht einmal, ob ich dafür bereit bin. Das Problem begleitet mich eigentlich schon mein ganzes Leben, aber erst mein Gespräch mit Mounir hat mir vor Augen geführt, wie sehr es mich belastet.

»Meine Eltern waren gerade ein Jahr verheiratet, als sie aus dem Libanon nach Dänemark gekommen sind mit nicht mehr als ihren Papieren. Sie wollten eine Familie gründen und ihren Kindern eine sichere Zukunft ermöglichen, aber in ihrer Heimat herrschte damals noch der Bürgerkrieg. Zu sagen, ihr Start hier war schwierig, wäre eine absolute Untertreibung, aber ehrlich gesagt weiß ich auch nur wenig von dieser Zeit. Sie mussten sich durch das Sozialsystem kämpfen, und der Abschluss meines Vaters wurde zum Teil nicht anerkannt.«

»Wieso das?«, fragt Lina vorsichtig.

»Es ist kompliziert. Ich glaube, weil ihm ein paar Module gefehlt haben, die er in Dänemark hätte vorweisen müssen. Und weil meine Mutter mit meinem Bruder Mounir schwanger war, kam es für ihn nicht infrage, noch ein paar Semester nachzuholen. Ich kam erst ein paar Jahre später zur Welt.«

Lina nickt. »Das muss hart gewesen sein.«

»Ja. Meine Kindheit war schön und traurig zugleich. Meine Eltern haben alles gegeben, um uns die beste Zukunft zu ermöglichen, haben Überstunden gearbeitet, damit wir Hobbys verfolgen konnten ... Eigentlich kann und will ich ihnen keinen Vorwurf machen, aber egal, was Mounir, Amal oder ich gemacht haben, es war immer mit Druck verbunden.«

»Durch deine Eltern?«

»Auch. Aber hauptsächlich durch uns selbst. Je mehr uns bewusst wurde, was unsere Eltern auf sich genommen haben, um uns ein besseres Leben zu ermöglichen, desto mehr wollten wir uns anstrengen. Damit sie stolz auf uns sind. Und damit es das Opfer, das sie gebracht haben, wert war. Du hast ja schon gemerkt, dass meine Geschwister absolute Überflieger sind.«

»Aber du doch auch«, wirft Lina ein.

Ich lächle traurig. »Ja. Und nein. Eigentlich bin ich stolz auf das, was ich erreicht habe, aber die Sache hat einen Haken: Alma. Dass ich niemandem davon erzählen kann, hat mich von Anfang an mehr belastet, als ich zugeben wollte, vor allem, weil ich wollte, dass meine Eltern offen stolz auf mich sein können. Es mag für Außenstehende wie eine Kleinigkeit klingen, aber wenn du das Opfer, das deine Eltern gebracht haben, ehren willst, kann selbst so ein Geheimnis die Welt bedeuten.«

»Das tut mir leid«, murmelt Lina.

»Ich habe mir manchmal eingeredet, dass es an ihnen liegt. Dass sie diejenigen sind, die nicht stolz sind und deshalb immer wieder mit der Diskussion um mein Pseudonym angefangen haben. Aber meine Eltern sind stolz, egal, was ich tue. Und sie kennen mich besser als jeder andere. Sie wissen, dass mich das Geheimnis belastet. Nicht nur, weil ich mir einrede, ihnen nicht gerecht zu werden, sondern weil ich in Wahrheit nicht glücklich darüber bin, meine Kultur verschweigen zu müssen, um eine weiße Leserschaft zufriedenzustellen. Am Anfang habe ich es noch als notwendiges Übel gesehen, aber mittlerweile bereue ich es, mich darauf eingelassen zu haben.«

»Aber wäre es anders denn genauso verlaufen?«

»Das ist eine der Fragen, die ich mir jeden Tag stelle. Wäre die *Schicksalsklinik* durch die Decke gegangen, wenn von Anfang an mein Name darauf gestanden hätte? Hätte ich mit meinem Verlag verhandeln und zumindest darauf bestehen können, dass wir das Pseudonym offenhalten? Nach wie vor Alma Jensen, aber mein Foto und meine Vita im Buch?« Ich mache eine Pause, um kurz zu verarbeiten, was ich gerade gesagt habe. Es ist eine Sache, mir all dieser Dinge bewusst zu werden, zu realisieren, was wirklich mein Problem ist, aber eine vollkommen andere, diese Dinge auszusprechen und sie einer anderen Person anzuvertrauen. »Mein Bruder Mounir«, fahre ich fort, »der mehr Herz als Verstand besitzt, dachte, er tut uns allen einen Gefallen, indem er meinen Namen öffentlich macht und mich so zwingt, mich zu ›outen‹.«

»Scheiße. Bist du wütend auf ihn?«

Ich muss lachen. »Wütend ist gar kein Ausdruck. Ich bin stinksauer, auch wenn ich verstehen kann, wieso er es getan hat. Jetzt, im Nachhinein, denke ich mir, dass es vielleicht sogar das Richtige war. Ich begreife langsam, dass das Problem bei mir lag, dass ich engstirnig war und nicht realisiert habe, dass meine Eltern stolz auf mich sind. Aber das ändert nichts daran, dass er sich übergriffig verhalten hat.«

»Also willst du mit ihm reden?«

»Ja. Aber nicht sofort. Ich muss mich erst sortieren. Das Problem ist so vielschichtig … Wenn ich jetzt einfach zu meiner Familie renne, mache ich es vermutlich nur schlimmer. Erst muss ich mich um Almas Chaos kümmern.«

»Vielleicht hast du ja Glück«, sagt Lina. »Wenn ich mich an das letzte Mal erinnere, als Týra ihre Follower gegen einen Verlag mobilisiert hat – das hat ziemlich hohe Wellen geschlagen.«

»Ach, das macht sie öfter?«

»Nicht öfter, aber ab und zu. Ich glaube, beim letzten Mal ging es um eine rassistische Marketingkampagne. Vielleicht solltest du sie als deine Agentin einstellen.«

»Das wäre definitiv eine Überlegung wert«, seufze ich. »Ich kann mir nämlich nicht vorstellen, mit meiner jetzigen Agentin weiterzumachen.«

Lina verzieht das Gesicht. »Ich dachte nicht, dass es so schlimm ist.«

»Oh doch, mit dem Livestream hab ich ziemlich sicher auch die letzte Brücke abgefackelt. Aber das ist okay.«

»Ist es?«

»Keine Ahnung. Aber es fühlt sich richtig an, mich nicht

länger zu verstecken. Auch wenn die Umstände ... na ja, gewöhnungsbedürftig sind.«

Lina sieht mich über den Tisch hinweg an, sodass ich das Gefühl bekomme, ihr Blick würde sich direkt in mich hineinbohren. Das, was ich ihr gerade erzählt habe, habe ich noch nie jemandem anvertraut; selbst meine Geschwister ahnen nur, was in mir vorgeht. Und trotzdem gibt es noch so viele Dinge, über die wir noch nicht gesprochen haben.

Und mir läuft die Zeit davon.

Aber wo fange ich an? Was will ich ihr eigentlich sagen? Gibt es überhaupt Worte für das, was in mir vorgeht? Für diese Gefühle, die sich nach dem Trubel der letzten Tage mit jeder Sekunde mehr in mein Bewusstsein vorkämpfen?

»Wann geht dein Flug?«, fragt Lina.

»Übermorgen früh um neun.«

»Brauchst du eine Mitfahrgelegenheit?«

»Ich kann auch laufen«, schlage ich vor. »Da müsste ich mich nur langsam auf den Weg machen.«

»Ich fahr dich.«

»Danke. Und den kompletten Aufenthalt zahle ich natürlich trotzdem. Allein für die ganzen ...«

»Darum geht es nicht«, unterbricht sie mich ernst.

Ich nicke. »Bist du immer noch wütend auf mich?«

»Oh ja, und wie. Aber das ändert jetzt auch nichts mehr, oder?«

»Nein«, flüstere ich.

»Ich kann verstehen, wieso. Wieso du mich zuerst verdächtigt hast. Es war logisch. Nur ändert das nichts daran, dass es verdammt wehtat.« Sie blinzelt die Tränen weg, und ich widerstehe dem Impuls, meine Hand nach ihr auszustrecken.

»Ich weiß. Es tut mir leid.«

Sie schießt hoch und ist bereits im Begriff zu verschwinden, als ich sie festhalte. Sanft fasse ich sie am Unterarm, gerade ausreichend, um ihr zu zeigen, dass ich will, dass sie bleibt, aber nicht stark genug, um sie zu stoppen, wenn sie nicht gestoppt werden möchte.

Aber sie bleibt stehen. Die Anspannung in ihrem Körper lässt nach.

»Wir können darüber reden«, schlage ich vor, ohne zu wissen, was genau ich damit meine.

Sie schüttelt den Kopf, dreht sich zu mir um. Dabei hält sie den Kopf gesenkt, aber ich merke auch so, dass sie weint. Auf einmal wirkt sie so zerbrechlich, als könnte ein bloßer Lufthauch alles kaputt machen. Ein Lufthauch oder eine Umarmung.

Ich weiß, wie gefährlich es ist, sie jetzt in meine Arme zu ziehen. Aber ich kann nicht anders. Es gibt für mich keine andere Option. Ich will sie halten. Für sie da sein. Und ihr mit jedem Atemzug klarmachen, wie leid es mir tut.

Und zu meiner Überraschung lehnt sie sich mir entgegen, zögert nur einen Wimpernschlag lang, bevor sie ebenfalls die Arme um mich schlingt, das Gesicht in meiner Schulter vergräbt und ihren Körper so nah an meinen presst, dass die Kluft zwischen uns einfach verschwindet.

Ich habe keine Ahnung, wie sie das macht. Wie sie es schafft, mich mit ihrer Nähe so durcheinanderzubringen.

Ich weiß nur, ich will mehr davon. Ich will sie. Und ich will verdammt noch mal nicht gehen.

Aber ich muss.

Die Welt hört nicht einfach auf, sich zu drehen, bloß weil man an einem Moment festhalten möchte. Und Linas Realität ändert sich nicht, bloß weil ich mit ihr zusammen sein will.

»Louay«, murmelt sie.

»Hm?«

Sie sieht mich an. Ihre hellen blauen Augen wirken so, als wären sie aus Glas.

»Ich habe mit meinem Vater geredet.«

Lina

»Vorhin erst«, fahre ich fort. »Na ja ... nicht wirklich.« Kaum sind die Worte ausgesprochen, habe ich auch schon wieder vergessen, was ich eigentlich sagen wollte. Ich bin so durcheinander. In meinem Kopf wütet ein Sturm aus Gefühlen, die miteinander um die Vorherrschaft streiten. Ich bin immer noch wütend auf Louay. Aber auch traurig wegen allem, was er durchmachen musste. Vollkommen überfordert, weil in den letzten Tagen so viel passiert ist. Und verzweifelt, weil ich nicht will, dass er schon geht.

Vielleicht wollte ich ihm deshalb sagen, dass *etwas* mit meinem Vater passiert ist. Weil ich mir einbilde, dass jetzt alles besser wird. Weil wir eine Chance haben. Dabei weiß ich noch nicht einmal, wofür. Die letzten Wochen waren so ein Chaos, dass ich gar nicht sagen kann, wie wir eigentlich zueinander stehen. Klar haben wir uns geküsst, aber bloß, weil mein Herz ihn nicht gehen lassen will, bedeutet das noch lange nicht, dass er das Gleiche fühlt. Und selbst wenn doch, weiß ich gar nicht, ob das mit uns eine Zukunft hätte.

Ein erster Schritt ist eben nur ein erster Schritt und keine Garantie für eine Veränderung. Wer weiß, welche Stolpersteine vor mir liegen oder ob in zwei Wochen nicht alles wieder beim Alten ist. Und allein die Vorstellung, meinen Vater allein zu lassen, verursacht immer noch diesen Knoten in meiner Brust, der einfach nicht weggehen will.

Und trotzdem, trotz all dieser Zweifel, will ich Louay sagen, was ich empfinde, was ich denke, was mir Angst macht. Aber die Worte wollen einfach nicht heraus.

»Also lief es nicht gut?«, bohrt er vorsichtig nach.

Der sanfte Druck seiner Hände auf meinen Schultern ist das Einzige, das mich gerade bei Verstand hält. »Doch, schon … Ich kann es gar nicht beschreiben. Wir haben nicht wirklich *miteinander* geredet, aber ich glaube, ich bin zum ersten Mal seit Langem zu ihm durchgekommen. Ich glaube, er hat verstanden, wie mies die Situation ist.«

»Das ist ein Anfang.«

»Ja … Aber es hat noch lange nichts zu bedeuten.« Die Tränen brennen wieder in meinen Augen. So viel wie in den letzten Tagen habe ich schon seit Ewigkeiten nicht geheult.

»Hey, hey«, murmelt Louay und legt seine Stirn an meine. »Versuch nicht, zu hart zu dir zu sein. Auch kleine Schritte führen ans Ziel, gerade so etwas braucht seine Zeit. Es hat Jahre gedauert, bis mein Vater über die Dinge, die ihn belastet haben, gesprochen hat. Der Bürgerkrieg, die Flucht, das alles. Wir waren schon erwachsen, als er sich endlich geöffnet hat und wir begriffen haben, was er durchgemacht hat.«

»Ich wusste nicht, dass dein Vater ...«

»Wie deiner ist? Nicht ganz, aber es geht in eine ähnliche Richtung.« Louay lächelt. »Ich weiß, das macht es nicht besser oder erträglicher, aber du kannst stolz auf dich sein, dass du etwas erreicht hast.«

»Okay ...«

Er zieht mich wieder in seine Arme. Noch fester dieses Mal, als könnte er mein kaputtes Herz allein mit seiner Kraft wieder zusammensetzen, ohne zu realisieren, dass es dadurch nur mehr Risse bekommt.

»Louay?«

»Hm?«

Du wirst mir fehlen.

Bitte bleib.

Können wir in Kontakt bleiben?

Ich will mit dir zusammen sein.

Ich habe Angst.

»Küss mich.« Er sieht mich an, als ob er all die ungesagten Dinge aus diesen zwei Worten herauslesen könnte. Und für einen kurzen Moment wünschte ich mir, es wäre so. Dann müsste ich nicht den Mut dazu aufbringen – oder ihn gehen lassen in der Gewissheit, es nicht gesagt zu haben. »Bitte.«

Mit Nachdruck lege ich meine Hand in seinen Nacken, lasse ihm aber den Raum, um Nein zu sagen, was vermutlich die vernünftigere Option wäre. Aber dieses Mal ist von Vernunft keine Spur. Stattdessen tritt da diese Sehnsucht in seinen Blick, die ich schon einmal gesehen habe. Dann treffen seine Lippen auf meine.

Ich habe keine Ahnung, wie er das schafft. Wie es ihm gelingt, mir mit einem einzigen Kuss all die Ängste, all die Zweifel zu nehmen. Aber er tut es. Ich mache mir keine Gedanken mehr darum, wie es mit uns weitergeht oder ob wir überhaupt eine Chance haben. Die Zukunft kann warten. Das Hier und Jetzt ist alles, was zählt. *Louay* ist alles, was zählt.

Und so schlinge ich meine Arme um seinen Nacken und ziehe ihn so fest an mich, dass selbst das Bedürfnis zu atmen in den Hintergrund rückt. Dieses Mal hält er uns nicht zurück. Wahrscheinlich weil ihm genauso bewusst ist wie mir, dass das hier unsere letzte Chance sein könnte. Denn wer weiß schon, was morgen sein wird? Wer weiß schon, ob und wann ich je wieder die Gelegenheit haben werde, mit ihm eins zu sein?

Als ich mich am nächsten Morgen aus Louays Bett schäle, sitzt er bereits an seinem Laptop, den Blick grimmig auf sein E-Mail-Programm gerichtet. Ich schlüpfe in meine Kleidung vom Vortag und trete an ihn heran.

»Du bist schon wach?«, frage ich mit belegter Stimme.

Er nickt und lehnt den Kopf an meine Seite. »Ich bin überrascht, dass du erst jetzt aufwachst. Mein Handy hat keine Ruhe gegeben.«

»Ich hab nichts gehört.«

»Beneidenswert. Man könnte meinen, die Welt geht unter, jetzt, wo das große Geheimnis um Alma Jensen gelüftet ist.«

»Hat der Livestream geholfen?«

»Ein bisschen. Du weißt ja, wie das ist: Irgendjemand denkt immer, er weiß mehr als die anderen, und es geht das Gerücht herum, ich würde mich nur als Alma Jensen ausgeben, damit ich mit dem Geld, das ich von der Presse bekomme, sonst was anstellen kann.«

»Sonst was?«

»Problematische Vorschläge, um es mal so auszudrücken, da ich ein paar Leuten wohl nicht christlich-weiß genug bin.«

»Shit«, murmele ich. »Kann ich etwas tun?«

»Nein. Es ist traurig, aber das meiste von dem, was heute eingetrudelt ist, bestätigt eigentlich nur das, wovor ich mich all die Jahre gefürchtet habe.«

Ich zögere und spanne den Kiefer an. »Darf ich ... darf ich mal sehen?«

»Sicher, dass du dir das antun willst?«

»Ich würde dir gern helfen ... oder zumindest versuchen zu verstehen, wie es dir gerade geht.«

Louay hebt überrascht die Brauen, dann steht er auf, um mir seinen Platz am Laptop zu überlassen. Ich setze mich hin und höre, wie er den Wasserkocher anmacht und etwas aus dem Küchenschrank holt. Vermutlich Tee. Den guten, der nach Rosen duftet und den er von zu Hause mitgebracht hat.

Sein PC-Bildschirm ist ein absolutes Chaos. Ein gutes Dutzend geöffnete Browserfenster mit Newsartikeln aus diversen Klatschzeitschriften, dazu zwei E-Mail-Programme. Ein privates und ein berufliches, nehme ich an. Und seine DMs auf Instagram. Es kommt mir falsch vor, einfach so durch seinen PC zu gehen, obwohl ich gefragt habe, aber für Zweifel ist es jetzt zu spät. Ich muss wissen, was genau passiert und ob es etwas gibt, womit ich ihm helfen kann.

Der Einfachheit halber fange ich mit Instagram an. Ich klicke mich durch die Nachrichten, die er bereits geöffnet hat und die den »buchigen« Nutzernamen nach zu urteilen wohl von Týras Followern stammen. Die meisten davon sind tatsächlich positiv. Menschen, die Louay ihren Support zusichern, fragen, was sie tun können, um ihn zu unterstützen. Einige wollen einen offenen Brief an den Verlag schicken, damit sein Name mit auf dem Cover der Alma-Jensen-Bücher genannt wird.

Dann finde ich die erste negative.

Was erhoffst du dir von dieser Lüge?

Gefolgt von der nächsten.

Ich hab alle deine Posts durchgeklickt. Als ob jemand mit so einer Rechtschreibung einen Buchvertrag bekäme.

Und der nächsten.

Geh zurück, wo du hergekommen bist.

Ich beiße mir auf die Unterlippe und klicke die Nachricht schnell weg, weil sie selbst mir unangenehm ist, und realisiere dabei, wie egozentrisch das ist. Es spielt keine Rolle, was die Nachricht mit mir macht, sondern was sie mit Louay macht. Ich schiele zu ihm hinüber und sehe, dass er sich so sehr auf den Wasserkocher konzentriert, als könnte er ihn allein mit seinem Blick dazu bringen, schneller zu machen.

Ich klicke mich durch weitere Nachrichten, die alle entweder Support versprechen oder weiter gegen Louay hetzen. Dann wechsele ich zum E-Mail-Postfach, wo das Ergebnis förmlicher, aber im Grunde nicht viel anders aussieht. Bitten um Stellungnahme, Anfragen für Interviews, Hetze. Fans, die beteuern, weiterhin hinter Alma zu stehen, weil sie ihre Bücher lieben. Andere, die ankündigen, dass sie sämtliche ihrer Exemplare wegwerfen werden, wenn sich die Gerüchte als wahr herausstellen. Eine Terminankündigung seiner Agentin mit dem Betreff »Gespräch« heute Nachmittag – ohne Text.

Nachdem ich mich auch durch die Zeitungsartikel geklickt habe, landet eine Tasse vor mir auf dem Tisch. Louay stellt sich neben mich und ballt kaum merklich die Hände zu Fäusten, als er einen Blick über meine Schulter wirft. Ich habe gesehen, was in seiner Welt passiert, doch egal, wie sehr ich versuche, mich in seine Situation hineinzuversetzen, ich werde es vermutlich nie ganz nachempfinden können.

»Ich habe die Nachrichten gesehen«, setze ich vorsichtig an, während ich ihm wieder Platz mache. »Es ist schön, dass so viele von Týras Followern dich unterstützen, aber …« Mir fällt es schwer, die richtigen Worte zu finden, weil ich mir furchtbar naiv vorkomme. Die Wahrheit ist, dass ich nicht gedacht hätte, dass sich manche Menschen derart offen rassistisch verhalten. Hinter vorgehaltener Hand vielleicht, aber Louay direkt damit zu konfrontieren? Wie ahnungslos ich doch war, weil ich mich nie damit auseinandergesetzt habe.

»Wie geht es dir damit?«

Er zuckt mit den Schultern. »Ich weiß es nicht«, gesteht er. »Einerseits bin ich nicht mal darüber überrascht. Das war ja schließlich der Grund, wieso ich mich auf das Pseudonym eingelassen habe, also habe ich wohl irgendwie geahnt, was die Leute reden, wenn sie die Wahrheit herausfinden. Aber es trifft mich trotzdem. Die Kommentare und alles. Es tut weh, mir ist übel, und obwohl ich es eigentlich besser wissen müsste, hinterfrage ich gerade meine ganzen Entscheidungen. Ob der Livestream ein Fehler war. Ob ich überhaupt hätte Autor werden sollen.«

»Ich kann verstehen, dass es dich trifft, du hast allen Grund dazu.« Ich lege meine Hand auf seine Schulter, und als er seinen Kopf an meinen Bauch lehnt, ziehe ich ihn in eine halbe Umarmung. »Es tut mir leid, dass das alles passiert.«

Er nickt zögernd.

»Willst du mehr darüber sprechen?«, frage ich. »Oder brauchst du erst mal Ablenkung, um den Kopf frei zu bekommen? Wir könnten einen Ausflug machen. Oder etwas auf *Netflix* schauen. Oder willst du allein sein?«

»Ablenkung wäre gut, aber ich fürchte, dass ich mir das gerade nicht leisten kann. Ich muss einige Sachen regeln.«

»Und das kann nicht warten?«

»Ich fürchte nein.«

»Tut mir leid. Kann ich irgendetwas anderes für dich tun?«

»Nein, aber danke. Mir tut es leid, dass ich mir meinen letzten Tag hier mit so etwas um die Ohren schlagen muss.«

»Schon gut«, erwidere ich, obwohl die Worte mir einen Stich versetzen. »Du bist ja auch geschäftlich hier.«

»Reden wir später?«

»Klar.«

Ich streiche ihm zärtlich die Haare aus der Stirn und widerstehe nur mühsam dem Impuls, ihn zu küssen. Ihn wieder ins Bett zu ziehen und dort zu bleiben, als würde es diesen Tag überhaupt nicht geben. Aber das geht nicht. Sosehr ich mir das auch wünsche.

Ich beeile mich, aus der Ferienwohnung zu verschwinden. Hauptsächlich, weil ich Angst habe, vor ihm in Tränen auszubrechen und ihn damit von seiner Arbeit abzulenken. Und weil seine Nähe den Schmerz in meiner Brust nur schlimmer macht.

Letzter Tag.

Ich hasse mich dafür, dass ich so viel Zeit damit verschwendet habe, ihm auszuweichen und auf ihn wütend zu sein, dass jetzt keine mehr übrig ist. Und ich hasse mich dafür, dass ich überhaupt so empfinde, obwohl ich weiß, dass er gerade andere Sorgen hat. Dass seine Probleme so viel bedeutender sind als meine.

Ich ziehe mir Joggingsachen an und verbringe den halben Tag draußen. In der Bucht setze ich mich in den Sand und lasse die Gedanken einfach schweifen. Aber nicht einmal das Meer kann die Unruhe vertreiben. Geschweige denn mir eine Antwort liefern. Weder das Rauschen der Wellen noch das Tosen des Windes haben heute die Kraft, mich aus meinen trüben Gedanken zu befreien. Vielmehr ist beides nur ein Spiegel dessen, was gerade in mir vorgeht.

Ich bleibe dort im schwarzen Sand, bis die Flut meine Füße erreicht, bevor ich aufstehe und nach Saksun zurückkehre. Dabei laufe ich langsam, gerade schnell genug, um nicht vom Meer eingeholt zu werden, während ich verzweifelt versuche, mich nur auf die Natur zu konzentrieren. Auf die hohen, vom Wind geformten Berge, deren Hänge allmählich grüner werden. Auf den Wasserfall, der am Ende der Bucht in die Tiefe stürzt. Auf den Geruch von Gras und Regen. Und auf den wolkenverhangenen Himmel, durch den immer wieder einzelne goldene Sonnenstrahlen brechen.

Statt nach Hause gehe ich hinauf in die Berge, vorbei an Ottars Haus, den Hang hinauf, bis ich die Schutzhütte erreiche, die unser Nachbar für seine Schafe aufgestellt hat. Als Kind habe ich immer darin gespielt und meinen Vater unten in der Bucht beim Rudern beobachtet. Heute sehe ich dort aber nur zwei Touristen, die zweifellos enttäuscht darüber sein müssen, dass sie die Ebbe verpasst haben. Sie bleiben eine Weile stehen und starren aufs Wasser, bevor sie sich in ihr Auto setzen und der Straße zurück ins Herz der Insel folgen. Ich sehe ihnen nach, bis sie hinter einer Kurve verschwinden, dann fühle ich mich einsamer denn je. Die Bucht, die Straßen und Wege sind alle leer, und selbst die nächsten Schafe sind so weit von mir entfernt, dass sie nur ein paar helle Punkte im Gras sind.

Ich weiß nicht, wie lange ich hier oben sitzen bleibe, doch als ich mich endlich auf den Rückweg mache, sind meine Beine taub vor Kälte. Mühsam widerstehe ich dem Impuls, durchs Fenster der Ferienwohnung zu schauen, um zu sehen, ob Louay noch bei der Arbeit ist, und gehe stattdessen schnurstracks auf die Tür zu.

Die warme Luft prickelt auf meiner Haut und riecht nach Kaminfeuer und schwarzem Tee. Verwirrt blinzele ich in den Raum. Als Erstes fällt mir die leere Spüle auf, wo sich vor meinem Aufbruch noch das dreckige Geschirr von gestern gestapelt hat. Dann mein Vater und Ottar, die am Esstisch sitzen und mich ansehen, als hätte ich sie bei einer Verschwörung unterbrochen. Am Esstisch, den wir seit einer gefühlten Ewigkeit nicht benutzt haben.

»Da bist du ja endlich«, begrüßt mich Ottar. »Dein Vater wollte mich eben schon zum Abendessen einladen, weil er nicht wusste, wie lange es dauert, bis du hier aufkreuzt.«

»Habe ich etwas verpasst?«, frage ich irritiert, denn genauso fühlt es sich gerade an. Mein Vater am Esstisch. Ottar zu Besuch. Eine Szene so surreal, dass ich sie für einen Traum hielte, würde ich nicht nach wie vor die Kälte in meinen Knochen spüren.

»Nein«, antwortet mein Vater knapp.

»Setz dich zu uns«, fügt Ottar hinzu.

Ich komme seiner Aufforderung nach und werde das

Gefühl nicht los, dass hier irgendetwas nicht stimmt. Ottar schenkt mir wie selbstverständlich Tee ein und schiebt mir mit einem nahezu scheinheiligen Lächeln meine Tasse zu.

»Ist heute irgendein wichtiges Fußballspiel?«, versuche ich es, obwohl ich das eigentlich wissen müsste.

»Nein.« Mein Vater nimmt selbst einen Schluck Tee, um mir nicht in die Augen sehen zu müssen.

»Wir wollen mit dir reden«, erklärt Ottar.

»Reden? Worüber?«

Mein Vater seufzt, und unser Nachbar rammt ihm auffordernd den Ellenbogen in die Seite. »Jetzt lass mich nicht alles allein machen.«

»Reden«, wiederholt Papa. »Und Ottar ist hier, weil ich darin schlecht bin.«

Ich muss schmunzeln. »Ach was.«

»Lina ... Das, was du gestern zu mir gesagt hast. Ich ... Ich hatte keine Ahnung. Ich war so in meinem Kopf und hab nicht gesehen, was vor sich geht und wie es dir geht, und das tut mir furchtbar leid.«

»Okay.« Mir ist klar, dass ich mehr sagen müsste, dass ich irgendwie dieses Gespräch am Laufen halten müsste, aber gerade schnürt Nervosität mir die Kehle zu. Dabei sollte ich mich eigentlich freuen, dass er endlich das Gespräch mit mir sucht, aber stattdessen überwiegt wie so oft die Angst vor der Ungewissheit.

»Dein Vater hat mich heute Morgen besucht«, erklärt Ottar. »Um mir zu erzählen, was passiert ist, und um sich – ich konnte es selbst kaum glauben – Rat einzuholen.«

Als *ob*, denke ich verbittert.

»Es stimmt«, betont Papa, als hätte er meinen Gedanken erraten. »Etwas, das ich schon viel früher hätte tun sollen.«

Ich balle die Hände zu Fäusten. »Hättest du.«

»Ich weiß. Und es tut mir leid, dass ich es nicht getan habe. Dass ich so mit mir selbst beschäftigt war, dass ich überhaupt nicht gesehen habe, was ich dir damit antue. Und dass du meinetwegen dein ganzes Leben auf Eis gelegt hast.«

Ich presse die Lippen zusammen, atme einmal tief durch. »Ich... ich konnte dich doch nicht allein lassen.«

»Ich weiß. Und ich bin dir dankbar dafür. Ohne dich ... ohne dich wäre ich ... an einem noch viel dunkleren Ort. Aber das muss sich jetzt ändern. Ich muss etwas tun.«

Ich nicke nur. Wieder und wieder. »Und was?«

»Ich gehe zum Arzt. Sobald ich den Mut dafür gefunden habe.«

»Verstehe.« Tue ich wirklich.

»Keine Ahnung, wie lange das dauert, aber ich verspreche dir, ich arbeite dran. Jetzt, wo ich erkannt habe, dass ich das tun muss, damit du endlich wieder einen Vater hast, auf den du stolz sein kannst.«

Ich bin stolz auf dich, will ich sagen, aber Tränen ersticken die Lüge.

»Aber bis dahin«, mischt sich nun wieder Ottar mit ein, »kannst du nicht einfach hier festsitzen und darauf warten, dass sich etwas tut.«

»Aber ...«, entweicht es mir.

»Kein Aber.« Auf einmal klingt mein Vater streng, ein Tonfall, den ich nicht mehr von ihm gewöhnt bin. »Ich weiß, dass das schwer für dich ist und dass du denkst, du musst für mich da sein, weil es sonst niemand ist. Aber Lina, niemand kann mir helfen außer ich selbst.«

»Ich weiß«, schluchze ich, »aber ...«

»Du lässt mich nicht im Stich, indem du endlich dein eigenes Leben lebst.«

»Und dein Vater ist auch nicht allein«, betont Ottar.

Aber ich kann nicht. Alles in mir wehrt sich gegen den Gedanken, die Vorstellung, ihn hier zurückzulassen. Dabei weiß ich längst, dass ich das Problem bin und dass es egoistisch wäre, seinem Wunsch nicht nachzukommen, bloß weil es mir selbst damit nicht gut geht.

»Lina.« Papa legt seine Hand auf meine. Wärme trifft auf Kälte. Ich sehe ihm in die Augen, die zum ersten Mal seit Jahren so klar sind, dass ich darin wieder ihn erkenne statt den Geist, zu dem er nach Mamas Tod geworden ist. »Es ist okay.«

Louay

Viel Zeit, viel zu viel Zeit verbringe ich über meinen Laptop gebeugt, obwohl ich meinen letzten Tag auf den Färöern eigentlich mit Lina verbringen sollte. Aber es geht nicht anders. Was ich getan habe, war ein mutiger Schritt, aber er war nicht der schlaueste. Wer hätte gedacht, dass weder meine Agentur noch mein Verlag amüsiert sein werden, wenn ich ihre Lügen enttarne?

Freja ist immerhin nur angepisst, aber Herr Birky hat mir durch die Blume gesagt, dass er rechtliche Konsequenzen nicht ausschließen würde, sollte ich die Situation nicht »rektifizieren«. Wie genau ich das machen soll, hat er mir natürlich nicht verraten. Und ich bin mir auch sicher, dass es noch einen wesentlich größeren Image-Schaden verursachen würde, wenn ich das Interview mit Týra zurücknähme.

Nein. Ich denke an meine Eltern, an alles, was sie durchgemacht haben für mich. Daran, dass sie in so viel schwierigeren Situationen waren und trotzdem weitergegangen sind. Und dieser Gedanke gibt mir Kraft. Es gibt nur den Weg nach vorne. Auch wenn auf diesem die ein oder andere Klage auf mich wartet. Aber damit habe ich gerechnet – und einige Aasgeier haben anscheinend nur auf diese Gelegenheit gewartet. Neben Interviewanfragen, Fanpost und Hassmails ist mein ganzes Postfach voll von Anwälten, die mir »in dieser schwierigen Zeit« ihre Dienste anbieten. Mich durch dieses ganze Chaos zu sortieren, nimmt den ganzen Tag in Anspruch.

Als ich mich endlich dazu durchringe, den Laptop zu schließen und es für heute gut sein zu lassen, herrscht draußen bereits tiefste Nacht. Mein Magen knurrt, und von Lina fehlt jede Spur, aber ich habe zum Glück noch die Reste von gestern, die ich mir jetzt völlig ausgehungert in die Mikrowelle schiebe. Wie gebannt beobachte ich den Teller beim Drehen und denke nach.

Es ist schon fast zehn. Ich muss noch meinen Koffer packen, aber viel wichtiger: Ich wollte eigentlich mit Lina sprechen, *bevor* sie mich morgen zum Flughafen bringt. Drüben in ihrem Haus brennt zwar noch Licht, aber ich will sie nicht in Schwierigkeiten bringen, indem ich bei ihr klopfe. Stattdessen zücke ich mein Handy und werde prompt von mehreren Dutzend Benachrichtigungen begrüßt. Eine davon sticht heraus.

*@_SpaceWeather_*
Active geomagnetic conditions (Kp7)
Threshold reached: 21:53 UTC

Ich bin der Seite gefolgt, bevor ich zu den Färöer-Inseln aufgebrochen bin. Meine einzige Form von Reisevorbereitungen, weil ich in Island damals keine Polarlichter gesehen hatte. Heute aber könnte ich endlich die Chance haben – zumindest, wenn das Wetter mitspielt.

Alles klar bei dir?

Ich habe keine Ahnung, ob Lina noch wach ist, ob sie die Nachricht sieht oder überhaupt sehen will, aber ich versuche es trotzdem. Vielleicht war die letzte Nacht nur eine einmalige Sache für sie? Allein bei dem Gedanken zieht sich mein Brustkorb schmerzhaft zusammen. Die Vorstellung tut verdammt weh, weil es sich einfach nicht danach angefühlt hat. Ihre Berührungen, ihre Küsse, ihre Haut an meiner. Es war so viel mehr als nur Spaß am Sex. Zumindest für mich.

Eine ganze Weile starre ich auf mein Display, ohne eine Antwort zu erhalten, bis das *Pling* der Mikrowelle mich schließlich aus den Gedanken reißt. Hungrig schlinge ich mein Abendessen herunter und bereue es augenblicklich, beim letzten Einkauf nicht doch ein paar Snacks mitgenommen zu haben. Andererseits hätte ich sowieso kaum genug Zeit dafür gehabt, wenn morgen schon mein Rückflug geht.

Wieder schaue ich aufs Handy. Und wieder ist da nur

meine Nachricht im Chat. Nicht einmal die blauen Haken, dass sie sie gelesen hat. Vielleicht schläft sie wirklich. Oder sie hat mit mir abgeschlossen. Ich kann nur darüber spekulieren.

Um mich abzulenken, packe ich meine Sachen, doch auch das geht viel zu schnell, weil ich so beschäftigt damit war, aus Kopenhagen zu fliehen, dass ich mir kaum Gedanken über den Inhalt meines Koffers gemacht habe. Danach setze ich mich an den Küchentisch und überlege. Die Versuchung ist groß, einfach mit meiner Arbeit weiterzumachen, bis ich zu müde dafür bin, aber der Gedanke, auch noch meinen letzten Abend mit Arbeit zu verbringen, frustriert mich so sehr wie die Tatsache, dass ich nichts von Lina höre. Ob ich doch einmal klopfen sollte? Nein. Im schlimmsten Fall bringe ich sie nur in Schwierigkeiten.

Gedankenverloren scrolle ich durch Twitter und lande wieder bei dem Post über die Sonnenaktivität. Der Webseite zufolge sind Polarlichter heute quasi garantiert, also schnappe ich mir Mantel und Schuhe, um mein Glück zu versuchen. Draußen ist es angenehm mild. Über mein Gesicht streift ein sanfter Wind, der den Geruch des Meeres mit sich trägt. Ich atme tief ein und aus, weil ich weiß, dass es lange dauern wird, bis ich wieder so klare Luft atmen kann, und lege den Kopf in den Nacken. Feine, hauchzarte Regentropfen fallen mir aufs Gesicht, und die Wolkendecke über mir ist so dicht, dass nicht einmal der Mond hindurchdringt.

Scheiße. Da habe ich wie immer großes Glück.

»Sag mir nicht, du wolltest noch spazieren gehen.« Mit

einem schmalen Lächeln tritt Lina an meine Seite. Ich hab sie nicht mal kommen gehört.

»Du?«

»Ich hab deine Nachricht gesehen und dachte, ich komme einfach vorbei. Wie geht es dir inzwischen?«

»Ein bisschen …«, *besser* wäre das falsche Wort, »ruhiger.«

Lina nickt verständnisvoll und erkennt meine stille Bitte, das Thema nicht weiter zu vertiefen. »Wieso bist du draußen?«

Weil mir von dem ganzen Durcheinander die Decke auf den Kopf gefallen ist. Statt ihr das zu sagen, zeige ich ihr nur den Twitter-Post.

»Polarlichter?«

»Ich dachte, einen Versuch wäre es wert. Aber bei meinem Glück …«

»Komm.«

»Wohin?«

Aber Lina antwortet mir nicht. Stattdessen legt sie ihre Hand in meine und zieht mich zum Auto.

Aus dem Radio ertönt leise Musik, als wir der Straße von Saksun nach Südosten folgen, wie wir es schon öfter getan haben. Nur eines ist dieses Mal anders. Linas Hand auf meiner, die dort die ganze Zeit über verharrt.

Eine Zeit lang glaube ich, dass sie mit mir in die Hauptstadt Tórshavn fährt, doch an dem Kreisverkehr, wo sie dafür links abbiegen müsste, fährt sie weiter geradeaus. Richtung Vágar. Richtung Flughafen.

»Willst du mich etwa schon loswerden?«, frage ich und drücke ihre Hand.

»Wer weiß?«

Ich will sie daran erinnern, dass sie zumindest meinen Koffer hätte mitnehmen können, aber das mysteriöse Lächeln auf ihren Lippen bringt mich zum Schweigen. Dann lasse ich mich wohl überraschen.

Auf der Nachbarinsel durchqueren wir zwei Dörfer, das Einzige, was ich in der Dunkelheit überhaupt erkennen kann, bevor wir auf eine Art Feldweg abbiegen. Wir folgen ihm ein Stück bergauf, bis wir schließlich an einem kleinen Schotterparkplatz anhalten. Ganz allein, mitten im Nirgendwo.

»Der perfekte Ort für ein Verbrechen«, murmele ich nachdenklich.

»Glaub mir, hätte ich irgendein Verbrechen geplant, hätte ich dafür keine Stunde fahren müssen. Komm.«

Obwohl wir nur eine Taschenlampe aus Linas Auto haben, führt sie mich zielsicher weiter. Vorbei an einem kleinen Häuschen, in dem tagsüber – den Schildern nach zu urteilen – Kaffee verkauft wird, auf einen Pfad, wie ich ihn von unseren Wanderungen kenne. Ich frage mich unwillkürlich, ob nach dem Picknick auf der Klippe nun der Mitternachtssnack folgt, doch wir haben kein Essen dabei. Nur uns, die Taschenlampe und zwei Decken aus dem Kofferraum.

Die Wanderung ist nicht annähernd so anstrengend wie die letzte. Zum einen ist sie viel kürzer und weniger steil. Zum anderen gibt es tatsächlich so etwas wie einen Weg, dem wir durch die Dunkelheit folgen. Unter normalen Umständen hätte ich Angst, hier um diese Zeit unterwegs zu sein, aber Lina scheint sich nicht daran zu stören, dass wir kaum die Hand vor Augen sehen können.

Ich habe nicht einmal eine Idee, wo wir uns gerade befinden. Höre nur ein Rauschen, das gleichermaßen vom Wind, vom Meer oder einem Wasserfall stammen könnte. Es würde mich nicht einmal wundern, wenn ich mich plötzlich am Rand einer Klippe wiederfinden würde, weil es einfach so verdammt finster ist. Aber irgendwann erreichen wir ein paar Felsen und halten an.

Lina breitet eine Decke darauf aus, auf die wir uns setzen. Die zweite legt sie über unsere Schultern. Dann schweigen wir lange. Ich schließe die Augen und versuche, nur durch Hören herauszufinden, an welchen Ort sie mich dieses Mal gebracht hat.

Ich höre die Brandung, spüre Wind auf meinem Gesicht und rieche das Salz des Meeres. Ein Strand?

»Was machen wir jetzt?«, flüstere ich.

»Warten. Und hoffen, dass das Wetter mitspielt.«

Skeptisch blicke ich in die dichte schwarze Masse über uns. Die Wolkendecke lässt keinen einzigen Lichtstrahl hindurch, aber wenn ich eines über das Wetter hier gelernt habe, dann, dass es alles andere als beständig ist.

»Okay.«

»Außerdem wolltest du reden«, erinnert sie mich.

Mein Herz macht einen Satz. »Wollte ich?«

»Ziemlich sicher, ja.« Kaum merklich rückt sie ein Stück näher an mich heran, und ich gebe dem Drang nach, den

Arm um sie zu legen. Müde landet ihr Kopf auf meiner Schulter. Ich seufze.

»Ich wollte dir eigentlich nur sagen ...«, beginne ich nach einer langen Pause. »Das gestern ... die ganzen letzten Tage ... Ich kann verstehen, wenn es für dich nur eine einmalige Sache war. Nur wollte ich ehrlich sein und dir sagen, dass ich dich gern wiedersehen würde. Nicht nur als Gast.«

In der *Schicksalsklinik* schreibe ich ständig Szenen, in denen die Protagonisten einander ihre Gefühle gestehen, aber ausgerechnet jetzt fehlt es mir an den richtigen Worten, um das auszudrücken, was ich eigentlich sagen will.

»Sondern?«

Ich räuspere mich. »Ich mag dich. Sehr. Und ... ach, Mist.«

Angestrengt vergrabe ich das Gesicht in meiner freien Hand, hasse mich dafür, dass ich nicht einmal einen vernünftigen Satz zustande bekomme, ohne dabei zu klingen wie ein Alien, das gerade erst menschliche Gefühle erlernt.

»Der Tag heute war ziemlich turbulent«, beginnt Lina auf einmal. »Nachdem ich aufgestanden bin, bin ich raus und war bis zum Mittag unterwegs. Als die Flut kam, bin ich rauf in die Berge, um darüber nachzudenken, was ich verdammt noch mal machen soll. In den letzten Tagen ist so viel passiert, so viel Gutes, und ich habe das Gefühl, dass sich endlich mal etwas in meinem Leben tut. Aber es macht mir auch so viel Angst. Was, wenn etwas passiert? Was, wenn ich einen Fehler mache? Was, wenn ich dir sage, was ich denke, und du mich auslachst?«

»Als ob.«

»Es war eine Möglichkeit. Die Wahrheit ist, ich habe keine Ahnung. Ich mag dich auch, vielleicht ein bisschen zu sehr, aber ich kann auch nicht leugnen, dass sich bei dir zu sein so verdammt richtig anfühlt. Nur ... Ich will nicht wieder verletzt werden.«

»Lina, ich ...« Sie legt mir die Finger an die Lippen, um mich zu unterbrechen.

»Ich weiß, dass du das nicht mit Absicht machen würdest. Ich hab das nur schon mal durchgemacht. Mich in jemanden verliebt, der nicht von hier ist, aber danach hat er mich immer wieder dazu gedrängt, ihn zu besuchen. Und ich wollte auch, aber ...«

»Dein Vater.«

»Ja. Er hat vorhin mit mir gesprochen. Er und Ottar ... wegen allem.«

»Aber das ist doch gut, oder?«, bohre ich nach.

»Ja. Es war gut. Ich glaube, wir sind auf dem richtigen Weg. Und er hat mich gewissermaßen gezwungen, endlich auszuziehen.«

Ein Lächeln huscht über meine Lippen.

»Also ist es eigentlich völlig unlogisch, Angst zu haben«, seufzt Lina.

»Nein. Veränderungen sind immer angsteinflößend, egal ob gut oder schlecht.«

»Ich will mit dir zusammen sein, Louay.«

Ich blinzele in die Dunkelheit. Zwei, drei Mal. Bis ich realisiere, dass sie das gerade wirklich gesagt hat. Dass sie mich nicht veralbert. Dass es ihr genauso geht wie mir.

»Ich auch mit dir.«

»Aber was, wenn ich dich enttäusche? Wenn ich es nicht schaffe, meinen Vater allein zu lassen? Eine Fernbeziehung ...«

»Ich weiß«, murmele ich. »Aber du musst nichts tun, was du nicht schaffst. Also, klar würde ich dich am liebsten gleich mit nach Kopenhagen nehmen, aber ich verstehe auch, dass das ein riesiger Schritt ist, deshalb richte ich mich nach dir.«

»Bist du sicher?«

»Hey, im schlimmsten Fall buche ich einfach noch eine Recherchereise.«

Lina kichert. »Also willst du nur deshalb mit mir zusammen sein, weil du den Trip von der Steuer absetzen kannst?«

»Vielleicht? Nein. Aber ich meine das ernst: Du bestimmst das Tempo, in dem wir die Sache angehen. Du sagst mir, wenn es dir zu viel wird.«

»Das hört sich echt viel zu leicht an«, murmelt sie.

Ich wünschte, ich könnte ihr sagen, dass es das wird. Aber es wäre gelogen. Mit ihrer Angst, meinem chaotischen Leben und der Distanz steuern wir in etwas hinein, das uns beide vor Herausforderungen stellen wird. Doch komischerweise macht mir das keine Angst. Weil ich aufrichtig glaube, dass es funktionieren kann. Weil es Lina ist. Und weil ich alles dafür tun werde, dass sie diese Entscheidung nicht bereut.

Plötzlich stupst sie mich in die Seite, ganz aufgeregt auf einmal, und deutet nach oben. Der Regen hat nachgelassen, und über uns lichtet sich der Himmel und gibt den Blick auf die Sterne frei. Doch auch auf etwas anderes. Zunächst sind es nur seltsame, silberne Streifen, die ich auf den ersten Blick für Wolken halte, bis sie mit jeder Sekunde heller und intensiver werden. Wie Wellen wandern sie über den Himmel, werden orange, blau und grün.

Ich habe das Gefühl, dass mein Herz mir gleich aus der Brust springt, so schnell und aufgeregt schlägt es. Hastig richte ich mich auf, um dem Schauspiel am Himmel, das langsam auch die ganze Welt erhellt, nur ein bisschen näher zu sein. Verblüfft sehe ich mich um, als ich nun endlich die Landschaft erkenne, die uns umgibt.

Neben uns, nur wenige Meter entfernt, führt eine Klippe steil hinab ins Meer. Ich erkenne die typischen grasbedeckten Berge der Färöer und vor uns, nur einen kurzen Fußmarsch entfernt, ein breites Band aus Wasser, in dessen glatter Oberfläche sich die Nordlichter und die Sterne spiegeln. Nach links hin verjüngt sich der See und verschwindet irgendwann bei einer weiteren Klippe, hinter der nichts weiter liegt als der Ozean, der in denselben Farben schimmert wie auch der Rest der Welt.

»Glück gehabt«, bemerkt Lina zufrieden. »Ich hatte schon Angst, es ist vorbei, bevor das Wetter wieder besser wird.«

Das Lächeln auf ihren Lippen reißt mich kurzzeitig vom Geschehen, weil es noch so viel schöner und einnehmender ist, als die Landschaft es je sein könnte.

»Meintest du das ernst?«, frage ich zur Sicherheit noch einmal nach. »Dass du mit mir zusammen sein willst?«

»Ja. Außer du hast was dagegen. Nur dann überlege ich

es mir noch mal, ob ich dich heute Abend wieder mit nach Hause nehme.«

Ich ziehe empört Luft ein. »Das würdest du tun? Mich hier einfach aussetzen?«

»Niemals.«

Dann küssen wir uns. Louays Lippen sind sanft, weich, genauso wie ich sie kenne. Sie schmecken nach ihm, nach seinem Lieblingstee und nach einer Million ungestellter Fragen. Aber auch, und das ist neu, nach Hoffnung, dass wir das alles schon irgendwie hinbekommen.

Lina

Vier Monate später

Ich bin noch keine Stunde hier und fühle mich trotzdem schon vollkommen überwältigt. Allein am Flughafen habe ich mehr Leute gesehen als auf den Färöer-Inseln leben. Und alle wirken gestresst oder sind in Eile, während ich unschlüssig durch den Flughafen laufe, um mich irgendwie zu beschäftigen und von der unbekannten Umgebung abzulenken.

Louay hat heute einen wichtigen Termin, weshalb er es nicht schafft, mich abzuholen. Stattdessen bin ich ganz von Týra abhängig, nur ist die noch in der Vorlesung. Das sollte eigentlich kein Problem sein, schließlich hat sie mich vorgewarnt, aber ehrlich gesagt habe ich nicht gewusst, auf was genau ich mich da einlasse, als ich versprochen habe, dass es vollkommen okay wäre, am Flughafen auf sie zu warten. Mittlerweile realisiere ich, wie naiv ich gewesen bin, und mit jeder Minute werde ich zunehmend nervöser, obwohl es vermutlich noch eine Weile dauern wird, bis ich endlich abgeholt werde. Der Kaffee, den ich eben hektisch heruntergestürzt habe, tut sein Übriges.

Ich laufe an den ganzen Check-in-Schaltern vorbei und komme schließlich wieder in dem Bereich an, wo eine Reihe von Läden untergebracht sind. Hauptsächlich für Kleidung, die sich kein Mensch leisten kann, aber auch ein Buchladen ist dabei, den ich nun vorsichtig betrete.

Sofort steigt mir der Geruch von Papier in die Nase, vermischt sich mit dem Parfüm einer Reisenden, die gerade mit einem Koffer an mir vorbeiläuft. Ich sehe mich um und bleibe automatisch an einem Präsentationsstand hängen, dessen Anblick mich zum Lächeln bringt.

Das Grandhotel der Träume – neuer romantisch-prickelnder Lesestoff aus der Feder von Bestsellerautorin Alma Jensen.

Ich zähle ganze acht Bücherstapel nur mit Louays neuem Buch, von denen die Hälfte bereits beachtlich geschrumpft ist. Dazu gibt es einen Ständer mit zum Buch passenden Lesezeichen sowie eine Pop-up-Box mit der Frau vom Cover mit weiteren Büchern darin.

Amüsiert nehme ich mir eines davon und fahre über den Einband. Es ist jetzt zwei Wochen her, seit das Buch erschienen ist, aber hier habe ich es zum ersten Mal in der Hand. Ich fahre über den Einband und die mit goldener Folie veredelten Buchstaben. Der Umschlag lässt sich ausklappen, zeigt auf der einen Seite einen ausführlicheren Klappentext und auf der anderen ein Foto. Ich reiße die Augen auf, als ich Louay darauf erkenne.

Lebhaft erinnere ich mich daran, wie nervös er vor dem Shooting gewesen ist, aber ich habe gedacht, die Bilder wären nur für seinen neuen Roman, an dem er gerade schreibt, und nicht für das neue Werk von Alma Jensen. Bei seinem Anblick mit dem schiefen Lächeln und den perfekt frisierten dunklen Locken macht mein Herz einen Satz, und ich kann es kaum erwarten, bis ich endlich ...

»Soll ich es dir signieren?«

Überrascht sehe ich auf. Ich habe ganz vergessen, wie seine Stimme live klingt, aber jetzt steht er vor mir, und ich bringe vor Verblüffung keinen Ton raus.

Er tritt an mich heran und schaut mit mir in das Buch. »Ich kann nicht glauben, dass sie ausgerechnet dieses Foto genommen haben. Ich sehe aus, als wollte ich wegrennen.«

»Tust du nicht«, erwidere ich schwach, obwohl ich ihm insgeheim recht geben muss. Wenn man ihn kennt und ganz genau hinsieht, kann man in seinen Augen einen stillen Schrei nach Hilfe ausmachen. »Wieso bist du hier?«

Er grinst. »Um dich abzuholen.« Dann hält er mir einen Strauß Blumen hin, als wäre das eine Erklärung für seine Anwesenheit.

»Aber Týra ...«

»Es sollte eine Überraschung sein«, erklärt Louay. »Doch dann hab ich gedacht, ich bringe Blumen mit, hab dadurch den Zug verpasst, und dann war ich zu spät.«

»Du und zu spät?«

»Scheint so, als färbst du auf mich ab.«

»Hey.« Ich boxe ihn spielerisch in die Seite, dabei will ich ihn jetzt eigentlich nur küssen. Die ganze letzte Woche habe ich mir den Kopf darüber zerbrochen, ob vielleicht alles ein Fehler war. Ob er es sich anders überlegt hat. Ob mein Herz es sich anders überlegt hat. Aber wenn ich ihm jetzt in die Augen sehe, ist es genauso wie vor vier Monaten. Als wären nur ein paar Minuten vergangen, seit ich ihn am Flughafen von Vágar ein letztes Mal geküsst habe. Genauso und gleichzeitig noch so viel intensiver.

»Also, wie steht's mit deinem Angebot: Signierst du mir mein Buch?«, frage ich.

»Ich kann dir auch zu Hause eins signieren. Ich hab noch zwei Kisten voller Belegexemplare bei mir rumstehen.«

»Das ist aber nicht das Gleiche.« Ich klappe das Buch zu und marschiere zum Tresen. Die Frau dahinter, eine ältere Dame mit rosa gefärbten Haaren, mustert uns argwöhnisch, als ich ihr *Das Grandhotel der Träume* zuschiebe. Vor allem an Louay bleibt ihr Blick eine ganze Weile hängen.

Wie abwesend scannt sie den Barcode und schiebt mir das Buch zu, nachdem ich bezahlt habe.

»Sind Sie …?«, flüstert sie völlig außer Atem. Louay nickt, ein schüchternes Lächeln auf den Lippen, das meinen Puls nur mehr aus dem Takt bringt. Sie zieht scharf Luft ein. »Meine Güte, das wird mir niemand glauben.«

»Soll ich Ihnen ein paar Exemplare signieren?«

»Wenn es Ihnen nichts ausmacht?«

Louay wirft mir einen fragenden Blick zu, aber ich zucke nur mit den Schultern. Ich weiß, dass er inzwischen so was wie eine Berühmtheit ist, trotzdem bin ich nicht davon ausgegangen, dass ihn jemand in der Öffentlichkeit ansprechen würde. Dann wiederum sind wir in einem Buchladen. Wo sonst, wenn nicht hier?

Fasziniert sehe ich ihm dabei zu, wie er seine Unterschrift in ein Dutzend Exemplare seines neuen Buchs setzt, bevor er sich bei der Verkäuferin bedankt und verabschiedet.

»Tut mir leid«, murmelt er, sobald wir aus dem Laden treten. »Ich wollte unser Wiedersehen nicht mit meiner Arbeit ruinieren.«

Ich winke ab. »Schon gut. Ich habe schon als Teenie davon geträumt, mit einer waschechten Celebrity zusammen zu sein.«

»Ja, aber vermutlich eher mit jemandem wie Brad Pitt oder Chris Hemsworth und nicht mit dem ungekrönten König der schnulzigen Liebesromane.«

»Ich bin da nicht wählerisch«, behaupte ich und bleibe stehen. »Nur hoffe ich, dass mir hier keine Paparazzi folgen, bloß weil ich mit dir zusammen bin.«

»Als ob.«

»Louay?«

»Hm?«

Ich lasse meine Hand in seine gleiten und sehe ihm tief in die Augen. In den letzten Monaten haben wir immer wieder gefacetimt, aber ein Bildschirm ist eben nicht das Gleiche. All die Details gehen dabei verloren und wirken jetzt, im echten Leben, umso überwältigender. Ich lehne meine Stirn an seine, atme seinen Duft ein, genieße das Kitzeln seiner Locken in meinem Gesicht und kann nicht glauben, dass das gerade wirklich passiert. Dass ich hier bin. Mit ihm. Weit weg von zu Hause, am Anfang von vielleicht etwas ganz Großem. Denn ich bin nicht nur hier, um ihn wiederzusehen, sondern auch, um mit meiner besten Freundin ein paar Wohnungen für das kommende Studienjahr zu besichtigen. Ein riesiger Schritt – gerade für meine Verhältnisse –, aber jetzt, wo ich hier bin, ist die Angst nur noch ein leises Echo in meinen Gedanken, das von meinem pochenden Herzschlag übertönt wird.

»Ich bin so froh, dass du bei mir bist.«

»Ich auch.«

Ende

Playlist

Dirty Paws – Of Monsters and Men
Svanur – Rokkurro
Home II – Dotan
Land Of The Living – Roo Panes
Smokestacks – Layla
Ljóð í sand – Árstíðir
Lunacy – Rue Royale
Back To You – Mighty Oaks
Hero – Family of the Year
Seven Nation Army – Zella Day
Little Freak – Harry Styles
Meet Me On The Equinox – Death Cab for Cutie